U0809039

文艺美学研究

2017年秋季卷

教育部普通高校人文社会科学
重点研究基地山东大学文艺美学研究中心　编

中国社会科学出版社

图书在版编目（CIP）数据

文艺美学研究 . 2017. 秋季卷 / 教育部普通高校人文社会科学重点研究基地山东大学文艺美学研究中心编 . —北京：中国社会科学出版社，2020. 4

ISBN 978 - 7 - 5203 - 5994 - 8

Ⅰ. ①文… Ⅱ. ①教… Ⅲ. ①文艺美学—文集 Ⅳ. ①I01 - 53

中国版本图书馆 CIP 数据核字(2020)第 026486 号

出 版 人　赵剑英
责任编辑　郭晓鸿
特约编辑　王　潇
责任校对　周　昊
责任印制　戴　宽

出　　版　中国社会科学出版社
社　　址　北京鼓楼西大街甲 158 号
邮　　编　100720
网　　址　http://www.csspw.cn
发 行 部　010 - 84083685
门 市 部　010 - 84029450
经　　销　新华书店及其他书店

印　　刷　北京明恒达印务有限公司
装　　订　廊坊市广阳区广增装订厂
版　　次　2020 年 4 月第 1 版
印　　次　2020 年 4 月第 1 次印刷

开　　本　710 × 1000　1/16
印　　张　14. 75
插　　页　2
字　　数　200 千字
定　　价　78. 00 元

凡购买中国社会科学出版社图书，如有质量问题请与本社营销中心联系调换
电话：010 - 84083683
版权所有　侵权必究

编 委 会

主　编　曾繁仁　谭好哲

副主编　王汶成　程相占　凌晨光（执行）

编委会　王一川　王汶成　冯宪光　朱立元　周均平
赵宪章　高建平　盛　宁　曾繁仁　蒋述卓
程相占　谭好哲　凌晨光

Editorial Board

Chief Editors:

Zeng Fanren, Tan Haozhe

Associate Editors-in-Chief:

Wang Wencheng, Cheng Xiangzhan, Ling Chenguang (Executive)

Editorial Committee:

Wang Yichuan, Wang Wencheng, Feng Xianguang,
Zhu Liyuan, Zhou Junping, Zhao Xianzhang,
Gao Jianping, Sheng Ning, Zeng Fanren,
Jiang Shuzhuo, Cheng Xiangzhan, Tan Haozhe
Ling Chenguang

目　录

文艺美学

生态美学

古代文论

文论选译

学术动态

CONTENTS

Translated Paper

Academic Trends

文艺美学

Artistic Aesthetics

非物质文化遗产保护语境下的中国舞台电影发展策略

谭好哲

摘　要　自1905年丰泰照相馆拍摄我国第一部影片《定军山》开始，中国电影的发展就与戏剧（曲）结下不解之缘，戏剧（曲）舞台艺术片成为中国电影始终存在的一个特殊种类，并且在中国电影的初创期和中华人民共和国成立后的30年间形成了两个辉煌发展时期。然而，新时期改革开放以来，伴随着社会、文化和艺术的巨大历史变化，一方面传统的戏剧（曲）艺术进入艰难生存的时期，影视艺术如日中天地占据了主流艺术的中心位置，另一方面戏剧（曲）舞台电影却并没有形成前两个繁荣时期那样的盛况。当前，非物质文化遗产保护工作已经得到举国上下的重视，这就不仅让传统戏剧（曲）艺术得到保护、传承与发展，同时也为舞台电影的重新振兴提供了新的历史性机遇。包括舞蹈、戏剧和曲艺在内的舞台艺术具有特殊的民族精神、民族形式、民族风格与气派，在传承民族优秀文化传统与中华美学精神方面有着天然的优势，是中国非物质文化遗产中不可缺少的重要资源。而且传统戏剧（曲）艺术在不同的群体中有着广泛、稳定的受众，通过电影形式加以保存，既有利于“纪录”的真实性，又有利于借助影院和网络影视播出平台加以广泛传播，这是其他保护形式难以企及的。同时，舞台电影的发展也有利于建构电影自身丰富、多样的艺术生态，从而达到戏剧（曲）与电影的双赢。

关键词　文化遗产；戏曲；舞台电影

作者简介　谭好哲，男，文学博士，山东大学文艺美学研究中心主任、教授，主要从事马克思主义文艺理论与文艺美学研究。

中国电影与戏剧的结缘

1895 年 12 月 28 日，法国里昂的青年实业家路易·卢米埃尔在巴黎卡普辛路 14 号大咖啡馆的印度沙龙内，正式放映了《墙》《婴孩喝汤》《卢米埃尔工厂的大门》和《水浇园丁》等几部世界史上最早的影片，从此开启了人类艺术发展的电影时代。翌年 8 月 11 日，法国人在上海徐园的“又一村”放映了所谓的“西洋影戏”，从此中国人也与这种新兴艺术结缘，开启了电影艺术在中国的传播与发展。

揆诸史实，则不难发现，中国人与电影的结缘是与戏剧艺术分不开的，这有三个突出的标志。

其一，中国人最早把电影称作“西洋影戏”（1896 年 8 月 10 日及 14 日徐园“又一村”放映电影时在《申报》上所刊媒体广告的称谓）、“电光影戏”（1987 年 9 月 5 日上海《游戏报》第 74 号所刊登的《观美国影戏记》中有“近有美国电光影戏”语）或“活动影戏”（1918 年，商务印书馆成立“活动影戏部”），简称“影戏”，电影制作公司被称为“影戏公司”，电影放映院被称为“影戏院”。这表明，在早期中国人的电影观念里，电影也是一种戏。

其二，中国人自己拍摄的第一部电影就是戏曲片。1905 年，开设在北京琉璃厂土地祠的丰泰照相馆拍摄了我国第一部影片《定军山》，该影片由著名京剧演员谭鑫培主演，表演了《定军山》中“请缨”“舞刀”“交锋”等片段。自此以后，戏曲（艺术）片或舞台电影便成为中国电影始终存在的一个特殊种类。

其三，中国电影在总体上带有中国戏剧的两大特征：注重剧情，即电影的戏剧性情节；具有强烈的表演性及更具中国特色的表意性。在中国，电影文本的创作者称为电影编剧，这直接体现了电影艺术的戏剧本色，而电影导演、电影演员都有一个“演”字，这也正是对电影表演性的认同，表演性是中国所有戏剧艺术的本体性特征。

中国舞台电影的两个繁荣时期

在中国大陆的电影研究语汇里，“舞台电影”一般又称“戏曲（艺术）片”、戏曲舞台艺术片或“舞台纪录片”，这里的“舞台”是指“舞台戏剧（曲）”，所以，“舞台电影”是以“戏剧”或“戏曲”的存在为前提的。戏曲艺术片或舞台纪录片的叫法一方面点明了舞台电影的戏剧本源，另一方面表明舞台电影是以电影的技术形式对于舞台戏剧的记录和保存。

在中国电影 100 多年来的发展史上，曾经有过两度舞台电影的辉煌时期。

第一个时期是在中国电影的初创期，许多著名京剧表演艺术家的表演片段或整部戏剧作品被搬上电影银幕。丰泰照相馆继《定军山》之后，又于 1906 年拍摄了俞菊生和朱文英合演的《青石山》、俞菊生表演的《艳阳楼》、许德义表演的《收关胜》、俞振庭表演的《白水滩》《金钱豹》等剧中的片段，1908 年拍摄了小麻姑表演的《纺棉花》一剧的片段，据载还曾拍摄过《长坂坡》等戏曲短片。1909 年法国百代公司在北京拍摄了著名京剧武生演员杨小楼表演的《金钱豹》和何佩亭演出的《火判官》等剧的片段。1920 年，商务印书馆的活动影戏部摄制了由著名京剧艺术家梅兰芳主演的《春香闹学》（2 本）和《天女散花》（1 本）两部“古剧片”（戏曲片）。据说，活动影戏部还摄制了由著名京剧艺术家周信芳主演的《琵琶记》中的几个片段，但是最后该影片没有完成。1919 年，张季直等筹备成立了中国影片制造公司，其第一部影片，是由伶工学校演出的戏曲片《四杰村》，该片还曾运往美国在纽约放映。1924 年，黎民伟创办的民心影片公司在罗明佑经营的北平真光电影剧场拍摄了梅兰芳表演的《西施》中的“羽舞”、《霸王别姬》中的“剑舞”、《上元夫人》中的“拂尘舞”、《木兰从军》中的“走边”及《黛玉葬花》片段，剪辑成一部 2 本的戏曲短片。1930 年拍摄 1931 年 3 月放映的《歌女红牡丹》一般被认为是中国最早的一部有声故事片，该片中就穿插了 4 个京剧节目片段，包括戏曲唱白。1948 年华艺影片公司拍摄了由费穆导演、梅兰芳主演的彩色戏曲艺术片《生死恨》，该片是继《四郎探母》《斩经堂》《古中国之歌》后第四部把京剧搬上银幕的大型舞台艺术片，也是中国的第一部彩色影片。从中国人自己拍摄的第一部电影《定军山》到第一部彩色电影《生死恨》，都是由戏曲艺术而来，而且都是由著名的京剧演员为主演，这充分表明了戏曲艺术在中国电影初创期所占有的重要位置。

第二个时期是中华人民共和国成立后的 30 年间，这一时期拍摄的戏曲舞台艺术片许多有着广泛的影响，特别是“文化大革命”期间拍摄的京剧样板戏电影更是举国咸闻，至今传唱不衰。这一时期拍摄的戏曲舞台艺术片主要有《梁山伯与祝英台》（1954）、《天仙配》（1955）、《十五贯》（1956）、《追鱼》（1959）、《孙悟空三打白骨精》（1960）、《杨门女将》（1960）、《红楼梦》（1962）、《野猪林》（1962）、《牛郎织女》（1963）、《红灯记》（1970）、《智取威虎山》（1970）、《沙家浜》（1971）、《奇袭白虎团》（1972）、《龙江颂》（1972）、《海港》（1972、1973）、《杜鹃山》（1974）等。其中，《梁山伯与祝英台》是中华人民共和国拍摄的第一部彩色舞台艺术片，荣获第八届维·发利国际电影节“音乐片奖”，1955 年在英国第九届爱丁堡国际电影节获映出奖。《天仙配》《十五贯》《红楼梦》等片均具有广泛的社会影响。特别是《红灯记》《智取威虎山》《沙家浜》《海港》《龙江颂》《奇袭白虎团》《杜鹃山》等影片，属于“文化大革命”

时期的样板戏电影，不仅在当时具有广泛的影响，成为“三突出”文艺创作模式的典范，而且至今对于京剧艺术的普及仍在发挥着其他戏剧艺术难于媲美、难以替代的作用。

改革开放以来戏剧艺术的衰落与影视艺术的崛起

改革开放以来，中国的社会、文化和艺术发生了巨大的变化，随着社会生活节奏的加快及其他文艺种类的冲击，特别是文化体制的改革将长期由政府包办的戏剧（曲）院团逐步推向社会和市场，传统的戏剧（曲）艺术进入艰难生存的时期，人才流失、院团关门、剧目消失，致使戏剧（曲）艺术在20世纪90年代便被冠以“夕阳艺术”的命名，戏剧（曲）艺术在一般人看来已经成为即将死亡的艺术形式。

与此同时，借助于现代化进程带来的城市规模的发展、扩张，以及中产阶级消费群体的崛起、电视的普及和网络技术日新月异的发展，电影、电视及新兴网络艺术成为这一时期艺术的主导形式和以青年一代为主体的广大受众的新宠。它们一步步夺走了传统戏曲艺术的受众和市场，在自身发展壮大的同时，也使得传统戏曲艺术更趋危机与萎缩。如红日喷薄而出一般兴盛的影视艺术与日薄西山气息奄奄的戏曲艺术形成了鲜明的对比，书写出中国当代艺术几家欢乐几家愁的惊人状况。

诡异的是，这一时期，后起的影视艺术如日中天地占据了主流艺术的中心位置，而先前作为主流存在的戏曲艺术则一步步走向边缘，因而电影艺术似乎不再愿意从戏曲艺术中汲取营养，戏曲艺术片走向式微。除豫剧电影《七品芝麻官》（北京电影制片厂，1979）等少数戏曲电影之外，这一时期的舞台电影总体上乏善可陈，没有形成前两个舞台电影繁荣期那样的盛况，这其中的原因值得进一步深入探究。

从非物质文化遗产保护的角度看舞台电影的新发展

当前，非物质文化遗产保护工作已经得到举国上下的关注，《中华人民共和国非物质文化遗产法》由中华人民共和国第十一届全国人民代表大会常务委员会第十九次会议于2011年2月25日通过公布，自2011年6月1日起施行，该法规定对非物质文化遗产采取认定、记录、建档等措施予以保存，对体现中华民族优秀传统文化，具有历史、文学、艺术、科学价值的非物质文化遗产采取传承、传播等措施予以保护，并明确将传统音乐、舞蹈、戏剧、曲艺等列入保护范围，这就为传统戏剧艺术的保护、传承与发展提供了新的历史性机遇。国家鼓励和支持发挥非物质文化遗产资源的特殊优势，在有效保护的基础上，合理利用非物质文化遗产代表性项目开发具有地方、民族特色和市场潜力的文化产品和文化服务。应该说，包括舞蹈、戏剧和曲艺在内的舞台艺术具有特殊的民族精神、民族形式、民族风格与气派，在传承民族优秀文化传统与中华美学精神方面也有着天然的优势，是中国非物质文化遗产中不可缺少的重要资源。同时，传统戏曲艺术在不同的群体中也有着广泛、稳定的受众，通过电影形式加以保存，既有利于“纪录”的真实性，同时又有利于借助影院和网络影视播出平台加以广泛传播，这两点都是其他保护形式难以企及的。

从非物质文化遗产保护的角度看舞台电影与戏剧（曲）艺术的发展关系，可以说舞台电影大有可为，戏剧（曲）艺术也不见得一定悲观。首先，可以利用电影的技术传播优势更好地保护戏剧（曲）艺术。从保护性“记录”的角度看，电影拍摄对戏剧（曲）艺术的记录有三种形式：片段记录、片段集锦、全本演出记录。全本演出拍摄又有三种形式：舞台演出实况拍摄、剧场外舞台演出实况拍摄、剧场舞台演出加剧场外景实地拍摄。就两种艺术的转换而言，从戏剧（曲）艺术到电影创作不仅仅是舞台演出的实况记录的一种形式，也可以是电影中穿插戏剧（曲）艺术，还可以是戏剧（曲）艺术基本故事创意或人物关系基础上的影视再创作。这些不同的形式都有利于戏剧（曲）艺术的传播，也有利于建构电影自身丰富、多样的艺术生态，从而达到戏剧（曲）与电影的双赢。

（本文为2016年9月8—10日参加美国宾汉顿大学戏曲孔子学院、密歇根大学孔子学院、南卡罗来纳大学孔子学院等单位主办的“第七届中国电影国际论坛：‘中国舞台电影’”会议提交论文并作大会发言）

Chinese Stage Film Development Strategy in the Context of Intangible Cultural Heritage Protection

Tan Haozhe

Abstract Since the shooting of the first Chinese movie, Mount Dingjun, by the Fengtai studio in 1905, Chinese film has fared closely with traditional Chinese Opera. 7Opera Stage Movie, as an individual genre of Chinese cinema, experienced two phases of prosperity, respectively, in its inception period and the first three decades following the founding of PRC. However, from the Reform and Opening onwards, historical changes in all facets of society, culture, and art, come into being, which results in the predomination of film & TV art over mainstream art; experiencing a difficult time, traditional Chinese opera struggles for its survival. On the other hand, Opera Stage Movie stops flourishing as it used to be in its two prosperity phases. At present, importance at the national level has been attached to the protection of intangible cultural heritage, which affords new historical opportunities for not only the preservation, the inheritance, and the development of traditional Chinese opera, but also the revival of Opera Stage Movie. Stage art, which includes dance, drama, and opera, embedding national ethos, forms, styles, and manners, and carrying inherent advantages in passing down distinguished national cultural traditions and

Chinese aesthetic spirits, is an indispensable resource to Chinese intangible cultural heritage. Moreover, the audience of traditional Chinese opera, though varied, boasts a broad and stable base, therefore, to store it in the form of the film will preserve its documentary fidelity, and facilitate its dissemination through cinemas and websites. This means of protection is unmatched by any alternatives. Meanwhile, the growth of the stage movie helps construct a rich and diverse environment for movie art, and consequently, brings about a win – win situation for both parties of Chinese opera and film.

Keywords Cultural Heritage; Traditional Chinese Opera; Stage Movie

Author Tan Haozhe is a professor and director of Research Center for Literary Theory and Aesthetics, Shandong University, China, with main research interests in Marxism literary theory, artistic aesthetics and aesthetic education.

新时期文艺生产论的论争与反思

尤战生

摘　要　文艺生产论成为我国新时期文艺理论界研究和论争的热点问题之一，这体现了我国新时期文艺学力图突破过去过于政治化的研究范式的学术需求，也体现了我国学界对马克思主义文艺理论正本清源的时代需求，同时还反映了我国新时期以来文艺商品化和市场化走向对文艺理论的挑战。我国学界对文艺生产论的论争主要集中于以下三个方面：艺术生产与物质生产的不平衡关系问题、文艺生产论在马克思主义文艺学体系中的地位问题、文艺生产的商品性问题。关于这一理论的研讨取得了令人瞩目的成果，它丰富和深化了我国学界对马克思主义文艺学体系的理解，促进了我国文艺学的现代转型，但仍然存在一些研究上的局限与不足，值得我们做进一步的反思和探讨。

关键词　新时期；文艺生产论；论争；反思

作者简介　尤战生（1973—　），男，山东临沂人，文学博士，山东大学文艺美学研究中心副教授，主要从事文艺理论与西方美学研究。

文艺生产论[①]是马克思主义文艺理论的重要组成部分，关于该理论的研究和论争在我国新时期文艺理论发展史上占有不可或缺的重要位置。可以说，对文艺生产论的研究和论争不但使我国学界深化了对马克思主义文

① 新时期以来，我国文论界在文艺生产论的研究与论争中，除个别学者使用“文学生产”“文艺生产”的概念外，多数学者沿用了马克思的“艺术生产”概念。艺术生产本身包含文学生产，而我国文论界对文艺生产问题的探讨也不仅限于文学生产，所以本文在涉及这些概念时，将不再做出辨析和区分。

艺理论的认识，而且也拓宽了我国学界审视和研究文艺现象的理论视角，使我国学界在应对文艺的商品化和市场化时拥有了理论依据和批评武器。下面将依次探讨文艺生产论论争在我国兴起的原因与发展历程、文艺生产论论争的主要理论问题及文艺生产论论争的价值与局限。

一　文艺生产论论争的起因与历程

文艺生产论之所以成为我国新时期文艺理论界研究和探讨的热点问题之一有着多方面的原因，其中，以下四个原因尤其重要。第一，它与我国新时期文艺理论研究力图突破中华人民共和国成立以来狭隘的研究视野和过于政治化的研究范式，从而追求研究视角的多元与研究范式的更新的内在学术需求紧密相关。从1949年中华人民共和国成立之后至新时期之前，在我国文艺理论界占据主导地位的文论形态是政治型的文艺学。这种类型的文艺学在文艺本质问题上主张反映论和意识形态论，在文艺的功能方面强调文艺的社会认识作用，并提出文艺服务现实政治的要求。新时期到来之后，在拨乱反正和思想解放的时代精神的引领之下，文艺理论界出现了百家争鸣的繁荣景象。一时间，各种理论观点、研究方法同台竞技。这些不同的理论观点具有一个共同的特征，那就是尽量淡化文艺的政治属性和政治功能。文艺生产论既主张文艺生产与社会物质生产之间的相通性，又强调文艺生产作为精神生产的特殊性，在一定程度上淡化了文艺研究的政治性，因而符合学界对一种新型的研究范式的期待。由于文艺生产论是马克思主义文论的已有内容，马克思本人对文艺生产问题早就做过不少论述，因而这一理论自身就具有政治正确性。所以文艺生产论能够引起学界的关注，就不难理解了。第二，它体现了新时期以来我国学界对马克思主义包括马克思主义文艺理论的正本清源的时代需求。从中华人民共和国成立至新时期之前，在苏联式马克思主义的影响之下，我国学界对马克思主义的理解存在相当程度的片面性和机械性。新时期到来之后，重新回到马克思成为思想界的一个重要口号。马克思的许多经典著作，尤其是《1844 年经济学哲学手稿》[①] 成为研究的热点。《1844 年经济学哲学手稿》中包含马克思对文艺生产问题的重要论述，所以，“《1844 年经济学哲学手稿》热”也在一定程度上引发了学界对马克思主义文艺生产论研究的兴趣。第三，西方马克思主义文艺生产理论的影响。新时期以来，在思想解放和改革开放的双重促动之下，大量的西方学术思想传入我国，这其中就包括西方马克思主义的文艺产生理论。1980 年，英国马克思主义文论家伊格尔顿的著作《马克思主义与文学批评》被译介到我国。在该书的第四章“作为生产者的作家”中，伊格尔顿介绍了西方马克思主义文论家本雅明、布莱希特等人关于文艺生产的主要观点，并且指出：“艺术可以如恩格斯所说，是与经济基础关系最为‘间接’的社会生产，但是从另一意义上也是经济基础的一部分：它像别的东西一样，是一种经济方面的实践，一类商品的生产。”[②]“西马”文论家对艺术的生产属性的研究引起了我国学界的兴趣。此后，本雅明、布莱希特、阿尔都塞、马歇雷、威廉斯、伊格尔顿等众多“西马”文论家的著作被翻译介绍进我国，这些“西马”文论家的文艺生产论虽然各有不同，甚至还在一定程度上偏离了马克思主义经典作家的理论，但无疑对我国学界认识和发展马克思主义文艺生产理论产生了重要影响。第四，我国新时期以来文艺本身的商品化和市场化走向也促使理论界重视和研究文艺生产问题。新时期以来，尤其是 20 世纪

① 又译为《马克思 1844 年经济学哲学手稿》，《1844 年经济学—哲学手稿》等，有时简称《经济学—哲学手稿》或《巴黎手稿》，也经常被直接简称为《手稿》。

② [英] 特里·伊格尔顿：《马克思主义与文学批评》，文宝译，人民文学出版社 1980 年版，第 65—66 页。

90年代之后，我国本土的商业文化、消费文化迅速崛起，这种新生的文艺、文化现象需要文论界能够做出有效的解释和批评，但是我们过去的文艺学体系对于文艺的生产属性和商品属性缺乏研究。因此，能够对新兴的商业消费文化做出理论应对的文艺生产论引起学界的关注和研讨，就是自然而然的事情了。

从20世纪70年代末至80年代中期之前，我国学界对文艺生产理论的研究和讨论总体上处于释读经典的初始阶段。这一时期的研究主要集中于以下三个方面。第一，通过对马克思的经典著作尤其是《1844年经济学哲学手稿》的释读，初识马克思的文艺生产理论。在新时期之前，马克思的文艺生产论基本上是我国文论界的一个研究盲区。虽然在1951年和1959年，国内学界曾就马克思的物质生产与艺术生产的不平衡关系问题展开过讨论，但由于时代政治的原因，那两次讨论并不深入。在国内的众多学者中，朱光潜是一位少有的对马克思的文艺生产论较为关注的理论家。早在20世纪五六十年代，朱光潜就在《论美是客观与主观的统一》《生产劳动与人对世界的掌握》等论文中指出了文艺的生产属性，并表明把文艺看作一种生产劳动，是马克思主义关于文艺的一项重要原则。新时期到来之后，朱光潜是学界最早关注文艺生产问题的学者。他指出："马克思主义创始人分析文艺创造活动从来都不是单从认识角度出发，更重要的是从实践角度出发。"① "从实践观点出发，马克思主义创始人一向把文艺创作看作一种生产劳动。"② 他还指出，"《经济学—哲学手稿》和《资本论》里的论'劳动'对未来美学的发展具有我们多数人还没有想象到的重大意义。它们会造成美学领域的彻底革命"③。对《1844年经济学哲学手稿》以及《〈政治经济学批判〉导言》《资本论》等著作中论述生产劳动的内

① 朱光潜：《美学拾穗集》，《朱光潜全集》第5卷，安徽教育出版社1989年版，第478页。
② 同上书，第479页。
③ 同上书，第268页。

容的解读，成为当时学者们理解马克思文艺生产理论的主要依据。第二，就艺术生产与物质生产的不平衡关系问题展开广泛而激烈的讨论。这场讨论从1978年开始，一直持续到20世纪80年代前期。参与讨论的学者都从马克思的经典著作出发，就不平衡关系的含义、不平衡关系产生的原因及不平衡关系在社会主义社会中的作用等问题展开激烈争论。在这场学术争论退潮之后，直到20世纪90年代之后乃至今天，就这种不平衡关系的探讨在学界仍不绝如缕。第三，对马克思的文艺生产理论开始做出初步的系统化梳理和探讨。这方面代表性的学者是董学文。在《马克思与美学问题》一书的第七部分“关于‘艺术生产’的理论”中，董学文依据马克思的经典著作，依次讨论了艺术生产的概念、艺术生产中的生产力问题、艺术掌握世界的方式、艺术生产的一般历史发展，以及艺术生产理论的美学方法论意义等问题。他认为：“马克思的‘艺术生产’的概念，不是一个多义性的、含混的日常用语，而是严格规定的科学语言。”[①] 这个概念及其理论在马克思的美学中占有重要的地位，因为“从生产角度研究艺术是马克思一贯的思想”[②]，并且艺术生产的概念及其理论“是马克思在文艺学和美学上的一个发现，是马克思主义美学旗帜上十分重要的标志。它的深远影响和科学价值，将随着历史的前进而与日俱增”[③]。他还指出，虽然马克思关于艺术生产的论述是分散的，但只要我们把围绕着艺术生产概念的思想做一番系统化的工作，把各个分散的论述有机地组织起来，放到艺术生产论的联系中、运动中加以考察，就可以窥见一个新的美学和文艺学体系的轮廓和雏形。

从20世纪80年代中期至90年代中期，我国学界对文艺生产理论的研究进入到体系建构阶段。在这一时期，一些学者意识到从生产论的角

---

① 董学文：《马克思与美学问题》，北京大学出版社1983年版，第151页。
② 同上书，第154页。
③ 同上书，第154—155页。

度考察文艺能够补充单纯的文艺反映论和文艺意识形态论的不足，并自觉地从生产论角度出发构建马克思主义的文艺学体系。其中，代表性的学者主要有董学文、何国瑞、林澎等。董学文在1989年出版的《走向当代形态的文艺学》一书中，尝试以人的生产作为逻辑起点，构建马克思主义文艺学的当代形态。何国瑞于1988年、1989年先后发表了《论马克思的艺术生产理论体系》《艺术生产论纲》，并在1989年主编出版了《艺术生产原理》一书。在《艺术生产论纲》一文中，作者指出，“在文艺学发展史上具有全局的，突破性的理论，是马克思提出的生产论”①；马克思的艺术生产论涵括了艺术发生学、艺术创作学、艺术消费学，涉及艺术主体、艺术客体、艺术载体、艺术受体、艺术本体等关键问题；如果我们把马克思有关的论述收集起来，认真思考和领会，就会发现，这是一个较完整的、具有巨大的理论涵盖力的崭新理论。《艺术生产原理》虽说是一部多人完成的著作，但从总体上体现了何国瑞构建马克思主义艺术生产理论体系的设想，该书作为国内学界第一部系统探讨艺术生产理论的著作，虽然在一些方面不能令人满意，但“它在艺术生产论的体系化、原理化方面所做的探索，却是一种有益的尝试，而且在某种程度上印证了马克思艺术生产范畴和观点的巨大的理论建构潜能和作为一种理论胚胎生成为理论上远为复杂的有机生命体的令人向往的可能性”②。林澎、龚曙光合著的《艺术生产概论》出版于1995年。在该书的最后一部分，著者专门探讨了按经济规律及利用行政和法律手段对艺术生产进行管理等问题。

除了上述学者自觉构建马克思主义的文艺生产理论体系之外，从20世纪80年代中期到90年代中期，我国学界对文艺生产论的研究还体现

---

① 何国瑞：《艺术生产论纲》，《理论与创作》1989年第4期。
② 李心峰：《新时期艺术生产论及其理论意义》，《文艺理论与批评》2008年第5期。

在以下三个方面。第一，就马克思主义文艺学体系的核心观念问题，在文艺生产论、文艺反映论和文艺意识形态论之间展开论争。这次论争主要发生于20世纪90年代初期。第二，面对日益崛起的商业文化和消费文艺、探讨文艺生产的商品化问题。第三，对西方马克思主义的文艺生产论著进行译介和初步研究。如本雅明的《机械复制时代的艺术作品》、珍妮特·沃尔芙的《艺术的社会生产》等著作都出版了完整的中译本。

从20世纪90年代后期至今，我国学界对文艺生产理论的研究进入多元拓展时期。在全球化理论、后现代理论、文化研究理论变成新的学界热点时，文艺生产理论不再是学界瞩目的中心，学界也没有关于这一理论的较大规模的学术论争发生，但文艺生产理论却在不少学者的默默研究之下得到了拓展和深化。这一时期的艺术生产理论研究呈现出如下几个特点。第一，理论资源多元化，研究主题多元化。以往学界研究文艺生产理论主要借重的是马克思主义经典作家的理论，而此时西方马克思主义的文艺生产理论、文化产业理论、消费社会理论、文化研究理论等都成为学者们考察艺术生产问题的理论资源，由此也使得文艺生产论的研究在主题方面更加多元分散。第二，研究的问题更加具体化。相比以往更加侧重体系建构和理论辨析的研究取向，这一时期的研究与具体的文艺门类、文艺现象结合得更加紧密。如钟涛的著作《元杂剧艺术生产论》运用艺术生产理论，就元杂剧的艺术生产者、元杂剧的艺术生产中的问题、元杂剧的传播和消费等问题进行了专门研究。赵敏俐等人合著的《中国古代诗歌研究——从〈诗经〉到元曲的艺术生产史》从艺术生产的角度，对中国古代诗歌发展演变的历史进行了详细考察。第三，文艺消费、文艺传播及其对文艺生产的影响开始得到研究者的重视。代表性的著作如陈定家的《隐形手与无弦琴——市场语境中的艺术生产研究》、何志钧的《文艺消费导论》等。第四，对西方马克思主义文艺生产理论的研究得到强化。代表性的著作如冯宪光的《马克思美学的现代阐释》、温恕的《精神生产与物质生产——二十世纪国外马克思主义艺术生产理论研究》。需要指出的是，从20世纪90年代末期至今，还有一些学者致力于马克思自己的文艺生产理论的研究，或者以马克思的文艺生产理论为主要理论依据，对文艺生产的相关问题做出专门研究，如李益荪的《马克思艺术生产理论研究》、罗中起的《艺术生产的价值论研究》。

二　文艺生产论论争的主要理论问题

新时期以来，我国文论界对文艺生产理论的讨论主要集中于以下三个方面的问题：艺术生产与物质生产的不平衡关系问题；文艺生产论在马克思主义文艺学体系中的地位问题，或者说，文艺的生产属性与文艺本质的关系问题；文艺生产的商品性问题。

关于物质生产与艺术生产发展的不平衡关系问题，我国学界的讨论主要涉及不平衡关系的含义、不平衡关系产生的原因、不平衡关系是普遍规律还是特殊现象，以及不平衡关系理论在当代社会中的作用等问题。

不平衡关系的含义。所谓物质生产与艺术生产的不平衡关系，就字面意义而言，指的是二者的发展不成比例。但就具体含义而言，学界还是提出了不同的理解，形成了不同的观点。张怀瑾与田文信认为，不平衡关系主要指的是艺术与物质生产力之间的关系。陈竹和潘必新则不同意这种观点，他们认为，所谓的“不平衡”，一是指艺术生产与“社会的一般发展”不成比例；二是指艺术生产与“物质基础的一般发展”不成比例。所谓的“社会的一般发展”是指生产关系由低级向高级的运动；所谓的“物质基础的一般发展”是指生产力的上升运动。因此，应当将不平衡关系理解为艺术与社会生产方式之间的关系。何国瑞则认为，这种不平衡关系不是同一社会内两者不成比例的矛盾，而是拿不同时期、不同国家、不同艺术形式进行交错比较后显示的矛盾。

不平衡关系产生的原因。在这个问题上，学界主要形成了五种观点。第一种观点以张怀瑾和田文信为代表，认为阶级斗争是艺术生产的直接动因，而阶级斗争和物质生产之间是不平衡的，由此导致了物质生产和艺术生产之间的不平衡。第二种观点以陈竹和潘必新为代表，认为导致不平衡的原因主要在于生产关系。有些国家或地区其内部经济运动是向上的，即使生产力较同期的先进国家落后，但因其生产关系是开放的，艺术生产也可以出现繁荣；相反，有些国家或地区尽管累积的生产力高度发展，但因为生产方式正处于僵死、凝固、没落的阶段，艺术生产也会因为生产关系的阻碍而衰落。第三种观点以刘世钰为代表，特别强调艺术家的个人因素对造成不平衡关系的作用。第四种观点以何国瑞为代表，认为不平衡关系是由多种因素综合形成的。他指出，对不平衡关系起重要作用的首先是生产关系的状况和性质，其次是阶级斗争的状况和性质，再次是社会意识，最后是艺术内部的特征和艺术家的个人因素。李益荪和俞兆平持第五种观点，把不平衡的原因归之于艺术生产及艺术生产者的异化。

艺术生产与物质生产发展的不平衡是普遍规律还是特殊现象？在这一问题上，学界主要形成了两种观点。第一种观点认为不平衡关系是永恒的普遍规律，而平衡只是暂时的、相对的。持这一观点的学者主要有张怀瑾、田文信和周忠厚。如周忠厚认为，艺术生产和物质生产发展的关系是微观的平衡与宏观的不平衡、绝对不平衡和相对平衡的辩证统一关系。第二种观点认为不平衡只是特定的现象或特殊的规律，艺术生产与物质生产在总体上维持基本的平衡。持这一观点的有何国瑞、朱立元、艺声、石岚、刘世钰、包忠文等学者。

不平衡关系理论在我国当代社会中是否仍然适用？张怀瑾和刘建国认

为不平衡关系理论在我国当代不仅没有过时，而且还起到支配作用。何国瑞等学者不承认不平衡关系理论在我国当代有其支配作用，但承认在我国当代，产生不平衡关系的条件并未消失。①

文艺生产论在马克思主义文论体系中居于何种地位？这个问题涉及文艺生产论与文艺反映论、文艺意识形态论的关系问题。换个提问的角度，这一问题就转化为如何理解文艺的本质问题，即文艺的本质是审美反映、审美意识形态还是生产实践？对于这个问题，学界曾进行过激烈的交锋。下面，先说关于文艺生产论与文艺反映论之间的论争。文艺反映论在中华人民共和国成立后的文艺学界曾经占据过主导地位，新时期以来，蒋孔阳、钱中文、王元骧等学者将其发展为审美反映论。但是这种改良后的反映论依然受到了文艺生产论的挑战。在文艺生产论与文艺反映论的论争中，学界的观点大体分为两种："替代论"与"包容论"。

持"替代论"观点的学者主要是肖君和与何国瑞。肖君和提出："指导我们文艺思想、文艺创作的具体的理论基础应该是马克思的生产论，而不是反映论。在文艺观念更新的今天，我们应该用生产论代替反映论，以便对文艺思想、文艺创作进行有效的指导。"② 何国瑞也持"替代论"观点，他的理由主要是生产论比反映论更全面。他认为，要贴近文艺实际，

---

① 以上关于艺术生产与物质生产发展不平衡关系的讨论，参见张怀瑾《艺术生产与物质生产发展不平衡是马克思主义文艺理论的基石》，《外国文学研究》1978 年第 1 期；田文信《唯物地辩证地认识物质生产与艺术生产的关系》，《学术月刊》1982 年第 9 期；陈竹《艺术的曲线与经济的轴线》，《江汉论坛》1980 年第 2 期；潘必新《试论物质生产的发展同艺术生产的不平衡关系》，《文艺论丛》1980 年第 10 辑；何国瑞《论物质生产与艺术生产不平衡问题》，《江汉论坛》1979 年第 2 期；刘世钰《对艺术生产与物质生产发展不平衡规律的认识》，《外国文学研究》1979 年第 2 期；李益荪《论"艺术生产"主体的特征》，《当代文坛》2000 年第 1 期；俞兆平《魅力、困惑与深层解读》，《厦门大学学报》（哲学社会科学版）1998 年第 3 期；周忠厚《试论艺术生产与物质生产发展的宏观平衡和微观不平衡的辩证关系》，《求索》1991 年第 1 期；朱立元《艺术生产与物质生产的不平衡关系》，《复旦大学学报》（社会科学版）1982 年第 1 期；艺声、石岚《论艺术生产与物质生产的内在联系》，《文学评论》1981 年第 2 期；包忠文《艺术生产与物质生产发展的不平衡是文艺发展的客观规律吗?》，《外国文学研究》1979 年第 1 期。

② 肖君和：《要用马克思的"生产论"指导文艺》，《文艺争鸣》1986 年第 4 期。

全面揭示文艺的属性、特征、功能、本质和规律，反映论是不够的，因为“反映论是解决心理现象的本源、本质、规律和过程的。而文艺却不仅仅是一种心理现象，它是一种心理现象的‘物化’，物化就是一种生产”①。因此，要科学地认识文艺，反映论还不是充分的理论基础。只有马克思的生产论才是最正确最充分的理论基础。

朱立元是“包容论”观点的代表。他认为，文艺生产论与文艺反映论之间并不是对立的关系，而是文艺生产论可以包容文艺反映论。他指出，艺术生产论把艺术生产看作一种精神生产，一种“实践—精神”的掌握世界的方式，所以艺术生产是一种隐含有认识、反映因素的审美生产，是一种渗透着认识性的精神创造活动，因而，“艺术生产不等于艺术反映，但大于并实际上包容艺术反映于自身；同样，艺术生产论也大于并包容艺术反映论于自身”②。并且艺术反映论偏重于研究从生活到艺术这一过程，而艺术生产论则依据生产的一般规律与运行机制，从艺术生产与艺术消费的对立统一关系入手，完整地揭示了艺术活动辩证的回环运动过程，因此艺术生产论比艺术反映论更贴近于艺术的特殊本质和艺术运动的特殊规律。需要指出的是，朱立元反对在艺术生产论与艺术反映论之间制造人为的对立，反对以艺术生产论全盘取代甚至否定艺术反映论，认为从反映论入手研究艺术也有其价值。

关于文艺生产论与文艺意识形态论之间的关系，国内学界的观点主要有“替代说”“统一说”“补充说”“主干说”“深化说”五种。“替代说”的代表学者仍是肖君和、何国瑞，他们主张以文艺生产论替代文艺反映论，同样也主张文艺生产论替代文艺意识形态论。其他的四种观点承认两种文艺观念都具有自身的合理性和价值，因而反对以其中一种文艺观念来

---

① 何国瑞:《马克思主义文学理论建设的方法论》,《文学评论》1991 年第 6 期。

② 朱立元:《艺术生产论与艺术反映论关系之辨析》,《学术月刊》1992 年第 8 期。

否定甚至替代另外一种文艺观念。但在两种文艺观念的具体关系上，学者们还是提出了不同看法。

持“统一说”的代表性学者是王德颖。他认为，“文艺是特殊的意识形态”，这一论断作为我们研究文学和艺术的前提和指南，作为我们同各种非马克思主义的文艺观斗争的武器，是丝毫不能放弃的。然而，艺术意识形态观点和艺术生产观点并没有本质的、原则的差别，它们只是对同一艺术现象的社会属性所做的不同表述而已。两种观点的区别主要在于提问的角度不同：文艺意识形态论主要立足于马克思主义的辩证唯物主义的认识论，而艺术生产论则立足马克思主义的历史唯物主义的实践论。虽然两种文艺观念因提问的角度不同，揭示的艺术层次不同，但从根本上说二者是统一的，因为“文学艺术的社会本质是意识形态，作为一种关系和职能它被自身生产出来，艺术意识形态的生产即艺术生产”①。

陈定家的观点可以总结为“补充说”。首先，他在一定程度上同意“统一说”的观点，即文艺的生产就是意识形态的生产。然而，仅从意识形态论出发研究文学艺术却有着较大的片面性，因为“把文学艺术归入意识形态，虽然深刻地揭示了文艺的社会本质，但是，我们却不能把艺术的社会本质规定性看成是文学艺术的唯一的本质属性”②。文学艺术具有多方面的本质属性，除了作为意识形态的精神属性之外，文学艺术还具有作为物质生产与经济实践方面的本质属性。因此，引入文艺生产论，可以克服和纠正单从意识形态维度研究文学艺术的片面性，这对于我们认识和解决当前市场语境下文艺生存和发展中所面对的种种问题尤其具有重要的指导意义。

“主干说”又分两种情况：一种情况是在承认文艺意识形态论的价值

① 王德颖：《艺术生产论和艺术意识形态论》，《文艺研究》1991 年第 4 期。

② 陈定家：《略论意识形态与艺术生产》，《殷都学刊》2001 年第 1 期。

的前提下，强调文艺生产论才是马克思主义文艺学的主干：另一种情况是在承认文艺生产论的价值的前提下，认为意识形态论才是马克思主义文艺学的核心理论。前一种观念的代表人物是朱立元，后一种观念的主要代表是黄力之、谭好哲等学者。朱立元认为，“马克思的艺术生产论是其文艺思想的主干或支柱”①。提出这个观点有两个依据：一是艺术生产论是贯穿马克思思想发展一生的，是有内在发展脉络可寻的系统理论；二是对于文艺学来讲，马克思的艺术生产理论所涉及的问题既广泛又具有根本的重要性，或者说，它的理论观点对于构建文艺学体系来说具有原生性和框架性。相对来说，马克思文艺思想中的其他一些重要观点则具有派生性和部件性。文艺反映论和意识形态论莫不如此，因为艺术生产论把艺术作为精神生产的一个部门，也就肯定、并包括了艺术的认识（反映）因素与意识形态性。与朱立元的观点相反，黄力之、谭好哲则认为，意识形态论才是马克思主义文艺学的核心观念。黄力之指出，只有意识形态论才实现了文艺学的核心观念与哲学核心观念的统一，才集中体现了马克思主义文艺学的科学性与革命性，并且，马克思主义文艺理论体系中的其他观点，只有以意识形态论为出发点，才能说明其马克思主义的体系性特色。我们从意识形态论出发，在意识形态与经济基础的框架中，才能说明艺术生产是受制于物质生产的一种实践行为，说明艺术生产不是主体的绝对自由意志的运动，说明艺术生产的发展首先是意识形态的发展史。因此，“艺术生产论虽然重要，但是其意义的阐释只能从意识形态论着手，而不是相反”②。谭好哲认为：“一定的艺术生产及其产品的具体性质——它与一定的经济基础的关系、与一定阶级的具体联系以及在社会生活中发生的具体功能等等，都不直接产生自艺术的‘生产性’，也不能由‘生产性’获得说明，

① 朱立元：《历史与美学之谜的求解》，学林出版社1992年版，第330页。
② 黄力之：《体系框架中的意识形态论》，《文艺理论与批评》1991年第6期。

而直接受到‘意识形态’的制约，只有从文艺的‘意识形态性’方能得到科学解释。”①

张来民持“深化说”观点，认为艺术生产论是意识形态论的深化和发展。他指出，如果回到马克思那里就会清楚，意识形态论并不是一种独立的文艺观，倒不如说它是马克思文艺思想的一个组成部分。当马克思把文艺列为意识形态时，目的是为了说明“经济基础”与“上层建筑”“物质生产”与“精神生产”的决定与被决定关系。而这些概念正是艺术生产论的基本话语。可以说，从政治经济学视角观察艺术现象是马克思文艺学的独有视角，或者说，马克思主义的艺术理论就是政治经济学的艺术理论，而“艺术生产”则是这一理论的总概念。所以，走向艺术生产论并不是否定意识形态论，而是让意识形态论回归马克思艺术生产思想整体系统的原有位置。从另一层意义上来讲，意识形态论作为一种马克思主义的文艺观产生于无产阶级与资产阶级政治斗争的历史时代，而如今，我国已经进入社会主义市场经济时代，艺术作为一种特殊的商品进入市场，带来了一系列需要艺术理论必须应对的问题，此时，原有的意识形态论也必须深化和发展，去直面当下文艺实践提出的问题。他并不担心走向艺术生产论会淡化艺术的意识形态性，因为“整个艺术生产，从制作到文本，从传播到消费，实质上都是意识形态的生产”②。

文艺生产的商品性问题也是学界争论的一个热点问题。在这个问题上，学界的观点主要有以下四种：一是强调文艺生产作为精神生产的特殊性，从而贬低、拒斥文艺生产的商品性；二是承认文艺生产具有精神自由性与商品性二重属性，但文艺生产的精神自由性是主要的属性，是文艺实现其商品价值的基础；三是认为文艺生产的商品化有助于文艺精神价值的

① 谭好哲：《文艺与意识形态》，山东大学出版社1997年版，第250页。
② 张来民：《作为商品的艺术》，中国社会科学出版社2002年版，第138页。

实现；四是认为文艺生产的精神自由性与商品性是对立统一的关系。持第一种观点的有罗宏、李英等学者。李英在《金钱崇拜与艺术生产》中指出："真正的艺术生产创造即不同于一般商品的生产，它是以人本身的发展、个性的充实和自我实现为目的的，其本质特征是生产审美价值，而非生产商品价值。"① 该文还指出，艺术创造的自由性和商品性是相矛盾的，如果将金钱当作艺术创作的最高目的，艺术创造的自由性将会被排斥，艺术创造就会异化为一种谋生技艺；从服务于读者大众的角度来说，为金钱与为人民不能相容。罗宏认为，马克思虽然也承认作为精神生产的艺术生产在商品化历史条件下有可能转化成物质生产，但马克思的承认是历史视角的承认而非价值视角的承认；在马克思看来，艺术生产的商品化是艺术的异化。② 边平恕和王建疆持第二种观点。边平恕认为，社会主义的艺术生产虽然也属于商品生产，但它讲求社会效益和经济效益的统一，使艺术的交换价值服从于审美价值。③ 王建疆指出，文艺创作作为生产力，以精神创造的无为和物质创造的有为为特征，表现出创作过程的超功利性和创作动机、创作成果的功利主义打算；虽然文艺在促进经济增长、创造经济效益中能够起到无与伦比的作用，但实现这一目的必须以文艺创作的无功利、无所为为前提。④ 持第三种观点的学者以张来民为代表。他认为，艺术工作者为金钱而生产是艺术家生存的需要，生产自由的需要，它可以激发艺术家的创造潜力，它必然使艺术生产面向人民大众，并使艺术资源得到合理配置，从而使人民大众的审美需要得到多方面的满足，因而艺术商品化与恩主制和国家统包制相比，"是艺术史上的一个巨大的历史进步。它解放了艺术生产力，使艺术走向民

① 李英：《金钱崇拜与艺术生产》，《哲学研究》1995 年第 10 期。
② 参见罗宏《马克思究竟是怎样看待艺术生产的》，《文艺理论与批评》2005 年第 4 期。
③ 参见边平恕《艺术生产和商品生产》，《文艺理论与批评》1988 年第 3 期。
④ 参见王建疆《我国现阶段艺术生产的定位问题》，《甘肃理论学刊》2000 年第 9 期。

主”①。何志钧则持第四种观点。他认为，商品生产对艺术生产具有双重效应，既具有积极促进的一面，又具有消极阻滞的一面，但这种作用在历史发展的不同阶段并非一成不变的；从我国目前状况来看，商品生产对艺术生产的促进作用占主导地位。②

三　文艺生产论论争的价值和局限

从1978年至今，我国学界对文艺生产论的研究和讨论已经走过30多年的历程，总体来讲，关于这一理论的研讨已经取得了令人瞩目的成果，并对我国文艺理论的发展起到了不可忽视的推动作用。这种推动主要体现在以下几个方面。首先，丰富并深化了我国学界对马克思主义文艺学体系的理解。以往，我国学界主要从认识论哲学和历史唯物主义的视角出发，将反映论和意识形态论看作马克思主义文艺学的核心观念。在文艺生产论的挑战之下，学界重新回到马克思，重读马克思主义经典论著，从马克思那里发现了考察文艺的政治经济学视角，并发现了文艺的生产性和实践性特征。在文艺反映论、文艺意识形态论和文艺生产论的几次交锋之后，学界开始探讨几种研究视角在马克思主义文艺学体系中的关系，思索马克思主义文艺学体系中几种重要的文艺观念之间的关系。这无疑深化了我国学界对马克思主义文艺学的理解，并积极促进了有中国特色的马克思主义文艺学体系的构建。其次，促进了我国文艺学的现代转型。对文艺生产论的研究和讨论加快了我国文艺学摆脱极左文艺思潮的进程，使我国文艺学在摆脱单一的政治学研究范式的同时，逐渐走向研究视角的多元化和文艺观念的多元化。文艺生产论的引入，使

① 张来民：《金钱、艺术与艺术市场化》，《哲学研究》1995年第3期。

② 参见何志钧《艺术生产商品化新论》，《临沂师范学院学报》2001年第4期。

得我国以往的一元论的文艺学体系和本质主义的文艺观念受到挑战，因而有助于我国文艺学走向多元共生、多元对话的局面，有助于我国文艺学的现代性转型。再次，初步构建了应对大众消费文艺的批评理论和批评话语。面对我国新时期文艺的市场化和商品化走向，无论是文艺反映论、文艺意识形态论还是新时期日渐崛起审美主义文论，都缺乏解释的效度和批评的话语体系。文艺生产论的提出和构建弥补了这方面的不足。最后，拓宽了我国文艺学研究的理论视野，促进了我国文艺学同西方文艺学的交流。我国学界在提出并构建文艺生产论时，虽然主要依据的是马克思主义经典作家的论著，但无论是这一文艺观念的提出，还是其发展完善，无不深受西方马克思主义文艺生产理论的影响。这也间接地促进了我国对西方文艺理论的研究、借鉴和吸收。

我们也必须看到，我国学界在提出并构建文艺生产论的过程中还存在种种不足，这主要表现在以下几个方面。第一，不少学者深陷本质主义的纠缠。[①] 在文艺生产论同其他文艺观念的论争中，文艺本质成为论争的焦点。这显示出不少学者还没有摆脱本质主义的思维模式。诚然，从学术研究的角度来看，文艺的本质并非不能讨论，但是那种将文艺本质唯一化、固定化和先验化的观念应当抛弃。文艺本质并非先验的，它作为人们对文艺的观念性认识，应当随着社会历史条件的变化和文艺自身的演变而变化。文艺种类繁多、复杂多变，单一的本质也未必能够涵盖并解释一切文艺作品，所以文艺的单一本质观念也存在极大的问题。此外，文艺研究应当以解释文艺现象、解决文艺实践中出现的问题为要务。然而，不少学者不去关注和研究我国新时期文艺生产过程中出现的种种问题和困惑，而执着于文艺本质问题的形而上探讨，这不能不说是一个很大的遗憾。第二，没有真正摆脱旧有的研究模式的束缚。有的学者也写出了关于文艺生产论

① 参见张来民《作为商品的艺术》，中国社会科学出版社 2002 年版，第 133 页。

的论著，但我们发现，和原有的文艺理论著作相比，这样的著作除了将文艺创作改称为文艺生产、将文学艺术家改称为文艺生产者、将文艺欣赏接受改称为文艺消费之外，在研究范式、基本理论问题等方面并没有本质的差异。这种“新瓶装旧酒”的研究缺乏真正的创新性。第三，对于文艺生产中的一些重要理论问题的研究比较粗疏。比如，文艺生产力问题、文艺生产关系问题都属于文艺生产论的核心问题，但学界对这样一些关键问题的研究远不够深入具体。第四，对于文艺的流通环节、文艺传播及其媒介问题的研究较为忽视。学界的研究主要集中于文艺生产环节，也在一定程度上顾及了文艺消费问题，但是很少有学者对文艺流通与传播这一重要环节做出集中深入的研究。第五，对西方马克思主义、后马克思主义的文艺生产理论的研究还缺乏有分量的成果。我国的文艺生产理论在今后的发展中，应当力求避免或纠正上述问题。

Rethinking Debates on Production Theory of Literature and Art in the New Period of China

You Zhansheng

Abstract In the new period of China, there had been some heated debates over production theory of literature and art around academic circle, which reflected paradigm change of China' s literary and artistic studies from politicized pattern to non – politicized pattern, and the requirement of the era for understanding Marxist theory of literature and art at its root correctly, and the challenge for academic research from the commercialization and marketization of literature and art as well. These debates focused mainly on three issues: the unbalanced relationship between material production and artistic production, the position of production theory in Marxist theory of literature and art, the commodity features of literary and artistic production. Through these debates, our understanding about Marxist theory of literature and art had gradually been enriched and deepened, and the process of modernization transformation of China' s literary and artistic theory had also been advanced. However, it should be noted that there are still some limitations and shortages existing in these debates, which needs our further reflections and discussions.

Keywords The New Period of China; Production Theory of Literature and Art; Debates; Rethinking

Author You Zhansheng is an associate professor at Research Center for Aesthetics and Literary Theory of Shandong University with academic interests in literary theory and western aesthetics.

批判理论的符号学拓展

——鲍德里亚学术研究中的符号学方法

杨建刚

摘　要　鲍德里亚是马克思主义与符号学之间的相互征用与对话中的一个重要理论家。虽然鲍德里亚的学术生涯经历了由马克思主义向后马克思主义的转变，但符号学是贯穿始终的方法论。正是符号学方法的运用使其学术生涯呈现出断裂与联系的内在张力。通过将符号学引入马克思主义，鲍德里亚对消费社会的物体系、时尚和艺术品拍卖及其体现出来的消费意识形态进行了分析和批判，进而发展出一种独特的符号政治经济学批判理论，以此丰富和发展了经典马克思主义及法兰克福学派的批判理论。也正是将符号学方法推向深入，促使他最终背离了马克思主义生产理论的基本原则，并在对后工业社会的文化、艺术和传媒等文化景观的批判中发展出了拟像、仿真、内爆和超真实等学说，并以此把海湾战争作为一种媒介事件展开批判，从而成为一个典型的后现代理论家。

关键词　消费社会；物体系；符号政治经济学；仿真；媒介事件

作者简介　杨建刚，文学博士，山东大学文艺美学研究中心副教授，研究方向为西方文论和美学。

在马克思主义与符号学之间的相互征用与对话中，鲍德里亚是一个我们无论如何都不可忽视的重要理论家。马克·波斯特认为西方马克思主义用于消除传统马克思主义的局限性的方法有两种：一种是以萨特为代表的现象学存在主义，另一种是现代语言学理论。如果说列斐伏尔和巴特用语言学方法对资本主义日常生活的批判是语言（符号）批判理论的开端的话，那么“将符号学方法阐述为一种完备的批判理论的工作是由让·鲍德里亚完成的”①。鲍德里亚的学术生涯和理论观点都与马克思主义和符号学之间存在非常复杂的渊源关系，也正是在二者之间的相互征用与对话中，鲍德里亚形成了自己独特的符号社会学和政治经济学理论，并将其运用于对消费社会中的文化、艺术和传媒等问题的分析和批判。波斯特将鲍德里亚的这种建立在马克思主义批判理论基础之上的符号学方法统称为“批判符号学”（Critical Semiolgy），并认为这种方法“为资本主义的激进批判提供了真正的基础”②。波斯特的观点代表了西方学术界对鲍德里亚学术研究的方法论的基本认识和评价。

学术界通常将鲍德里亚的学术生涯划分为前期的马克思主义、中期的后马克思主义和最后的决裂期三个阶段。③ 虽然在这几个阶段的演变过程中，鲍德里亚对待马克思主义的态度发生了变化，但是符号学却是其一以贯之的方法论。而且，他的学术研究所取得的成就，以及所发生的重大转折都是因为符号学方法的运用而导致的。通过将符号学引入马克思主义，鲍德里亚对消费社会的物体系进行了分类和研究，并对消费意识形态进行了有力的批判，从而发展出一种独特的符号社会学和符号政治经济学批判理论，以此丰富和发展了经典马克思主义及法兰克福学派的批判理论。同样，也正是将符号学方法推向深入，促使他最终背离了马克思主义生产理论的基本原则，并在对后现代文化景观的批判中发展出了拟像、仿真、内爆和超真实等学

① ［美］马克·波斯特：《福柯、马克思主义与历史：生产方式与信息方式》，张金鹏译，南京大学出版社2015年版，第25页。

② Mark Poster, *Semiology and Critical Theory*: *From Marx to Baudrillard*, boundary 2, Vol. 8, No. 1, The Problems of Reading in Contemporary American Criticism: A Symposium (Autumn, 1979), pp. 275 – 288.

③ 参见 Douglas Kellner, *Jean Baudrillard*: *From Marxism to Postmodernism and Beyond*, Cambridge: Polity Press, 1989。

说，从而成为一个典型的后现代理论家和后马克思主义者。因此，以符号学为切入点分析鲍德里亚学术研究的方法论，以及他如何从一个马克思主义者转变为后马克思主义者，无论是对于鲍德里亚自身的学术思想的研究，还是对马克思主义和符号学之间的关系研究，都是有必要的。

一　消费社会物体系的符号学批判

在鲍德里亚进入学术生涯的道路上，虽然很多学者和学说都对他产生了影响，比如凡勃仑的有闲阶级理论、巴塔耶的过剩和消耗理论、莫斯关于礼物的论述、弗洛伊德的精神分析和拉康的镜像理论等，但是真正帮助他奠定学术立场并形成研究方法的还是以亨利·列斐伏尔为代表的西方马克思主义社会理论和以索绪尔、罗兰·巴特为代表的符号学方法。在1966年进入南特禾大学任助教之前，鲍德里亚一直在一所中学教授德语。在此期间，他已经阅读过尼采、赫尔德林和海德格尔等人的著作，并曾将布莱希特等人的德文文章翻译成法文。后来，在1968年，他还参与了马克思和恩格斯的《德意志意识形态》的法语翻译工作。[①] 鲍德里亚进入南特禾大学之后便在列斐伏尔的指导下撰写并完成了社会学博士学位论文，同时还参加了巴特在巴黎高师的研讨课，与巴特建立了亦师亦友的关系。而且他们二人还相约一起去听过萨特的讨论课。[②] 可以说，鲍德里亚的学术生涯正是在列斐伏尔和巴特的影响下，在二者所分别代表的理论和方法的张力中开始的。他早期的三部著作《物体系》《消费社会》和《符号政治经济学批判》的核心问题就是将马克思主义与符号学相结合，用符号学来对马

① 参见［法］尚·布希亚《物体系》，林志明译，上海人民出版社2001年版，译序第13页；仰海峰《走向后马克思：从生产之镜到符号之镜——早期鲍德里亚思想的文本学解读》，中央编译出版社2004年版，第7页。

② 参见［法］尚·布希亚《物体系》，林志明译，上海人民出版社2001年版，译序第3页。

克思主义的社会批判理论和政治经济学进行补充、丰富和发展。

列斐伏尔从马克思主义的批判立场出发，将对资本主义社会的批判引入了日常生活领域。列斐伏尔思考并写作《日常生活批判》后两卷之时正是结构主义和符号学如日中天之时，因此他的日常生活批判难以摆脱结构主义和符号学的影响。《日常生活批判》第二卷就开辟专章讨论了语义领域中的诸如语言、符号、象征、声音、图像等符号学的核心问题，而索绪尔和巴特等符号学家的学说正是其展开讨论的理论资源。[①] 进而，在其《日常生活批判》第三卷《现代世界的日常生活》中，列斐伏尔也对巴特刚刚出版不久的《时尚体系》及其所关注的时尚问题进行了阐释和分析。[②] 可见，虽然列斐伏尔年长巴特十多岁，但二者之间的忘年之交对他们各自学说的发展都产生了深深的影响，而这些影响最终都加之于鲍德里亚的学术成长历程之中。

后工业消费社会的日常生活被充斥着的各种物所包围，与这些物发生关联已经成为人们日常生活的常态，或者说就是日常生活本身。因此，对日常生活中的物进行研究和分析就成为日常生活研究的必然组成部分。鲍德里亚选择这个题目作为其博士论文选题，也正是对列斐伏尔的学术思想的延续和发展。而在具体的研究过程中，巴特的符号学给予了鲍德里亚分析这一物体系以方法论。《物体系》中对物所进行的语义分析显然参照了巴特分析流行服装的符号学方法，因而时时“回荡着巴特的《时尚体系》的声音”[③]，并被看作是“后结构主义文化批判的最重要的书之一”[④]。

---

① 参见 Henri Lefebver，*Critique of Everyday Life*，*Volume* Ⅱ：*Foundations for a Sociology of the Everyday*，Landon：Verso，2002，pp. 276 – 314。

② 参见 Henri Lefebver，*Everyday Life in the Modern World*，New Brunswick and Landon：Transaction Publishers，1984，p. 163。

③ ［英］J. 雷契：《让·鲍德里亚的符号价值》，齐鹏译，《世界哲学》2004 年第 4 期。

④ ［美］道格拉斯·凯尔纳编：《波德里亚：批判性的读本》，陈维振、陈明达、王峰译，江苏人民出版社 2005 年版，第 36 页。

在结构主义符号学的理论体系中，系统、结构、对立、差异等是最为核心的术语和范畴，也是结构主义符号学和文化研究的基本理论工具。尤其是系统内各要素之间的差异关系已经成为结构主义理论的基本原则。无论是索绪尔对于语言系统的论述，还是巴特以此为方法对服装体系的符号学分析，都是以这一原则为出发点的。这一原则为鲍德里亚研究日常生活中的物体系提供了方法论的启示，从而使他在继承其导师列斐伏尔的马克思主义传统的同时，又从结构主义符号学的角度发展了列斐伏尔的学说。在鲍德里亚看来，对于日常生活世界中琳琅满目的物进行研究，就必须把这些物看作一个符号系统才有可能。在这个系统中，每一个物都不是一个自在之物，而是具有功能和意义的符号——物—符号（Object - Sign）。而任何物要成为符号，就必须承载意义，即与人类世界发生关系。因此，对物—符号的研究也就转化为对物与人类世界之间关系的研究，而研究方法也就自然可以借用符号学的结构语义分析。在物的体系中，每一种物与体系之间的关系就类似于音素与语言系统之间的关系，而他写作《物体系》的目的就是对充斥于消费社会的物进行“物的结构语义系统分析”。

但是，鲍德里亚也清楚地看到，物的体系与语言体系之间存在很大的不同。不同于语言系统的独立性，物的科技层次并不具有结构自主性，也并不是一个稳定的系统。这一系统的目的在于宰制世界和满足欲望，因此也就难以脱离实践，并依赖于科学研究的社会条件，以及生产和消费的全面体制。由此可见，虽然用符号学来研究和分析消费社会的物体系是一种切实可行且具有解释力的有效方法，但是不能忽视物的体系与语言系统之间的差异性，因为前者还具有不含意义的技术层面，而后者则完全是一种意义系统。因此，根据所包含意义的程度不同就可以将物体系划分为功能性系统、非功能性系统、后设及功能失调系统和意识形态系统等不同类型，而对这些类型的符号语义分析也就必须遵循不同的原则。

室内家具的摆设结构和构成室内气氛的色彩、材质、形式和空间的结构属于典型的物的功能性系统。前者侧重于室内结构的技术层面，后者侧重于室内环境的文化层面。对功能性系统中的物的研究，并不关注于物的自然性，而在于“它和真实世界及人的需要间的准确［适应］关系”①。室内家具不仅仅发挥着它作为家具的自有功能，而且其组合方式还体现了一个家庭的结构关系和情感关系。选择高档家具还是廉价家具体现了主人的经济实力，而选择古典家具还是现代家具，以及家具的摆放位置、房间的装修风格等则体现了主人的审美趣味、家庭中的人际关系，以及家庭成员的情感结构等。也就是说，物的功能或意义并不是以它的自然性，而是以它被整合进一个体制或系统中的能力为依据。纳入系统的能力越强，它对人类需求所发挥的作用也就越大。因此，在一个功能性系统中，物必将不再只以自在的方式存在，体现着物所具有的实用功能，而且还以符号的方式存在，发挥着符号所具有的承载并表现物与人类存在之间关系的功能性意义。

物的非功能性系统完全关注于物所具有的文化符号意义。古物和收藏品就属于典型的非功能性物品。对于一个古物来说，它原有的功能已经消退，而其作为古物所具有的历史性则被凸显出来。它代表着历史和时间，呈现的则是物所具有的“见证、回忆、怀旧、逃避”等非功能性的文化意义。或者说，古物作为符号，“因为它逃过时间之劫，因此成为前世的记号”②，一种“时间的文化标志”③。现代人之所以迷恋古物，并对古物进行保护，其中一个原因是对起源的怀念。另一个原因是对本真性的执迷，通过古物我们可以保存文化的真实过去。古迹修复中强调“做旧”，就是使古迹保持原有的样貌，从而使真实的历史状貌和文化现实得以保存。收藏则是对一种不具有实用功能的文化符号的拥有。鲍德里亚区分了功能和

---

① ［法］尚·布希亚：《物体系》，林志明译，上海人民出版社2001年版，第72页。
② 同上书，第94页。
③ 同上书，第86页。

拥有这两个概念，并对应于物品与人类之间关系的两个情况：为人所实际运用和为人所拥有。只有当一个物品从它的实用功能中抽离出来而成为一个纯粹的符号的时候，才能成为拥有的对象。所以，收藏家所迷恋的并不是物本身，而是物所体现的文化符号。

在后设及功能失调体系中，物不再以原有的功能出现，而是从中引申出一种新的文化意义。这个体系中的物的产生和特性主要基于现代科学技术的发展。科学技术使劳动工具快速自动化，从而改变了物品原有的特性，并使其具有了拟人化特征，无论是在外形还是在用途上都带有人的存在和人的形象的清晰印记。那些无意义的小发明、没有明确功能或功能尚未被认识的小玩意儿，以及科幻影视作品中出现的作为人的拟像的各类机器人均属此类的物。在物的符号体系中，如果我们把有明确功能的机器看作功能的“语言”（langue），那么诸如小发明、小玩意儿和机器人等则属于具有主观性的“言语”（parole）。前者类似于人体的骨架，形成了物体系的基本架构，后者则类似于人体的血肉，使物的体系更加丰满而有趣。

符号学方法最集中地体现在第四类，即消费社会中物的意识形态体系。在鲍德里亚看来，前现代社会中物品具有较高的同质性，其同类物品的功能差异较小，外形的区分幅度也不大，因此其风格具有相对的稳定性。但是，现代物品却处于复杂的差异性结构之中，受到模范和系列这一二元对立的管辖。所谓模范就是物品中的典范之作，而系列则是与模范有差异的同类物品。这种差异可以是功能的、品质的、风格的、材质的、形式的等多方面的。比如一个品牌的皮包，它的经典款是模范，而同一品牌的其他产品与经典款相比就属于系列。同样，如果把名牌看作模范，那么对同一款产品的模仿性商品则属于系列。模范与系列之间的差异往往不是本质性和功能性的差异，而是源自消费者的心理因素的个性化方面的差异。一个人把自己最喜爱的一件特定商品看作模范，那么其他同类商品便成为系列。因此，模范并不具有统一的既定的特征，而是可以随着环境、文化和个人喜好在系列中变化的。或者说，模范是系列被选择的结果，是系列中某一物品被标出。消费社会的广告中销售的各类产品都是通过制造差异而使某一特定产品在同类产品的系列中具有标出性而成为模范，从而吸引消费者进行购买。模范和系列之间的差异结构，以及模范所具有的强制性要求，促使消费者在消费过程中以模范为目标。模范与系列之间差异的不确定性及其心理化特征又促使模范具有变动性，而且模范的变动要比系列的变动快得多。也就是说，模范都是暂时的，系列永远处于追求成为模范的动态之中。消费社会的广告和流行时尚正是通过制造这种差异而运作的。

二　消费社会的符号政治经济学批判

鲍德里亚从符号学的角度对消费社会的物体系的分析为其符号政治经济学批判的建立奠定了方法论基础。在鲍德里亚看来，消费社会被无处不在的物——符号所充斥，而生活在这个时代就必然“根据它们的节奏和不断替代的现实而生活着”①。物的符号特性导致对物的追求和积累很大程度上是对物所承载的符号意义的追求和积累，对物的消费也很大程度上基于物所包含的差异性关系，而这种差异性关系所表征的则是人的社会、阶层和人际关系的区分。物的这种区分功能使物不再仅仅是一种实用的东西，而且还具有一种符号所特有的社会价值——符号价值。但是，马克思的政治经济学更多关注于物的使用价值和交换价值，对物—商品的这种符号价值并没有给予足够的重视。因此，马克思主义政治经济学要对消费社会具有解释力就必须向前发展，将物的符号价值纳入其中。基于此，鲍德里亚

① ［法］让·波德里亚：《消费社会》，刘成富、全志刚译，南京大学出版社2001年版，第2页。

提出了一种适合于消费社会的符号政治经济学的构想，以此来补充、丰富、发展和完善马克思主义的政治经济学。

显而易见，鲍德里亚的符号政治经济学是通过将符号学方法引入马克思的政治经济学而建构起来的。但是在经济学中引入符号学方法并不是鲍德里亚的首创。马克思本人虽然没有系统的符号学理论，但却具有丰富的符号学思想。① 在马克思看来，“每个商品都是一个符号，因为它作为价值只是耗费在它上面的人类劳动的物质外壳”②。货币作为一种“价值符号”③，它与其所代表的价值分离，也与铸造货币的材料无关，无论是金、银、铜还是纸币，其所代表的符号意义是不变的。鲍德里亚就把货币看作“第一种获得符号地位并且逃离了使用价值的商品”④。索绪尔在讨论能指与所指的关系时也以货币为例，将能指与所指比作货币的两面。因此，鲍德里亚认为：“语言学与政治经济学的等同关系早在先于马克思的资产阶级古典政治经济学中就已经存在了。如果符号政治经济学（符号学）认同古典政治经济学的批判途径，那么这是因为他们在形式上的相同，而不是内容上的相同：符号的形式与商品的形式是相同的。”⑤ 交换价值与使用价

---

① 马克思的符号学思想已经受到了关注。代表性成果有西方学者奥古斯托·庞其奥（Augusto Ponzio）的《卡尔·马克思的符号学》[Augusto Ponzio, “The Semiotics of Karl Marx”, *Chinese Semiotic Studies*, 2014, Vol. 10 (2), pp. 195 - 214]，文中指出马克思本人其实也具有丰富的符号学思想，因此可以看作一位未表明身份的符号学家。国内学者章建刚在20世纪90年代就写了《马克思的实践观与符号思想》（《哲学研究》1993年第3期）和《一种马克思主义的符号理论是如何成为可能的》（《思想战线》1994年第4期）两篇文章，分别分析了马克思学说中的符号思想及建构一种马克思主义符号学的可能性。阿尔伯特·柏吉森（Albert Bergesen）的《马克思主义符号学的兴起》[Albert Bergesen, *The Rise of Semiotic Marxism*, *Sociological Perspectives*, Vol. 36, No. 1, (Spring, 1993), pp. 1 - 22] 一文对于西方马克思主义从葛兰西、阿尔都塞、普兰查斯到拉克劳和墨菲的符号学思想的发展和演变过程进行了深入分析，提出了马克思主义符号学这一重要学术领域。近年来，青年学者张碧已经就马克思主义符号学发表了多篇重要文章。

② 马克思：《资本论》（第一卷），人民出版社2004年版，第100页。

③ 《马克思恩格斯选集》（第二卷），人民出版社2012年版，第144页。

④ [法] 让·波德里亚：《象征交换与死亡》，车槿山译，译林出版社2009年版，第27页。

⑤ [法] 让·鲍德里亚：《符号政治经济学批判》，夏莹译，南京大学出版社2009年版，第119—120页。

值之间的关系就类似于符号的能指与所指之间的关系。正是因为能指与所指和使用价值与交换价值之间在结构关系和运作逻辑方面存在的这种相似性，使鲍德里亚坚信，将符号学引入政治经济学，从而建构一种符号政治经济学不但可能而且可行。

这种符号政治经济学建构的第一任务自然是对其运作模式的分析。鲍德里亚提出并分析了物的交换过程中所遵循的四种不同的价值逻辑：使用价值的功能逻辑、交换价值的经济逻辑、符号/价值的差异逻辑和象征交换的逻辑。这四种逻辑分别遵循四个不同的原则：有用性、等同性、差异性和不定性。物在这几种逻辑中所对应的分别为器具、商品、符号与象征。根据这几种逻辑之间的相互转换关系，鲍德里亚区分了四类十二种情况，并对每一种情况进行了分析。在这四种价值逻辑中，马克思的政治经济学着重讨论了前两种，而鲍德里亚的符号政治经济学更关注后两种。其中，象征交换也是以物的符号意义为基础的，比如赠品、礼物等，因此也是物的符号价值的一种体现。不同在于象征交换中物的符号意义是象征性和不确定的，并不具有固定的符号价值。或者说，它是以赠送者和接受者之间的特殊关系为依据。婚戒不同于日常的普通戒指的地方就在于它的象征价值，它是婚姻的符号和标志，一旦被赠予便成为一种独一无二的物品，因此具有持久的意义。在这四种逻辑中，只有符号的差异逻辑界定了消费的领域，在这个逻辑中，符号消费成为身份、权力和地位的象征。而且，任何物都无法摆脱成为符号的可能性。鲍德里亚甚至认为，虽然物在使用价值或功能上也具有很大的差异，比如不同价位或品牌的同类商品其功能也存在一定的差异，但这种差异常常不过是符号的差异性功能的一种外化，或者甚至就是作为一种噱头而被生产出来的。也就是说，物的功能性差异在消费社会的物体系中已经成为表征着地位、身份等区分的符号差异的一部分。

以符号学为方法展开对消费意识形态的批判是其符号政治经济学批判

的第二大任务。在鲍德里亚看来，符号的意指关系的逻辑与政治经济学的逻辑之间是一种同构性关系，一个物或商品的符号价值也是以符号的能指为基础的，对符号价值的追求事实上是基于对能指的崇拜。这样，马克思的政治经济学中所分析和批判的商品拜物教在鲍德里亚的符号政治经济学中就演化成了“能指拜物教”。这种“能指拜物教”和商品拜物教一样，也是一种意识形态，并贯穿于符号生产和物质生产的过程之中，但是二者的性质存在很大不同。马克思认为，商品的价值是以生产商品所耗费的社会必要劳动时间为依据，因此“商品世界的这种拜物教性质……是来源于生产商品的劳动所特有的社会性质”①。但在鲍德里亚看来，在符号交换中，“符号形式征服了劳动，掏空了劳动的任何历史意义或里比多意义，在自身的再生产中吸收了劳动：这就是符号的操作，它在空洞地影射自己所指称的事物之后，在自身得到重复”②。因此，如果我们称商品拜物教是一种生产性社会的意识形态，那么能指拜物教就是一种消费社会的意识形态。鲍德里亚认为，包括马克思主义在内的意识形态批判理论往往会陷入意识形态的神秘性思维之中，因为这种批判并不将意识形态看作一种形式，而是看作内容，看作一种给定的、超验的价值。但是，如果采用符号学的结构分析方法，不难发现，“事实上，意识形态的过程是一个将象征性物质载体还原为、抽象为一种形式的过程”③，而能指拜物教“实际上与符号—物关联起来，物被掏空了，失去了它的实体存在和历史，被还原为一种差异的标志，以及整个差异体系的缩影”④。因此，结构主义的符号意指分析也就成为“能指拜物教”的意识形态批判的一种有效的分析方法。这种方法集中体现在鲍德里亚对时尚和艺术品拍卖的符号学分析与批判。

---

① 《马克思恩格斯选集》第二卷，人民出版社2012年版，第124页。

② ［法］让·波德里亚：《象征交换与死亡》，车槿山译，译林出版社2009年版，第10页。

③ ［法］让·鲍德里亚：《符号政治经济学批判》，夏莹译，南京大学出版社2009年版，第140页。

④ 同上书，第80页。

（一）时尚的符号学分析与批判

鲍德里亚沿袭了波德莱尔的现代性观念，认为时尚是现代性的产物，也是现代性的表征。现代性具有两种时间向度，一种是线性的矢量时间，另一种是循环时间。现代性就是这两种时间的辩证法，它既是新生的，也是追溯的，既是现代的，又是过时的。在鲍德里亚看来，技术进步、社会生产和历史的发展属于线性时间，而时尚则属于循环时间。在时尚领域中充满了决裂、变化与革新，其中既有新潮和创新，又有复古和怀旧。构成时尚的符号元素的有限性致使在时尚的变化和更替中不断从已经过时的时尚元素中寻求启发，从而使流行时尚成为现代性时间辩证法的集中体现。同时，时尚的变化并不以物的生命长度和耐用性为尺度。从物的自然构成来说，每种物都具有自然的生命长度和淘汰周期。比如冰箱、洗衣机、玩具、服装等物品直至其使用价值被耗尽时才被更新或淘汰，此时的物就不属于时尚的范畴。作为符号，时尚并不反映自然需求的变化，不以物的使用价值为依据，而是以物的符号价值所彰显的差异原则和区分功能为旨归。如果说作为实用对象的物体现了社会的稳定性，那么作为符号的时尚则体现了社会的流动性。时尚的更迭速度体现的是社会流动的快慢和阶级固化的程度。因此，西美尔认为："时尚是阶级分野的产物，并且像其他一些形式特别是荣誉一样，有着既使既定的社会各界和谐共处，又使他们相互分离的双重作用。"① 时尚具有分化和同化的双重目标。从时尚的生产和操控来看，时尚总是被较高阶层所把持，从而使其与较低阶层区分开来。但是，时尚同时也具有一种补偿功能，较低阶层总是试图通过对较高阶层所掌控的时尚的追逐和模仿而弥合这种阶级或阶层的差别，从而获得一种心理的安慰和补偿。而一种时尚一旦被较低阶层普遍追逐和模仿，较高阶层就会抛弃这种时尚并生产出新的时尚以示区别。正因为时尚的这种

① ［德］齐奥尔格·西美尔：《时尚的哲学》，费勇译，文化艺术出版社 2001 年版，第 72 页。

双重性，使时尚本身不断地自我革命。每一种时尚的壮大和流行都预示着自己的死亡和毁灭。基于此，鲍德里亚认为，作为阶级符号的时尚“不过是那些试图最大限度地保持文化的平等以及社会区分的有效机制之一，通过在表面上消除这种不平等的方式来建构不平等”①。时尚的补偿功能使较低阶层在时尚的追逐和模仿中表面上获得了一种阶级的平等，而上层阶级对时尚的不断创新却又实际上不断地强化着阶级的不平等。显然，作为马克思主义批判理论家，鲍德里亚对消费社会的时尚符号的分析所采取的是一种批判的立场。鲍德里亚认为，西方的时尚批评已经由19世纪的右派思想转向了左派，因为时尚腐蚀了风俗，也消除了阶级斗争。时尚批评的向左转并不一定意味着历史的转折，而可能仅仅意味着“从道德和风俗方面看，左派接替了右派，以革命的名义继承了道德秩序和古典偏见”②。时尚研究的批判立场不仅标志着时尚批评的深化，也意味着左派理论的拓展。

（二）艺术品拍卖的符号学分析与批判

鲍德里亚认为，艺术品拍卖是符号政治经济学的诞生之地，极大地体现了符号政治经济学的运行规律，因此成为符号政治经济学分析的典范例证。拍卖是一种融经济价值、符号价值和象征价值等多种价值于一体的交换方式或游戏活动。在一般的商品消费中，经济的交换价值（货币）转化为符号的交换价值（声望等），但仍以商品的使用价值为基础而获得其交换的合理性。但是艺术品并不具有明确的使用价值，艺术消费也基本不考虑对象的使用价值。购买名画不是为了补壁或装饰，购买稀世陶瓷不是为了作为盛饭的器皿，购买文物也不是为了日常使用。尤其是在艺术品拍卖的竞价活动中，价格的变动和飙升使其交换价值（货币）与符号价值处于

① ［法］让·鲍德里亚：《符号政治经济学批判》，夏莹译，南京大学出版社2009年版，第28页。

② ［法］让·波德里亚：《象征交换与死亡》，车槿山译，译林出版社2009年版，第131页。

一种不确定的特殊关系之中。此时，交换价值与使用价值之间的运作规律已经失效，因为拍卖中出价的多少并不是以使用价值为标准，而是演变为以对商品的符号价值的争夺为目标的一种游戏甚至赌注。对一幅名画、一件稀世陶瓷或者文物来说，其使用价值非常小，甚至没有，交换价值却无穷大，因为对它所付出的货币并没有确定的数额，不是以生产它所包含的社会必要劳动时间为依据，而是以竞买者的支付能力和心理预期为标准。而竞买者之所以会对艺术品不惜代价趋之若骛，就是因为对它的拥有已经成为一种身份、地位、品位和名望的象征与区隔的标志。因此，一件艺术品越是稀有，其符号价值就越高，它的拥有者与大众或共同体其他成员之间的区分度也就自然更加明显。当然，艺术品拍卖也与竞价者的审美趣味密切相关。但是，正如布尔迪厄所发现的，审美趣味并非康德所主张的无功利，相反，它本身也具有社会区分功能。如其所言："审美配置也是社会空间中的一个特权位置的一种区分表现，而社会空间的区分价值客观上是在与从不同条件出发而产生的表现的关系中确定自身。……趣味（也就是表现出来的偏好）是一种不可避免的差别的实践证明。"① 趣味的培养和形成与一个人的生活条件、家庭阶层、学识涵养等密切相关，因此是与"一个特定等级相关的影响的产物"。它不但塑造着一个人的自我，而且把具有类似趣味的人聚集在一起形成一个趣味的共同体。表面看来趣味仅仅是个人性的，其深层实际上则是一种阶层甚至阶级地位的区分问题。物—符号、艺术品乃至趣味的这种区分功能促使人们不断地追求和占有稀有符号。布尔迪厄区分了经济资本、社会资本和文化资本，并认为三者之间可以相互转化。符号显然已经渗透于这几种资本之中，从而成为一种特权的表征。正如鲍德里亚所言："统治阶级总是或者将它的统治从一开始（原

① ［法］皮埃尔·布尔迪厄：《区分：判断力的社会批判》（上册），刘晖译，商务印书馆2015年版，第92—93页。

始社会与传统社会）就建筑在符号/价值之上，或者（在资本主义的资产阶级秩序中）努力试图以符号语言的特权去超越、跨越经济特权，并且将后者神圣化，而符号语言的特权是最后的统治阶段。”① 从这个意义上说，艺术品拍卖活动本质上就是通过一种经济资本的角逐来实现文化资本和社会资本的区隔。

三　后现代文化景观的符号学批判

在《生产之镜》之后，鲍德里亚彻底否定了生产的重要性，认为生产只是资本主义社会发展中的一种镜像，社会发展的真正推动力量应该是消费而不是生产。与马克思的政治经济学的基本模式相反，是消费决定了生产，而不是生产决定了消费。商品的价值不是在劳动过程而是在社会流通过程中被创造出来的。这样，鲍德里亚就彻底地偏离了马克思主义的基本理念，甚至走向了马克思主义的反面。在鲍德里亚的这一转变过程中，符号学发挥了重要的作用。如果说鲍德里亚学术生涯第一阶段是“将马克思主义政治经济学与符号学结合起来”② 从而丰富和发展了马克思主义，那么第二阶段之后则是用符号学方法对后现代文化进行分析和批判，从而成为一位彻底的“后现代性的超级理论家”③。他的这一学术地位的建立正是通过仿真、内爆和超真实这个“三位一体”的概念从不同的角度对后现代文化的概括和阐释来实现的。

在鲍德里亚的概念体系中，作为核心范畴的仿真（simulation）是与拟

---

① ［法］让·鲍德里亚：《符号政治经济学批判》，夏莹译，南京大学出版社 2009 年版，第 106 页。

② ［美］道格拉斯·凯尔纳、［美］斯蒂文·贝斯特：《后现代理论——批判性的质疑》，张志斌译，中央编译出版社 2001 年版，第 144 页。

③ 同上书，第 143 页。

像（Simulacrum，复数形式为simulacra）[①] 紧密联系在一起，并作为拟像的一个层级和阶段而展开分析的。拟像在西方哲学和政治学等领域都具有悠久的传统，柏拉图的模仿说已经是拟像的雏形，但是是鲍德里亚使拟像在当代哲学、政治学和美学等领域发挥了重要的作用。[②] 在《象征交换与死亡》中，鲍德里亚把拟像的发展区分为三个阶段及三个平行等级。起始于文艺复兴至工业革命的“古典”时期的主要模式是仿造（counterfeit），现代工业时期的主要模式是生产（production），而仿真（simulation）则是目前受代码支配的后现代时期的主要模式，它们分别代表或呈现了封建社会、工业社会和后工业消费社会的文化逻辑。作为拟像第一等级的仿造依赖的是价值的自然规律，第二等级的生产依赖的是价值的商品规律，而第三等级的仿真依赖的则是价值的结构规律。

仿造是与文艺复兴的兴起和封建秩序的解构一起出现的，而这个解构过程正是由资产阶级的秩序和差异在符号层面上的公开竞争完成的。也就是说，在文艺复兴之前的封建时期乃至古代社会，符号处于强制的受控制状态。不同的阶级拥有不同的符号。这些符号与界限分明的阶级区分和等级秩序相关联而不可随意使用。符号界限的打破就意味着阶级区分和等级界限的突破和僭越。现代社会的一个重要标志就是强制符号的终结，是获得解放的符号的统治，任意性成为符号的主要特征，所有的阶级和等级都可以不加区别和限制地使用甚至玩弄符号。鲍德里亚称这种特征为“符号的增生”。仿造就是这样一种符号增生行为，它通过诸如胸前的假背心、假牙、仿大理石室内装饰、巨大的巴洛克式的舞台布景等替代性符号来对已有的自然之物进行模仿，创造出一种其他物质的镜像，从而实现对符号

---

① 在鲍德里亚著作和文章的中译本中，对Simulacrum（复数形式为simulacra）和simulation的翻译是非常混乱的。Simulacrum的译法有拟像、拟真、类像、仿像、仿象等，而simulations的译法有仿真、仿拟等。甚至有的译本恰恰相反，将Simulacrum译为仿真，而将simulation译为拟像。根据这两个词汇的基本内涵，本文用拟像（Simulacrum）和仿真（simulation）这一译法。

② 参见Gary Genosko，*Baudrillard and Signs*，London and New York：Routledge，2002，p. 28。

等级及其控制的突破。

进入工业革命之后，拟像进入了生产阶段。在工业生产中，符号是没有种姓传统且可以被大规模生产的。生产的拟像是由两个或 n 个同一的物体构成，是本雅明所说的机械复制的结果。在这个系列的符号中，没有原型与仿造的关系，也不存在类比和反映，而是同一符号之间等价的无差异关系。在这个系列之中，物体成为相互之间的无限的拟像。生产作为符号秩序的一个特殊阶段，它只是由仿造到仿真之间的一个过渡。这个过渡是通过现代技术手段来生产无限的具有潜在同一性的存在、物体或符号。

拟像的第三阶段和等级是仿真。詹姆逊认为，作为西方后工业时代的文化逻辑的后现代主义是一种平面化的、破碎的、拼贴的、仿真的文化。鲍德里亚则将这种具有仿真性的后现代主义文化概括为超现实主义（hyper - realism），其基本特征则是超真实（hyper - reality）。仿真的这种超真实性是符号操纵的结果，而在构筑世界的各种符号中，影响最大的莫过于由于计算机的出现而形成的数字符号。因此，鲍德里亚认为："数字性是这一新形态的形而上学原则。"① 可以说，仿真是以电子媒介或数字符号为主导的超现实主义文化和艺术的基本特征。在后期的《拟像与仿真》等著作中，通过对仿真的深化，鲍德里亚又将虚拟真实（virtual reality）作为拟像的第四等级。

从拉丁语词源上来说，拟像（Simulacrum）具有图像（image）、类似（semblance）或表象（appearance）的含义。②《牛津英语词典》将其解释为与一个事物相似的"像、影、模拟物"，从而强调了拟像的物质性。正因为拟像与图像之间的这种密切关系，鲍德里亚以图像与现实之间的关系为例对拟像的几个阶段的特点进行了概括。在第一阶段，图像是对真实的

① ［法］让·波德里亚：《象征交换与死亡》，车槿山译，译林出版社 2009 年版，第 72 页。

② 参见 William Pawlett，"Simulacra + Simulacrum"，*The Baudrillard Dictionary*，Richard G. Smith ed.，Edinburgh：Edinburgh University Press，2010，p. 196。

再现和反映，从而与真实具有同一性关系；在第二阶段，图像作为一种能指逐渐开始脱离、掩盖甚至扭曲现实；在第三阶段，作为指涉对象的真实已经退场，而图像成为一种自我指涉的能指，并掩盖了真实的缺席，或者说成为现实的仿真或超真实；而到了第四阶段，图像则成为与现实毫无关联的纯粹拟像或虚拟真实。[①] 鲍德里亚将图像的这四个阶段所表现的现实秩序概括为“神圣的秩序”“邪恶的秩序”“巫术的秩序”和“模拟的秩序”。[②] 可见，从再现到虚拟真实的这一发展过程中，图像或符号不断地自我增值，而真实却在不断地退却，最终所形成的则是一种由图像或符号自身所创造的一种超真实或虚拟真实。这种脱离了所指和现实指涉的超真实或虚拟真实不是“真实”，也不是“非真实”，“而是一种‘比真实更真实’的符号学效果”。[③]

现代技术推动下的人工智能、全息摄影、实时记录、远程遥控等都在合力创造一个逼真的虚拟世界，包括影像的虚拟（电影）、时间的虚拟（实时）、音乐的虚拟（高保真）、性的虚拟（色情图）、思维的虚拟（人工智能）、语言的虚拟（数字语言）、身体的虚拟（遗传基因码或染色体组）等。在鲍德里亚看来，在这一系列的虚拟世界中真实变得无关紧要。人们更多地关注自身所创造的符号世界，而不再关注这个符号世界所得以产生和赖以生存的外在现实，甚至将仿真所创造的超真实当作现实本身。“影像不再能让人想象现实，因为它就是现实。影像也不再能让人幻想实在的东西，因为它就是其虚拟的实在。”[④] 在影像符号所创造的拟像中，现实世界就这样消失了，但是它的消失是如此的自然，致使人们觉得连对真实是否存在这个问题的追问都没有必要，甚至根本就没有意识到这一问题

---

① 参见 Jean Baudrillard, *Simulations*, New York: Semiotext (e), Inc. 1983, p. 11。

② ［法］让·鲍德里亚：《生产之镜》，仰海峰译，中央编译出版社 2005 年版，第 192 页。

③ William Pawlett, *Jean Bqudrillard*: *Against Banality*, London and New York: Routledge, 2007, p. 71.

④ ［法］让·博德里亚尔：《完美的罪行》，王为民译，商务印书馆 2002 年版，第 8 页。

的存在。如果将符号对真实的这种吞噬过程比作一场谋杀的罪行，那么，在鲍德里亚看来，这就是一场堪称典范的“完美的罪行”。

可见，对真实所发起的这场谋杀是一种符号操纵的结果。鲍德里亚借用麦克卢汉的概念，称这种符号操纵的方式为“内爆”。麦克卢汉提出了外爆（explosion）与内爆（implosion）这对概念。外爆是传统的生产性社会或机械时代的发展模式，指的是社会能量从中心向边缘的缓慢拓展的单向发展，表现为商品生产的扩张、科学技术的发展、资本的积累、殖民地的开拓、社会领域的不断分化和学科界限的壁垒森严等。而内爆则是电力或电子媒介时代的发展模式，指的是社会能量以电的速度瞬间发生的内向爆炸，表现为“空间和各种功能的融合。我们专门化的、分割肢解的中心—边缘结构的文明，突然又将其机械化的碎片重新组合成一个有机的整体”①。鲍德里亚深受麦克卢汉的影响，并将“内爆”用于对后现代社会中的传媒文化的分析和批判。在鲍德里亚看来，电子媒介造成的“内爆”使真实与非真实、媒体与社会等之间的界限变得日益模糊，甚至人们从前对真实的那种独特的感知体验也已经消失了。网络技术、电子媒介、电视电影等都在不断地制造和生产着一个仿真甚至虚拟的世界，并给人一种比真实世界更真实的感觉。因此，大众媒介所生产的这种“在‘幻境式的（自我）相似’中被精心雕琢过的真实”② 甚至可能成为现实生活的理想化模型。在此，不再是模型模仿生活，而是生活模仿模型。比如，迪斯尼乐园就是美国生活的模型，它比真实的美国还真实，或者说，美国正在越来越像迪斯尼乐园。同样，现实不断地向电视节目所塑造的模型接近，并以其为标准评判现实本身。

---

① ［加拿大］马歇尔·麦克卢汉：《理解媒介——论人的延伸》，何道宽译，译林出版社2011年版，第114页。

② ［美］道格拉斯·凯尔纳、［美］斯蒂文·贝斯特：《后现代理论——批判性的质疑》，张志斌译，中央编译出版社2001年版，第154页。

鲍德里亚的理论中关于超真实的这几大主题的集中体现莫过于他对海湾战争的深入分析。海湾战争对20世纪人类历史产生了重大影响，但是鲍德里亚却在战前预测“海湾战争不会发生”，战争期间质疑“海湾战争真的发生了吗?”，并在战后断言“海湾战争没有发生”。鲍德里亚之所以得出这样一个让人匪夷所思的论断，是因为他是从符号学的角度把海湾战争作为一场前所未有的媒介事件加以分析的。

首先，如果说传统战争是一场血与火相互交融的“肮脏的战争”(dirty war)，那么海湾战争则是一场电子媒介技术充分参与，通过卫星信息而生产的类似于“无性的外科手术式”的“干净的战争”(clean war)。这种电子化的高仿真战争在战前表现为采用现代3D立体成像技术，对战争场面进行全方位的模拟。虚拟的武力推演形成了类似于冷战的庞大的威慑力，而这种威慑力已经很大程度上改变了战争的进程和形态，甚至能阻止战争的真实爆发。同时，在海湾战争过程中不仅使用最先进的武器，而且是通过电子网络技术的远程操控来进行的。战争中的敌人不是面对面手持武器的军人，而是计算机屏幕上的目标。这样，海湾战争就像网络游戏一样，成为一场仿真的、威慑性的模拟战争。

其次，海湾战争是一场由符号和图像构成的“屏幕上的表演”。用电视来转播和报道战争并不新鲜，但是以直播的方式报道战争则是在海湾战争中开了先河。这种电视直播使全球观众第一时间在电视屏幕上看到了海湾战争的场面和进程。但是，这种电视直播的是一种地地道道的仿真的战争。在观看电视直播时，观众懒洋洋地蜷缩在沙发上，一边吃着零食聊着天，一边像观看好莱坞的战争大片或越战电影那样观看屏幕上的战争报道和场面。海湾战争中的流血和死亡并不能激发观众对死者的同情和对战争的抵制，甚至反而会产生观看好莱坞大片一样的快感。之所以会产生这样的观看效果，是因为观众混淆了真实战争的电视直播和好莱坞大片之间的文体界限。从这个意义上来说，海湾战争“只是电影院里的战争：脚本化的，特殊效果的，当灯光熄灭时，一切都各得其所和处于安全之中”[①]。

再次，海湾战争的电视直播和媒体报道是一种具有强烈意识形态性的符号操作和编码的结果。媒体作为一种意识形态国家机器，它往往通过选择性原则使居于主导地位的社会群体或统治阶级的行为合法化，并同时排斥其他反对声音的存在。西方媒体对海湾战争的报道都基于特定的意识形态需要和舆论宣传的目的而进行严格的选择、剪辑、审查和加工处理。报道的多是联军的高端武器和胜利，而战争中的伤亡、难民的生活，以及所造成的生态灾难等却都被屏蔽掉了。电视屏幕中所展示的高端武器准确击中的基本都是建筑物而不是阿拉伯士兵，从而突出这场战争是以极少的伤亡取得的胜利。甚至电视报道中的很多目击证人都是经过选择和安排的，因此他们的证言也不足为信。基于此，鲍德里亚认为，与其说西方媒体所再现的是真实的海湾战争，不如说它是一场服务于战争各方的多样化的政治和策略性目的的奇观。[②] 或者更极端地说，海湾战争甚至就像对登月事件的报道那样成为一种在演播室中生产出来的共谋性事件。

最后，电视媒体是以收视率为生存根基的，而为了保证收视率，媒体会对节目进行不断的强化、快速的更新，从而吸引观众的注意。事实上，关于海湾战争的媒体报道也是如此。鲍德里亚指出：“传媒推动战争，战争也推动传媒。”[③] 在战争期间，西方媒体会对海湾战争进行密集的频繁报道，从而影响观众对战争的态度，获得观众的关注、理解和支持。而战争一旦结束，战争期间关于海湾战争的集中报道很快就会被其他热点新闻和娱乐节目所替代，从而淡出人们的视野，就跟从来没有发生过一样。

正是基于以上原因，鲍德里亚断言“海湾战争没有发生”。显然，鲍

---

① ［美］瑞安·毕晓普：《波德里亚、死亡与冷战理论》，［美］瑞安·毕晓普、［美］道格拉斯·凯尔纳等：《波德里亚：追思与展望》，戴阿宝译，河南大学出版社2008年版，第56页。

② 参见 Jean Baudrillard, *The Gulf War did not take place*, Bloomingeon and Indianapolis: Indiana University Press, 1995, p. 10。

③ Ibid., p. 31.

德里亚的这一论断并不是以历史事实为依据，而是从纯粹的符号分析的角度得出的。因此，当有人建议他去海湾战争现场去体验真实的战争时，鲍德里亚戏谑地说他更喜欢生活在符号的世界里。阿兰·巴丢（Alain Badiou）认为只有真正被介入讨论的事情才能够成为事件（event），而只有真诚地介入事件才能使一个人成为主体，真理也正是在这种讨论的过程中才得以彰显。[①] 齐泽克也认同这种观点，认为“在其最基础的意义上，并非任何在这个世界发生的事都能算是事件，相反，事件涉及的是我们借以看待并介入世界的建构的变化”[②]。事件并非是定型的，而是处于过程之中。事件的意义就是通过主体积极的介入和真诚的讨论才得以形成并呈现的。从这个意义上来说，海湾战争显然是一场事件，而且是一场西方媒体有意制造出来的“媒介事件”。正是鲍德里亚从符号学角度对于作为媒介事件的海湾战争的积极介入和深入分析，才使海湾战争呈现出一种不同于西方主流媒体所赋予的意义，从中也体现了鲍德里亚对于后现代媒介文化及其意识形态性的反思和批判。因此，鲍德里亚对于海湾战争的分析虽然难免偏颇和片面，但也非常深刻。他的分析揭示了后现代社会媒介景观的核心问题，而其“深刻的片面性”则为我们思考后现代媒介文化提供了一种独到的视角和方法，具有重要的启示意义。

四　结语

尽管鲍德里亚的学术研究经历了从马克思主义到后马克思主义（后现代主义）等几个发展阶段，但是结构主义符号学却是贯穿其学术研究始终的基本方法。正是这一贯穿始终的方法论线索的存在，使鲍德里亚的学术

---

① 参见 A. J. Bartlett and Justin Clemens ed. *Alain Badiou*：*key concepts*. Durham：Acumen Publishing Limited，2010，p. 40。

② ［斯洛文尼亚］斯拉沃热·齐泽克：《事件》，王师译，上海文艺出版社 2016 年版，第 13 页。

生涯呈现出断裂与联系的内在张力。学术界对他的这种断裂关注较多，却往往忽视这种贯穿始终的符号学方法，尤其是在后现代主义文化研究阶段的符号学方法的运用。虽然鲍德里亚与法兰克福学派理论家并没有紧密的联系，甚至后期还与马克思主义发生断裂，但是他对西方消费社会和后现代文化仍然持一种非常鲜明的批判立场。尤为重要的是，他借用符号学方法对西方消费社会的消费意识形态和后现代媒介景观的反思和批判，为马克思主义批判理论提供了一种分析的手段和方法，有效地改变了批判理论侧重理论思辨而缺乏实证分析的传统，从而丰富和拓展了马克思主义批判理论。正因为如此，他的学说被学术界概括为“批判符号学”，也使他成为马克思主义与符号学对话史上的一个重要理论家。鲍德里亚的这种批判符号学方法对于当前中国学术界建构马克思主义符号学的尝试具有重要的参考价值。

鲍德里亚之所以被称为“知识界的恐怖主义者”，是因为他的学术研究无论在理论层面还是方法层面都喜欢剑走偏锋，这使他容易获得学术上的巨大成功，但同时也容易激起争议和批判。可以肯定的是，鲍德里亚对西方资本主义消费文化的特征的把握是准确的，从符号学角度对物体系的分析、对商品的符号价值的发现、对时尚、艺术品市场和后现代传媒文化的批判也是非常有力且非常有价值的。但是，不可忽视的是，在中国当代的经济社会文化语境中，对鲍德里亚的接受要有针对性和批判性，毕竟中国当前并没有全面进入西方式的消费社会，而是处于前现代、现代和后现代杂糅共存的不平衡状态。在经济上，我国目前总体上还主要处于一个生产性社会阶段，在广大西部农村甚至还处于从前现代向全面现代化迈进的过程中，而不是鲍德里亚所批判的西方式的全面的消费社会形态。然而，我们同样也要注意到，在文化层面，由于全球化浪潮的冲击和现代传媒技术的快速发展，后现代消费文化在一线城市已经快速形成，对广大农村地区的影响也日益加剧，从而使鲍德里亚所批判的西方式的消费意识形态正在中国社会全方位蔓延，潜移默化地影响着中国民众的消费行为，并建构出一种不同于传统的全新的消费文化形态和消费心理结构。因此，在对当代中国社会的消费文化、传播媒介、文学艺术等方面的研究中，鲍德里亚的批判立场就显得尤为重要，而他所采用的符号学方法也是可资借鉴的。

Semiotical Expansion of Critical Theory: The Semiotical Method in Baudrilard's Academic Research

Yang Jiangang

Abstract Jean Baudrilard made great contributions to the dialogue between Marxism and Semiotics. Although he changed from a Marxist to a Post－Marxist, semiotics has always been his methodology throughout his academic career. This intrinsic tension between breakage and connection is primarily caused by the usage of semiotics. By introducing semiotics into Marxism, he began to analyze and criticize the object system, fashion, auction of work of arts and the consumer ideology of consumer society, and formulated his unique critical theory of the political economy of the sign. As a result, he enriched and developed the critical theory of Classical Marxism and Frankfurt School. Also because the usage of semiotics, he deviated from the basic priciples of production theory of Marxism and put forward important concepts such as simulacrum, simulation, implosion and hyper－realism, and criticized the Gulf War as a media event. Ultimately, he became a typical postmodernist.

Keywords Consumer Society; Object System; Political Economy of the Sign; Simulation; Media Event

Author Yang Jian gang is an associate professor at the Center of Literary Theory and Aesthetics of Shandong University, with main research interests in literary theory and aesthetics.

跨语境的“接合剂”：歌谣的文化政治审美功能探析

曹成竹

摘　要　对歌谣“跨语境”功能的表现及实现方式的探讨，可以帮助我们在具体的、历史的和文艺审美制度变迁的语境中，思考一种特殊文化符号是如何在社会文化转型中发挥其作用的。可以说歌谣所带来的并不是文化的静态与区隔，而恰恰是文化的张力与接合。这种跨语境的对接，为文化的发展变迁与新兴文化的生成提供了动力。

关键词　歌谣；跨语境；文化治理；接合

作者简介　曹成竹（1981— ），男，文学博士，山东大学文艺美学研究中心副教授，研究方向为文艺理论，民族审美文化。

歌谣原本是民间文艺的代表形态，然而自春秋以来，这种民间文艺便不再局限于其原生领域，也就是乡野民间社会的以通俗性、地域性、方言性、民族性等为基础的口头传唱之中，而是屡屡被外部的力量所观照，使其跨越底层和边缘的“小语境”，进入主导文化的“大语境”之中，直接参与并推动了中国文学和文化秩序的发展转型。对歌谣“跨语境”功能的表现及实现方式的探讨，可以作为我们理解文化的政治和美学问题的一个切入点，帮助我们在具体的、历史的和文艺审美制度变迁的语境中，思考一种特殊文化符号是如何在社会文化转型中发挥其作用的。

一　作为文化治理媒介的歌谣

歌谣的“跨语境”特征首先表现为其文化治理的功能。米歇尔·福柯的“治理术”和安东尼奥·葛兰西的“文化霸权”等理论，都提示我们治理作为一种权力运作的艺术，无论是自上而下，还是自下而上，或是在平等的组织群体之间，都强调一种策略性的引导和自觉认同，而文化自然成为治理的重要领域和手段。美国学者杜赞奇的《文化、权力与国家：1900—1942年的华北农村》所提出的“权力的文化网络”，便是对中国传统社会的政治治理与文化观念之间关系的具体考察。自先秦时代开始，引导人们行为的治理艺术便与国家政治结合起来。在儒家知识分子看来，君主治理国家的理想手段是无疑是礼乐文化，孔子的“夷狄之有君，不如诸夏之亡也”可以理解为：蛮夷之地即使有君王统治国家，也不如华夏诸国没有君主。这一层能够替代君主统治、确保国家稳定和谐的保障，便是礼乐文化。然而礼乐文化强调理性和秩序，在精神上是与个体自由自发的情感诉求相对立的，而歌谣又是个人情感最自然、直接的表达。为了对源自民间的审美经验和艺术表达方式进行有效的约束和规范，管理者需要对歌谣进行一定的过滤和洗礼，特别是当一个统一的中央集权国家建立，并需要从文化制度上保证其合法化、巩固其统治的时代。因此我们看到了汉代的《毛诗序》对《诗经》的理解与孔子时代有了很大不同：虽然同为“思无邪”，但先秦时代思想自由风气下的人本精神已经转变为君主专制王朝的理性精神，文化核心观念的转型势必导致其表达机制的变化。此外杨雄、班固和王逸等汉儒对屈原和《楚辞》的不同评价，同样是将歌谣纳入“正轨”的典型。当然，我们不能说《毛诗序》将《关雎》解为“后妃之德”、将《子衿》解为“学校荒废”是一种误读，而是应该看作文化治理的一种有意阐释，其目的是维护主导意识形态和社会规范的合法性。除汉儒的文化精英立场之外，政府同样重视在制度上对歌谣进行有效治理。《汉书·艺文志》写道："古有采诗之官，王者所以观风俗，知得失，自考正也。"可见，统治阶级自古便已认识歌谣与人民大众情感世界的重要关联，他们不仅需要解释歌谣以改造知识阶层，还需要收集歌谣以了解乡野民间的无知识阶层，作为反观自身统治的参照。为此汉代专门设置了采集和掌管音乐的机构——乐府，为意识形态的制度化和机构化提供了有效保障。

法国文化人类学家 Marcel Granet（1884—1940，译作格拉耐或葛兰言）在他的《中国古代的祭礼与歌谣》中，曾以《诗经》中的情歌为例探讨了这样一个问题：《诗经》中上古社会表达男欢女爱的情歌，为何及如何成为后世道德教化的典范？Granet 的研究方法具有文化人类学和结构主义的双重色彩，他从《诗经》中情歌的主要特征——自然界的时间与秩序（季节变换和万物习性）入手，说明了这种顺应自然的、在适当的时机做适当的事情的思维方式，是象征思维的起源和最初表现。自然之法应为人类之法，用 Granet 的话即"自然的现象和人类的习惯之间实际存在的对偶实际铭刻在即兴歌谣的主题中"①。随着文化体系的完备，当人们有意识地总结、反思，甚至过度阐释时，早先行为的集体无意识变成了最好的教材，曾经的习惯行为也逐渐被制度化和道德化，也就是由上古社会的"俗"变为了文明社会的"礼"，最终，道德本身成为反观和审视一切的尺度。Granet 的研究向我们阐明了这样一个问题：古代中国关于自然的歌谣实际上是后来关于道德的知识的重要起源。然而他并未意识到，更重要的问题并不在于歌谣的起源与道德伦理的同构性关系，而在于道德伦理观

① ［法］格拉耐：《中国古代的祭礼与歌谣》，张铭远译，上海文艺出版社 1989 年版，第 206 页。

念最终完成了“权力的翻转”，成为取代自发自由的歌谣并且要求重新解释、编辑和删减这些歌谣的自明性法则，并将自己作为一种文化惯习和审美旨趣，逐渐纳入后世文人知识分子的自觉意识之中。随着古代社会的发展成熟，以歌谣为支撑的道德观念，最终走向了歌谣的对立面。

中国古代社会有一个漫长的稳定发展时期，在这一时期对于社会稳固提供最重要支撑的，并不是监狱和法律等强制性的手段，而是以《诗经》等儒家经典为核心的将适龄男子塑造成封建社会体制内成员的文化教育、文学审美和人才选拔制度。可以说，歌谣作为个体情感表达的最典型代表，统治者对它的收编与阐释，实际上是一种十分典型和行之有效的文化治理行为。通过对社会文化精英主体性意识的规约与改造，一种以儒家价值理性为核心的知识话语体系得以建构起来。

二　作为社会政治和文艺审美资源的歌谣

另外，歌谣的“跨语境”特征还表现为社会政治上的反映和抵抗功能。在歌谣的文化治理功能中我们可以看到，并不是歌谣自身具有文化治理的作用，而是儒家文化观念的一种迫切需要，即对歌谣的收集、解说、知识生产及文学审美建构。这也从侧面说明了歌谣本身的活力及其对于儒家文化观念的抵抗性关系。因此，它既能够被纳入“文化—政治”体系之中，成为文化治理性的出发点，又能够作为对抗甚至解构这种“文化—政治”体系的力量。歌谣抵抗性最直接的表现，是反映社会现实以及表达对这一现实的不满。中国古代社会的主体是农民，他们是歌谣的创作者，却往往不会像文化精英那样自觉接受儒家文化观念的治理和规约。在乡野民间，歌谣仍然是自发地被创作和传播，真实地代表着民众心声。而如果对社会现实不满，歌谣自然是最直接的表达方式。如《尚书·汤誓》中的

"时日曷丧？予及汝偕亡！"便是最早表现奴隶对统治者愤懑的歌谣；而《伐檀》《硕鼠》、"生男慎勿举，生女哺用脯。不见长城下，尸骸相支柱"等反映民间疾苦的作品更是数不胜数，正所谓"君炕阳而暴虐，臣畏刑而箝口，则怨谤之气生，发于歌谣，故有诗妖"（《汉书·五行志》）。歌谣对于政治不满的表达与控诉，是一个国家或政权统治根基动摇的表现，因此"观诗知政"和"献诗讽谏"才尤为必要。更有意思的是，当社会动荡、政权将倾的时代，因为歌谣代表着民意，因此也容易被政治家所利用，为自己革命运动的合法化"造势"。楚汉相争时的"四面楚歌"，陈胜、吴广起义之前假托狐鸣的"大楚兴，陈胜王"，以及明末百姓的"开了城门迎闯王，闯王来时不纳粮"等都是以歌谣代表民意制造舆论的例子。而至于黄巾起义时的"苍天已死，黄天当立。岁在甲子，天下大吉"以及元末白莲教起义时的"石人一只眼，挑动黄河天下反"等，则是有意制造的更带有"谶言"意味的歌谣，旨在利用百姓对统治者的不满和迷信天命的心理，借助歌谣的流传以更大程度地争取民意。可以说，歌谣因其自然真实的特性，而成为最有效的代表民意的文化符号，无论是底层人民"怨谤之气，发于歌谣"的主动倾诉，还是权力争夺者的有意操控，都可以作为对现有社会政治的反映和抵抗，为中国古代社会的变革发展提供了推动力。此外，20世纪以来中国革命根据地的"红色歌谣"和"大跃进"时期的"新民歌运动"，同样反映出政治运动与民意之间的复杂关系。

此外，歌谣的"跨语境"特征，还表现为其文艺审美的革新价值。前面我们谈到的歌谣的抵抗性，即反映现实或表达民意，只是一种比较直观和表层的政治抵抗，而歌谣在文艺审美方面的抵抗则是潜在的。歌谣植根于民间文化，这种民间文化与占主导地位的儒家文化的对抗是深层次的。在大多数情况下，两者保持着各自的逻辑，在各自的场域中发挥作用，而两者的交汇与对抗集中地体现在文学领域，也就是歌谣对精英文学的影响和渗透。诗歌的起源和发展与歌谣有着密不可分的关联，而汉代新兴的五言诗也是源于民歌民谣。[①] 魏晋以降，文学迎来了自觉的时代，我们看到了雕琢繁缛的形式化之风。随着诗歌逐渐发展成一种有着特殊文本形式（如辞赋化、骈俪化）和音律原则的成熟文体，其美学旨趣逐渐与歌谣相对立，成为文化精英的专属特权和身份标识。这一文学法则的定型，既是对文人知识分子的一种技术层面的约束，更是一种文化层面的约束——精工艳丽的文学形式标准背后往往隐含着秩序的标准、传统的标准和价值的标准，这些标准固然有其好处，却又是保守的和封闭自足的，无益于社会文化的革新与进步，陈独秀《文学革命论》所批判的古典文学、贵族文学和山林文学即针对于此。正是在诗歌的形式法则逐渐确立和巩固强化之后，歌谣对于文学的创新价值才显现出来——少数文人通过对歌谣的收集、欣赏、吸收和仿作，从语言形式和情感表达上为文坛注入了清新之风。胡适在论及魏晋形式化文风的影响时写道：

> 永明时代的声律论出来以后，文人的文学受他不少的影响，骈偶之上又加了一层声律的束缚，文学的生机被他压死了。逃死之法只有抛弃这种枷锁镣铐，充分地向白话民歌的路上走。但这条路是革命的路，只有极少数人敢走的。大多数的文人只能低头下心受那时代风尚的拘禁，吞声忍气地迁就那些拘束自由的枷锁镣铐，且看在那些枷锁镣铐之下能不能寻着一点点范围以内的自由。[②]

在魏晋时代，这种借鉴白话民歌的文学之路的确是条革新之路，只有极少数人敢于尝试，如“天然去雕饰”的陶潜，言辞“险俗”的鲍照，诗

① 关于歌谣与汉代诗歌的关系，参见郑振铎《中国俗文学史》中《汉代的俗文学》一章，商务印书馆 2010 年版。

② 胡适：《白话文学史》，上海古籍出版社 1999 年版，第 94 页。

似“委巷中歌谣”的汤惠休等。然而对于此类文学创新，在之后的朝代又不乏众多推崇者、欣赏者和效仿者，显示出了歌谣作为文学的反传统和革新资源的魅力与活力。胡适进一步提出，唐代诗歌的盛世并不是声律用典等形式化法则成熟的结果，而是继承发展了以歌谣为核心的纯真鲜活的审美追求：

> 唐朝的文学的真价值，真生命，不在苦心学阴铿、何逊，也不在什么师法苏李，力追建安，而在它能继续这五六百年的白话文学的趋势，充分承认乐府民歌的文学真价值，极力效法这五六百年的平民歌唱和这些平民歌唱所直接产生的活文学。①

自唐以后，歌谣也更多地被文人雅士从文学秩序的边缘和底层中拿来，作为一种与主导性审美惯例相异的文化符号，以其清新质朴的语言风格和自然直露的情感内容等特征，扮演着文艺审美的革新力量。如果说李白的古风、杜甫的乐府和白居易的“新乐府”还仅仅是对已经形式化、文本化了的古代歌谣的复古式模仿的话，刘禹锡的《竹枝词》则源于更加鲜活的巴蜀歌谣，形成了一种语言清新自由、夹杂俚语白话的新诗体，促进了唐诗的“别开生面”，为诗歌走向词、曲的自由发展开辟了道路。历史发展至明代，中国的文学和社会发展都迎来了关键的转型期，市民生活和商品经济的繁荣进一步推动了社会的世俗化和文学的雅俗交融。此时的市井歌谣和艳辞俚曲，也引起了文人的重视和推崇，既是对“文必秦汉、诗必盛唐”的复古风气的抵制，其幽默诙谐和大胆奔放的性爱描写，也从情感内容和价值观念上传达出对于正统文化秩序的颠覆意味，顺应了社会发展的世俗化进程。明代的歌谣从形式到内容都得到了文人的充分认可，李梦阳为了反对当时雅文学形式浮艳、内容空洞、情感苍白的流弊，提出

① 胡适：《白话文学史》，上海古籍出版社1999年版，第96页。

“真诗乃在民间”，李开先、冯梦龙等人则积极从事歌谣的收集整理和传播等方面的工作，而陈宏绪在《寒夜录》中更引卓珂月之言：“我明诗让唐，词让宋，曲让元，庶几《吴歌》《挂枝儿》《打枣竿》《银纽丝》之类，为我明一绝耳。”把歌谣作为“我明一绝”，可谓对歌谣文学地位的最大肯定，其立足点也在于歌谣的文学和文化的创新价值。有学者便指出：“文人开始积极主动地汲取民歌的营养，在重性情、重个人体验的层面，完成了对各种形式主义诗文风气的冲击和反拨，从而极大地丰富和充实了具有人文启蒙意义的晚明文学革新思潮的内涵。”① 晚清以降，中国社会开始了更为彻底的新旧交割，此时文学领域的创新发展同样以歌谣为重要的依托。例如，倡导“诗界革命”的黄遵宪曾提出“以旧风格含新意境”的诗学主张，而这种“旧瓶装新酒”的尝试却并不令人满意。在梁启超“革命者，当革其精神，非格其形式”的启发下，黄遵宪对诗体改革进行了新探索，提出了“斟酌于弹词、粤讴之间”、篇幅可长可短、字数不等、风格多样，且内容上放弃史籍而采取近事的“杂歌谣”的主张，而其晚年的《出军歌》《军中歌》《幼稚园上学歌》等“新体诗”，更体现出鲜明的“民歌情结”。②

总而言之，歌谣对于文学发展革新的影响具有悠久的历史，而且每逢社会转型，文化观念发生冲突演变之时，这种影响就更加明显。这表明歌谣对于文学革新的价值一方面在于文学的内部，也就是语言风格、主题内容、情感表达方式等；另一方面在于文学的外部，也就是歌谣所代表的民间文化观念对于主导文化的抵抗、消解与重构。这两个层面互为支撑、互为表里，且在不同历史时期有着不同的侧重。

① 周玉波：《明代民歌研究》，凤凰出版社2005年版，第1页。
② 参见郭绍虞《黄遵宪的“民歌情结”及其与诗歌创作的关系》，《文史哲》2006年第2期。

三 作为文化“接合剂”的歌谣

以上我们分析了歌谣的“跨语境”特征及其表现。为什么这一底层的、民间的异质性文化符号，却又经常被主导文化所吸纳和利用，参与到文学发展、文化转型和社会结构调整的大潮之中呢？在此可以借用文化马克思主义理论中的“接合”理论来帮助我们分析和理解。接合（articulation），本意指清晰地发音、表达或说出来。这个词语经过厄尼斯特·拉克劳的阐述以及斯图亚特·霍尔的引申，逐渐成为文化马克思主义理论的一个关键概念。在《马克思主义理论中的政治与意识形态》中，拉克劳指出接合理论的最早出现可以追溯到柏拉图的“洞穴隐喻”：人们的常识性话语（套语），便是由一套误导性的“接合系统”呈现出来的，因为在这套系统中，概念的显现并不是源于其内在的逻辑关系，而是源于被已有的风俗和观念所左右的暗示性和唤起性的关联。柏拉图正是致力于打破这种结合的整体的系统化特征，重建一条通达事物本质的接合路径。[①] 在拉克劳看来，“接合”意味着连接的关节点，它为“事物 \ 要素”赋予意义，或者在不同的“事物 \ 要素”之间建立同一性。更重要的是，柏拉图对于“接合”的唯一正确性的探寻在拉克劳看来是徒劳的，意义或者各种要素之间并不存在任何本质的、必然的关联，理解问题的关键在于发生“接合”的话语实践的语境本身。霍尔继承并进一步发展了这一理论。他对“接合”的解释是：“两个构件相互连接，但是要通过一个特殊的联动装置，也可以用这个联动装置将构件拆开。接合是一种连接形式，它可以在一定条件下将两种不同的要素统一起来。它是一个关联，但并非总是必然

---

① 参见 E. Laclau. *Politics and Ideology in Marxist Theroy*，New Left Books，p. 7。

的、确定的、绝对的和本质的。"[①] 霍尔接受了拉克劳的接合理论，但同时更强调理解这一问题时的历史原则，注意将马克思主义的经济、阶级、权力关系等因素作为视角，为"接合"理论注入了更加鲜明的确定性原则和批判精神。在简要介绍了"接合"理论的发展演变之后，我们便可以大致理解其内涵了。概括地说，"接合"指通过某种清晰可辨的话语实践，实现各种要素之间"显然"但并不"必然"的连接。具体来说，"接合"的手段是话语实践，而目的则是不同文化要素之间的连接；"接合"的出发点源于主体的文化政治诉求；"接合"的结果是使原本并不"必然"的联系变得"显然"，而这种联系一旦建立便被固定下来，从而实现了意义的传播和再生产。因此，"接合"作为联结之点，既是文化表意实践的桥梁，也是拆解、理解这种表意行为的枢纽。它提示我们从作为中介或代理的"接合点"出发，思考文化作为一种表意行为的实践性、策略性和语境化等特征。

如果我们从文学发展和文化变迁的角度审视中国社会的历史发展，歌谣无疑就是这样一个十分关键的"接合剂"。它一次次的"跨语境"现象实际上把文学与文化、民间文化与精英文化、边缘文化与主导文化、城市文化与乡土文化连接起来，这种连接不是必然的，但却是显然的和必需的——源于歌谣的某些独特属性，概括如下。

1. 文化的表征性。歌谣是一个群体、民族、民众的符号化代表，是一种想象的、合法的巨大力量。需要强调的是，歌谣的表征是具有弹性的，既可表征一个特定位置的群体（如底层民众、少数民族），又可表征更宽泛意义上的国族（如中华民族、人民大众）。

2. 语言的特殊性。浅白通俗、以音韵节奏为原则、掺杂方言俚语、风

① ［英］斯图亚特·霍尔：《接合理论与后马克思主义：斯图亚特·霍尔访谈》，周凡译，参见《后马克思主义》，周凡、李惠斌主编，中央编译出版社2007年版，第203页。

格自然诙谐等。这一点是歌谣传唱者的文化水平决定的，也是歌谣作为口头文学的内在要求，更是在长久流传中积淀下来的相对稳定的文艺经验。歌谣在语言方面有其迥异于精英文学的特殊的形式规律，能够为文艺审美的革新提供启发和动力。

3. 内容的日常性。歌谣反映的内容多为民众的日常生活，而这一“生活世界”虽然区别于文人的典雅旨趣，却也别有一番滋味，不乏世俗生活中的个体情感色彩或乡土地方性的审美经验。可以说歌谣是对民众生活图景及其情感世界的直观呈现，是一种日常的文化。

4. 情感的真实性。因为匿名作者和集体传唱，因为“感于哀乐、缘事而发”，因为仅仅是为了抒情而不是为了“与诗文争名”，所以歌谣代表着情感的真实自然。其表现大胆直露，且以自我为中心，感性优先，往往与外在的礼教习俗、伦理道德、理性精神相对立。

以上特质的归纳可能并不十分全面和恰当，但也基本上决定了歌谣作为一种文化符号的“双向性”特征：既是文化秩序稳定的基石，是社会领导者着力关注和约束的对象，同时又是颠覆文化和政治秩序的力量源泉。简言之，它能够实现文化权力的沟通与双向制约。而歌谣发挥这一作用的主要场所便在文学领域，也就是关于歌谣的“话语实践”——模仿歌谣、吸收歌谣的文学创作，或者对歌谣的解释、评价、收集整理。这类话语实践一方面实现了文学审美秩序的建构或者重构，另一方面又潜在地表达了言说者在不同历史语境下的文化政治诉求，记录着文学与社会历史发展的互动性关系。

四　结语

按照雷蒙德·威廉斯的文化理论，社会文化的发展进步绝不是主导文化的单一独白，而是主导文化、残余文化、新兴文化等各种因素互相吸纳、利用和妥协的张力结果。① 美国人类学家罗伯特·雷德菲尔德在《农民社会与文化》中提出了“大传统”与“小传统”的概念，用以说明在复杂社会系统中两个截然不同的文化层次。“大传统”指以城市为中心，以社会上层和知识分子为代言人的文化传统，这种文化多依靠文献典籍和艺术作品等流传下来，代表了一个社会占主导地位的意识形态和阶层对文化及历史的把握和书写。“小传统”指在农村和小型社会传承发展的传统，这个传统以人们的日常生活方式为主要载体，虽然也受到大传统的影响，但却也具有独立性和边缘地位。台湾学者李亦园在《人类的视野》中把文化分为两个层次：上层的绅士文化与下层的民间文化。② 李亦园认为它们之间的关系是相互影响的一个整体：“大传统引导文化的方向，小传统却提供真实文化的素材，两者都是构成整个文明的重要部分。”“大传统的上层士绅文化着重于形式的表达，习惯于优雅的言辞，趋向于哲理的思维，并且关照于社会秩序伦理关系上面；而小传统的民间文化则不善于形式的表达与哲理思维，大都以日常生活的所需为范畴而出发，因此是现实而功利，直接而质朴的。”③ 根据以上学者的划分，对于中国传统社会而言，歌谣应当属于底层边缘的“残余文化”“小传统文化”或“民间文化”，但其丰富的内涵和复杂的特质决定了它能够以文学美学为途径，走出小传统，积极参与到大传统的文化书写过程之中。可以说歌谣所带来的并不是文化的静态与区隔，而恰恰是文化的张力与接合。在这种跨文化的对话中，精英与民间的优点与不足相互影响启发，主导文化与残余文化之间的特质与力量彼此制约和利用，文化发展变迁与新兴文化生成的动力便由此产生。

---

① 关于文化类型及其交互关系的理论，参见［英］雷蒙德·威廉斯《马克思主义文化理论中的基础和上层建筑》及《马克思主义与文学》等论著。

② 参见李亦园《人类的视野》，上海文艺出版社 1996 年版，第 143 页。

③ 同上书，第 143—145 页。

Cross – Context Articulation: Analysis of Ballad's Cultural, Political and Aesthetic Function

Cao Chengzhu

Abstract Discussion on function of ballad in cross – context articulation, can help us to reflet how a special cultural symbol plays its role in transformation of society and culture. We can say that what the ballad takes is not a static and distinction of culture, but a tension and combination of culture. This cross – context combination provides a effective power for innovation of culture and rising of emerging culture.

Keywords Ballad; Cross – Context; Cultural Government; Articulation

Author Cao Chengzhu, Doctor of literature, is an associate Professor of Center for Theory of Literature and Aesthetics, Shan Dong University. His academic interests are literary theory, folk art and aesthetics.

生态美学

Ecoaesthetics

生生美学的十年进程

程相占

摘　要　程相占正式提出于2002年的生生美学是以中国传统生生思想作为哲学本体论、价值定向和文明理念，以“天地大美”作为最高审美理想的美学观念，它是从美学角度对当代生态运动和普世伦理运动的回应。通过发掘中国轴心期生生理念所隐含的生态智慧来构建当代生态美学，不但有效地实现了中国传统核心价值观的当代转化，而且更加充分地发挥了美学作为文化病理学的批判文弊之功能。从生态美学向环境美学、城市美学与身体美学的拓展，可以引导我们反思和发掘遍及人类生活方方面面的审美因素。

关键词　生生理念；生生美学；生态美学；文弊

作者简介　程相占，男，山东大学文艺美学研究中心副主任，山东大学生态文明与生态美学研究中心副主任，博士生导师，目前主要研究领域为中国美学、环境美学与生态美学，也涉及生态批评。

2002年10月，拙著《文心三角文艺美学》正式出版，我以“走向生生美学”作为“结语”，大体规划了自己未来的学术探索方向；2012年10月，我着手选编自己过去十年间的论文，发现“生生美学”这一理念基本上清晰了，可以用来作为这部论文选的书名。

中国已经有了各种各样的“美学”，比如“实践美学”“超越美学”“生命美学”“实践存在论美学”等；西方学者似乎没有倡导“××美学”

的习惯，但美国学者阿诺德·伯林特最近开始以“交融美学”（aesthetics of engagement）来概括自己的理论主张。面对名目繁多的美学学说，我不能不严肃地拷问自己的学术良心：为什么还要提出一种新的美学理念呢？是为了刻意标新立异、哗众取宠，还是为了切实推进美学知识的有效增长？

带着这个良心拷问，我将概括生生美学的十年进程及基本观点，从而揭示隐含在这部论文选深层的美学理念，真诚地邀请读者诸君对生生美学的学理根据进行严肃的理性批判。

一　提出生生美学的动因：构建生态美学

任何思想观念的提出都有其特定的现实动因或机缘，生生美学理念当然也不例外，其动因是“如何构建生态美学”这个时代课题。2001 年 10 月 17 日至 21 日，“美学视野中的人与环境——首届全国生态美学学术研讨会”在陕西师范大学召开，来自全国各地的 30 多位学者与会。尽管这次会议规模不大，却极大地推动了中国生态美学的迅速发展，比如，曾繁仁教授奠定其“生态存在论美学观”的论文就是在这次会议上演讲的。我本人也有幸应邀参加会议，提交了题为《生生之谓美》长达万字的论文，我的生态美学研究由此正式启动。

我在《生生之谓美》中提出：生态美学不仅是生态学研究的新的生长点，而且是美学研究的新生点。它将解决以往的美学，特别是国内占主导地位的“实践美学”所难以解决的问题（如所谓的“自然美”“人化自然”等）。我还提出：生态美学并不是一门独立的美学学科，而是“由生态危机引发的美学思考”，也就是以全球性的生态灾难为思考背景的美学；从美学角度关注生态问题，是生态学这个科学概念中固有的“家园”意识的具体化与深化。为了构建生态美学，我提出了“生生美学”并予以初步界定：

> 从生态角度思考美学问题，正是出于对于人类前景的严重关切。必须改变“杀生”的文明模式，以新的文明理念挽救人类自己。这一新的文明理念就是“生生”。
>
> 我们倡导生生本体论，将以之为基础的美学称为“生生美学”：它不仅关注人类的生存，而且关注人类的“优存”——优化人类的存在。这表明，我们最终要论证一种新的文明理念。
>
> 生生美学就是以“生生之德”为价值定向、以天地大美为最高理想的美学。①

简言之，我当时的思路是：构建生态美学必然涉及哲学本体论、核心价值观、文明理念以及审美理想四方面更加根本的问题，我将这四个问题归结为一种理念、两个字：生生——第一个“生”是动词，即“化育”；第二个“生”是名词，即“生命”。因此，“生生”即“化育生命”。我当时着重阐述了这种理念的中国哲学背景：

> 人的一切活动都是在一定价值意识指导下进行的，一种文明模式一般都有一个主导性的价值取向。中国古代先哲在设想人类文明模式时，大都以“生生之德”作为“价值定向”。在他们看来：自然（又称为“天”“天地”“乾坤”“道”）是宇宙普遍生命大化流行的境域，它充满着无穷的创造力，范围天地，生生不息。如孔子说过：“天何言哉？四时行焉，百物生焉。天何言哉！”（《论语·阳货》）老庄则

---

① 这篇会议论文修订为《文心三角文艺美学》一书的“结语”于次年正式出版。参见程相占《文心三角文艺美学——中国古代文心论的现代转化》，山东大学出版社 2002 年版，第 267、268、277 页。

视“道”为生天育地、衣养万物的母体。《礼记·中庸》说：“天地之道，可一言而尽也：其为物不贰，则其生物不测。”《易大传》将天地的“生生之德”论述得最清楚，如《系辞传》说：“生生之谓易”，即言阴阳之道化育万物，新陈代谢不已；又认为乾的特性是“大生”，坤的特性是“广生”，“广大配天地，变通配四时。”又说：“天地之大德，曰生。”即言天地的最大功能是化生万物。宋代程颢最为推崇《易大传》的“生生”思想。他认为：“生生之谓易，是天地所以为道。天只是以生为道，继此生理者即是善也。”又说：“万物之生意最可观，此元者善之长也，斯所谓仁也。”(《遗书》)重视天地生生特性的言论在古代不胜枚举，如程颐对人说：“天地以生物为心。”(见朱熹《仁说》)戴震说：“气化之于品物，可以一言尽也：生生之谓欤!”(《原善》)

受这种宇宙意识、自然意识支配，中国古人认为“美”产生的前提是“人与天调”：“人与天调，然后天地之美生。”(《管子·五行篇》)而最高的“美”是天地的“无言之美”：“天地有大美而不言，四时有明法而不议，万物有成理而不说。”(《庄子·知北游》)“大美配天而华不作。”(王弼《老子道德经注》)艺术家的根本使命在于像庄子所说的“圣人”那样，“原天地之美而达万物之理”，而“原”与“达”的途径在于，超越世俗功利、知识的“虚静”“心斋”“坐忘”。(《庄子·人间世》)这一切表明：中国古人的宇宙是美、善一体的生机宇宙，而中国古典美学精神就是这种宇宙论精义的具体体现。因此，“生机”“生气”“生意”“生趣”“天工”“化工”“自然”……一系列与自然造化密切相关的术语成为中国古典美学的关键词。①

① 程相占：《文心三角文艺美学——中国古代文心论的现代转化》，山东大学出版社2002年版，第276—277页。

生生理念是中国传统思想的根本理念、根本价值观，我所构想的生生美学就是对这种传统观念的当代转化——转化传统绝不是故步自封、因循守旧，而是在心领神会其精髓的基础上，将之创造为具有当代普世意义的理论学说。那么，生生美学具有什么当代意义呢？我当时这样写道：

针对全球生态危机的思想文化根源，我们有必要反思现代文明自我认同的外逐认同模式，正是它造成了现代文明的"逐物"倾向，在对自然资源疯狂掠夺的"杀生"过程中将人类推向濒临灭顶之灾的边缘。借鉴中国文论传统中的内返认同模式及其"生生之德"理念，建设一种与"杀生"相反的、以"生生"为价值定向的生生美学，将是美学的可行思路。……我们希望自己的"生生美学"能够为当前的"普世伦理"思潮作出一定的贡献。

普世伦理（The Universal Ethics）又译"普遍伦理""全球伦理"或"世界伦理"。……我们将普世伦理称为："由所有地球人肯定和支持的，一种最低限度的共同的价值、标准和态度。"在我们目前所能够想到的所有思想学说之中，"生生"——化育生命、创造生命，或许是所有宗教、文化传统所最容易达成共识的价值观念，同时又是挽救人类毁灭命运的最佳价值观念。

总之，生生美学有助于回答普世伦理如何可能、普世伦理的理论底线及其内容等问题，它在寻求"普世伦理"这一当代思想运动中所可能发挥的理论作用，就是美学在人类文化系统中的价值功能的集中体现。①

2003年发表的一篇文章中，我又进一步说明了"普世伦理"，提出它

① 程相占：《文心三角文艺美学——中国古代文心论的现代转化》，山东大学出版社2002年版，第277—278页。

应该包括天地万物：

> 人类与天地万物共在一个世界上，甚至可以说，正是它们构成了人类生活世界的根基。所以“普世”也应该普及于它们，伦理也应该适应于它们。总之，“普适（世）伦理”既是适应于人类的“人伦”，又是适应于天地万物的“物伦”。①

综合上述观点，我这里对生生美学做出一个“工作性定义”（working definition）：生生美学就是以中国传统生生思想作为哲学本体论、价值定向和文明理念，以“天地大美”作为最高审美理想的美学观念，它是从美学角度对当代生态运动和普世伦理运动的回应。

二　生生美学的思想主题：对“文弊”的反思批判

要把生生美学构建成一个逻辑自洽的理论系统，必须寻找一个坚实的哲学框架以及一系列具有内在关联的理论范畴。我一直对文化哲学用心较多，所以尝试把生生美学放进我所构思的文化哲学框架内进行思考。2003年发表的《“非主流美学”视野中的文艺美学研究》一文，初步提出了这个文化哲学框架的八个关键词和基本思路：前四个关键词分别是“自然”“心性”“文化”和“文明”，第五个关键词是“文弊”，也就是“文明”的对立面，描述它的三个形容词分别是与真、善、美相反的假、恶、丑。这是我的文化哲学思考最为独特的地方，特摘引如下：

> “文弊”又作“文敝”，在中国古代颇为常用，大致上也是“文明”的反面，如当代新儒家人物牟宗三先生，就曾用“周文疲弊”指

① 程相占：《“非主流美学”视野中的文艺美学研究》，《东方丛刊》2003年第4期。

> 代“礼坏乐崩”这一先秦子学兴起的背景。在现代汉语常用词语中，诸如弊端、弊病、弊政、兴利除弊、弊绝风清等，使我们很容易领会文弊的含义。我将之改造为一个文化哲学概念，用意在于强调指出人类历史的阴暗、险恶乃至罪恶的一面。我们曾经见到过许多种以人类文明为题的论著，但至今未见有人写过一部旨在展示人类假、恶、丑历史的“文弊史”，好像人类从未有过罪恶、从未制造过灾难似的。古诗有言：“一将功成万骨枯。”人们似乎最容易注视着成功者的荣耀，又似乎最容易忘记种种荣耀掩盖的累累白骨、血汗和泪水。文明与文弊的共生性显示了一种“悖论”，我希望自己认真探讨文化悖论的内在机制。简单来说，心性中的对象化、主体化能力以及阴暗成分是其根源，人类置身其中的社会结构则是推动力量。个体在出生以后的社会化过程中发展出对象化、主体体化能力，同时也塑造出社会性欲望。……《文心三角文艺美学》的结尾部分甚至提出美学就是“文化病理学”，表明我对于文弊的强烈关注。正是文弊的存在，“返璞归真”“复古”“复元古”等观念才能得到确切理解；非对象化、非主体化、非功利欲望、超越社会桎梏的审美活动，作为一种净化文弊的文明活动，其功能和意义也由此而得到彰显。①

“文明”与“文弊”构成了“文化悖论”。当代环境哲学家霍尔姆斯·罗尔斯顿是倡导荒野之价值最为有力的学者，但我认为，如果没有“文弊”概念作为参照，我们不可能真正理解荒野的价值；当代环境美学家艾伦·卡尔森认真论证了“自然全好”（又称“自然全美”）的命题，但同样遗憾的是，由于缺少“文弊”意识，他的论述也尚欠深刻。

就“文弊”与审美活动的关系，我在 2003 年出版的《现代视野中的

① 程相占：《“非主流美学”视野中的文艺美学研究》，《东方丛刊》2003 年第 4 期。

文艺美学基本问题研究》一书中已经有所论述，2005 年发表的《生态智慧与地方性审美经验》一文则进一步重申道：

> 生态意识、生态智慧的缺乏，是前此美学研究、美学理论最为严重的缺陷。从美学思想主题上来说，许多美学、特别是中国当代影响最大的实践美学，基本上充当了现代文化注脚的角色，一贯地、不加反思地论证着实践的合理性，极少关注实践、特别是其作为理论“逻辑起点”的物质生产实践的累累恶果：环境污染、物种消亡等，也就是对于“文弊”（或称“文蔽”）——文化弊端的起码反思批判意识。在我们看来，审美活动的主要功能是对于“文弊”的超越。由“文明注脚”而为“文弊超越”，这是中国当代美学的主题和观念发生的某种根本性变化。①

三 “轴心期”理念、生态智慧与生态美学构建

德国哲学家雅斯贝尔斯的“轴心时代”概念于 20 世纪 80 年代初介绍到我国后，已经成为当代中国学术研究中的常用词，杜维明先生还将 21 世纪视为人类的“新轴心时代”。雅斯贝尔斯认为，人类历史的“轴心时代”（公元前 800 年—前 200 年）是哲学的突破期，人类在此时期创造了精神生命进行自我理解的普遍框架。这个框架包括中国孔子开创的儒学体系、古希腊的理性主义及印度的佛教等。此后，人类一直靠轴心时代所产生的思考和创造的一切而生存，每一次新的飞跃都回顾这一时期，并被它重燃火焰。轴心期潜力的苏醒和对轴心期潜力的回归、复兴，总是为文明的发展提供了精神的动力。这一学说突破了黑格尔式的西方中心主义论调，有

① 程相占：《生态智慧与地方性审美经验》，《江苏大学学报》2005 年第 4 期。

助于打破西方强势话语的霸权局面，也更加符合人类文化多元发展的历史实际。如果我们同意杜维明的观点而把21世纪看作人类的“新轴心时代”，那么，中国学者是否有信心、有能力回应这一让人百感交集的概念呢？

正是在上述思想的感召下，我于2005年发表了《“轴心期”理念与中国文论话语之重建》一文，于2006年发表了其姊妹篇《中国轴心期的“生生”观念与当代生态美学构建》。前一篇文章提出：在当今全球化趋势日趋加剧的现实语境中，吸收中国轴心期的审美精神而建立当代文论，无疑是中国文论进行文化认同、获得其“文化身份”的根据。因此，对于“生生”理念的领悟和吸收是中国文论话语重建的前提。我当时特别提出了一个问题：中国文论话语重建成功的标志是什么？我的回答是：“在自觉而充分地吸收中国轴心期思想资源的基础上，创造出一种能够有效克服西方现代性危机、并能够与世界一流学者平等对话的理论学说。这种学说在国际上产生重大影响之日，也就是中国文论话语重建成功之时。”①

《中国轴心期的“生生”观念与当代生态美学构建》承续了《生态智慧与地方性审美经验》一文的基本观点，从“生态智慧”这一当代视角讨论中国轴心期的“生生”观念对于当代生态美学构建的意义，指出生态智慧主要是深层生态学的创始人阿伦·奈斯的观念，“是一种关于生态和谐与平衡的哲学”。② 我提出：“通过充分地发掘‘生生’观念潜在的生态智慧，可以丰富当代生态智慧思想，从而实现中国传统核心价值观念的现代转化。”③

---

① 程相占：《“轴心期”理念与中国文论话语之重建》，《河北学刊》2005年第1期。

② 关于生态智慧的论述，参见程相占《生态智慧与地方性审美经验》，《江苏大学学报》2005年第4期。

③ 程相占：《中国轴心期的“生生”观念与当代生态美学构建》，载曾繁仁主编《人与自然：当代生态文明视野中的美学与文学》，河南人民出版社2006年版。

四　从生态美学向环境美学、城市美学与身体美学的拓展

《中国轴心期的“生生”观念与当代生态美学构建》这篇文章对于我的生态美学研究具有重大的促进作用，原因有两方面：一是我将之翻译成英文，以它作为课题有幸通过了杜维明先生的面试，成功地入选哈佛大学哈佛—燕京学社2006—2007年度访问学者，从而使我获得了走向世界的大好机会；二是该文正式启动了我的环境美学研究，由此我从生态美学跨进了环境美学领域，因为这篇文章的第四部分提出了一个明确的主张和方向：“比较和沟通中国生态美学与西方环境美学，将生态智慧的主要观念吸收到生态美学构建之中来。”

其实，我对于环境美学的探索早在2003年左右就开始了，其动因是调查、收集国际上的生态美学材料。我的思路很简单：在全球化的今天构建生态美学，绝对不能闭门造车、向壁虚构。只有充分了解和借鉴了国际上已有的成果，才能够谈得上与国际接轨。但是，在收集资料的过程中我发现，西方生态美学方面的论著很少，而环境美学的论著则非常丰富。环境美学与生态美学是否是一回事？它的渊源、思路和学理根据何在？这是我在哈佛访学期间所要解决的关键问题。借助哈佛大学庞大而卓越的学术资源，利用整整一年的时间，我基本上理清、把握了环境美学的来龙去脉，收进本书的《环境美学对分析美学的承续与拓展》一文，比较详尽地梳理了环境美学的理论背景、内在逻辑、发展脉络和基本观点；对于西方生态美学我也有了基本把握，收进本书的《美国生态美学的思想基础与理论发展》一文，不仅正式开始向国内引进、介绍了西方生态美学，也为我自己构思生态美学提供了可靠的国际参照。收进本书的《论生态审美的四个要点》一文则全面系统地阐发了我的生态美

学观：我认为生态美学的研究对象是“生态审美”，而生态审美包括四个要点，即以主体间性审美模式取代主客二元式的动宾词组“审—美”模式、强调生态审美与生态伦理的关系、强调生态审美与生态学知识的关系、生态审美与人类审美偏好批判。发表在国际生态批评权威期刊《文学与环境的跨学科研究》上的英语论文《生态美学与生态批评》，表明了我对于生态美学与生态批评之关系的思考；而《生态批评第三波：生态文艺美学》一文，则表明了我对于生态批评发展前景与重点的看法。至于国际学术界都非常关注的生态美学与环境美学的关系问题，收进本书的《论环境美学与生态美学的联系与区别》一文，按照二者的学术发展进程划分为五个阶段、五种立场进行探讨，并重点阐发了第五种立场，也就是我的生态美学研究的思路和要点。当然了，我即使在侧重研究当代西方美学的时候，也须臾没有忘记中国古代美学传统，收进本书的《中国环境美学思想史研究的当代意义》一文，就是我与我的研究生合作的《中国环境美学思想研究》一书的导言——这本书在我研究西方环境美学、生态美学的时候，时时刻刻都发挥着参照作用。① 这些相关成果汇总为本书第二辑“生态美学与环境美学”。

我之所以研究城市文化与城市美学，一是外因促动——2004 年，友人邀请我参与城市文化研究课题；二是内因促成——城市也是环境，也就是有别于自然环境的人建环境，因此，完整的环境美学必然包括城市美学。② 本书第三辑“城市文化与城市美学”就是这方面的成果。这里，我首先看重的是《西方城市的历史形态及其文化精神》这篇长文，因为我一直认为，西方文明与城市密切相关，而中华文明则与乡野有着不解之缘。最近读到的一本书支持了我的这一看法。美国当代

① 参见程相占主编《中国环境美学思想研究》，河南人民出版社 2009 年版。

② 参见程相占、［美］阿诺德·伯林特《从环境美学到城市美学》，《学术研究》2009 年第 5 期。

著名环境伦理学家罗尔斯顿摘引了苏格拉底的一句话：“你们知道，我喜欢学习；但乡村和树木不能教给我任何东西，城里人却能告诉我许多知识。”罗尔斯顿对此评论道：“苏格拉底喜欢城市及其政治和文化，远离对心智无益且枯燥乏味的自然。”① 这种文化精神显然有别于中国文化。我出生在河南新野一个偏僻的小村庄，19 岁上大学之前连新野县城也只去过一两趟，更不用说其他大城市了。和那时候千千万万的农民一样，我对于城市和“城里人”有着与生俱来的崇拜，最辉煌的人生理想就是有朝一日摆脱农村户口，摇身一变成为吃“商品粮”的“市民”。尽管从 19 岁开始一直生活在郑州、济南这样的省会城市，但此前的乡村记忆一刻也未曾忘怀，城—乡二元结构总是我思考社会形态、中西文化的基本框架。

第三辑中还应该提到的是 2008 年发表的《城市意象与城市美学：跨文化视野中的城市美学》，这是我正式发表的第一篇英语学术论文，也是我花费时间最长、耗费心思最多的一篇论文。2006 年 8 月我到达哈佛—燕京学社之后，美国辛辛那提大学规划学院王昕皓教授正式邀请我为该院规划专业的博士生做一个学术讲座，我拟订的题目就是《城市意象与城市美学》。讲座于 2007 年 2 月 21 日在该校成功举行。此后，我又对这个英语讲座进行了较多补充，以之作为会议论文于 2007 年 5 月参加了在巴黎召开的“景观中的议题：环境、审美融合和公共空间”国际讨论会。一同参加讨论会的美国环境美学家阿诺德·伯林特教授阅读后提出了一些修改意见。我之所以重视这篇文章，原因有两方面，第一，它是我英语学术写作的正式开始，表明我的国际化努力初步落到了实处；第二，它的修改过程，特别是西方那种严格的匿名稿件评审制度，给我留下了极其深刻的印象。论

① ［美］霍尔姆斯·罗尔斯顿：《环境伦理学》，杨通进译，中国社会科学出版社 2000 年版，第 261 页。

文被土耳其 Hacettepe 大学的《人文学院学报》接受后，先后收到了两份匿名评阅意见书，都对我的论文提出了严厉而中肯的修改意见。我想，西方学术在很多方面比国内领先了很多，严格的学术制度和严肃认真的学术态度无疑是重要因素。

第四辑“身体美学”意味着我的研究领域的进一步扩展，其外因是与美国学者理查德·舒斯特曼的学术交往——我组织翻译了他的身体美学的代表作，[①] 从而对于身体美学有了较深的理解；内因则是我的环境美学研究。其实，早在 1995 年举行的第十三届国际美学大会上，环境美学家伯林特就发表了《环境与身体》一文，该文后来收进作者的《生活在景观中：走向环境美学》一书。[②] 我从 2006 年开始一直与伯林特保持着密切的学术联系，阅读他的环境美学著作的时候，经常发现与身体相关的论述。按照伯林特的观点，作为欣赏者的人，只能身在环境之内，综合运用身体的所有感官进行环境体验，所以环境审美有着明确的身体维度。尽管我尚未对此进行全面清理总结，但是，环境美学与身体美学之间的联系却是我几年来一直清楚意识到的问题。另外，生态美学也促使我思考身体美学问题：我们的身体无时无刻不在与周围环境进行着各种各样的能量交换，身体永远无法离开自己所存在的环境——人作为身心合一的生命有机体与环境之间的互动——这不正好符合生态学的定义吗？西方传统美学有着明确的身—心二元论，表现出浓厚的重“心”轻“身”的倾向，这种倾向与缺乏生态意识的现代西方哲学具有很大的一致性。因此，深入地沟通生态美学与身体美学，也将是我下一步的一个努力方向。审美能力是人的基本能力之一，审美要素遍及人类文化的方方面面。第五辑“审美与文化”的两篇文章透露了这种信念。

---

① ［美］理查德·舒斯特曼：《身体意识与身体美学》，程相占译，商务印书馆 2011 年版。

② 参见 Berleant，Arnold，Living in the Landscape：Toward an Aesthetics of Environment，Kansas University Press，1997，pp. 97－111.

最后，我想介绍一下这部论文选的第一辑，“境界的历程：中国古代文艺美学及其当代转化”。2004 年，我发表的《冯友兰人生境界论的审美维度》一文提出，中国古代美学所谓的“美”，一般只应该从“境界”的意义上来理解。我当时断言：

> 我们甚至可以说中国古代并没有什么“美”学，而只有“境界”学。以“美的历程”来概括中国美学史，远远不如用“境界的历程”来概括更加恰当（对于这个问题，我们将来会进行重点探讨）。①

显而易见，这个论断所针对的是李泽厚的名著《美的历程》。从我的大学时代开始，李泽厚的这本书就是我的常备书，直到现在，我每年给研究生讲授一学期“中国美学专题研究”，还是经常探讨这本书。随着时间的流逝，我发现这本书的局限越来越明显：中国美学的核心范畴是“美”吗？我的答案是否定的；中国美学的主流是《美的历程》所侧重概括的“艺术美的历程”吗？答案同样是否定的。其实，最能代表李泽厚中国美学史研究水平的，是他那本远远不如《美的历程》流行的《华夏美学》——这本书所揭示的，是有别于“艺术美学”的“哲学美学”。如何将艺术美学与哲学美学结合起来、更加准确地揭示中国美学精神？我提出了“境界的历程”这个命题——中国哲学美学所阐发的是心灵境界的哲学基础及其所引导的审美体验，而中国艺术美学只不过是同一种心灵境界之审美体验的艺术符号传达。所以，我一直着意从境界的角度，发掘中国古代美学的发展线索及其所隐含的文化精神。“境界的历程”这一辑基本上实现了这个设想。尤其重要的是，我的生生美学孕育在这个探索之中——它不仅代表着我的学术背景，而且代表着我的所有学术研究的基石，所以，我将其作为本书的第一辑。

① 程相占：《冯友兰人生境界论的审美维度》，《孔子研究》2004 年第 5 期。

本书的体例是选编过去十年的论文，唯一的例外是发表于2000年的《〈巴黎手稿〉与〈文心雕龙〉的互动诠释》一文。之所以破例，是因为这篇文章提出了“互动诠释法”的雏形，后来一直成为我的美学研究方法论：

> 首先，明确研究主体的理论理想，对理想的文艺学形态有一个大致的设想；其次，从研究态度与具体操作上尽可能客观准确地解读马克思文论，以此为“前理解”去解读中国古代文论，比如刘勰的《文心雕龙》；然后，尽可能客观准确地解读中国古代文论与《文心雕龙》，再以此为“前理解”去解读马克思文论。这两个“前理解”互相循环，不可能截然分开，并且都与研究主体的理想预设有关，故称为“互动诠释法”。①

当时研究的着眼点是文艺学，如果运用到美学研究，就是理想的美学形态（今）、中国美学（中、古）与西方美学（西）的“互动诠释”，简言之，即“古今中西的互动诠释”。

以生生美学理念为思想主线，游走于古今中西之际，穿行在从文艺美学到生态美学、环境美学、城市美学与身体美学的丛林中，反思和发掘遍及人类生活方方面面的审美因素。这就是我对自己过去十年学术研究的基本概括。“十年一觉扬州梦”，“十年辛苦不寻常”——古代文人雅士抒写“十年”的诗词不胜枚举。我既没有杜牧的风流自赏，也没有曹雪芹的踌躇满志；心头萦绕的是一种充实感，还有对未来的淡淡期冀。

① 程相占：《〈巴黎手稿〉与〈文心雕龙〉的互动诠释》，《山东大学学报》2000年第1期。

Ten Years of the Aesthetics of Fecundity of Life

Cheng Xiangzhan

Abstract Taking the traditional Chinese notion of "fecundity of life" as its ontology, value – orientation and ideal of civilization, and taking "the greatest beauty in the universe" as its aesthetic ideal, the aesthetics of fecundity of life proposed by Cheng Xiangzhan in 2002 is a theoretical response to contemporary ecology movement and global ethics movement. Constructing today' s ecoaesthetics by reinterpreting the ecosophy contained in the notion of "fecundity of life" in the Chinese Axial Period, the transformation of the traditional Chinese core value can be effectively realized and the important function of criticizing cultural evils by aesthetics as cultural pathology can also be performed fully. The expansion from ecoaesthetics to environmental aesthetics, urban aesthetics, and somaesthetics can lead us to reflect and discover the aesthetic elements embodied in all aspects of human life.

Keywords The Notion of Fecundity of Life; The Aesthetics of Fecundity of Life; Ecoaesthetics; Cultural Evils

Author Cheng Xiangzhan, a professor of research center of aesthetics and literary theory of Shandong University, with academic interests in Chinese aesthetics, ecological aesthetics and environmental aesthetics.

关于中国古典生态美学研究的若干思考

祁海文

摘　要　当代生态哲学、生态美学对中国传统生态智慧的研究，有必要实现从“以西释中”向回归中国文化传统的研究范式的转换。在这一范式转换的背景下，提出“中国古典生态美学”，以之整合和取代此前中国“生态审美智慧”“生态美学智慧”是合理而必要的。中国古典生态美学的研究对象，可以概括为：中国哲学生态观、中国古典生态审美观、中国古典生态艺术哲学、中国古典生态审美观的艺术呈现、中国古典生态审美活动。

关键词　范式；以西释中；生态智慧；中国古典生态美学

作者简介　祁海文，男，山东大学文艺美学研究中心教授，文学博士。

一　范式转换与中国传统生态智慧研究

随着生态文化研究的兴起、生态文明建设的推进，中国文化传统的生态智慧越来越受到现代学界的关注。相关研究在非常广泛的领域内展开，涉及中国文化传统的各个层面，而以“天人合一”为核心理念的中国文化的生态哲学取向、生态审美情怀更在不断地激发着学者们阐释、解读的热情。通过生态哲学、生态美学等相关领域的研究，中国传统哲学、美学等被认为寻找到了一条参与现代文化建设，并与西方思想平等对话的渠道。

这一学术发展方向无疑是值得期待的，近年来研究所取得的成果也相当可观。

回顾近年来国内学界对中国传统生态智慧的研究，我们发现，目前此研究最普遍、最常见的方法，是基于主要来自西方的现代生态哲学、生态伦理学等的基本观念、命题、概念等来重新解读、阐释中国传统文献，以求揭示或发掘其“蕴含”“启示”与“现代意义”。这种研究范式确实易于操作，也易见成效，但它的问题也很明显。首先，这一研究的基本理论依据是现代的或西方的生态哲学，对中国传统生态智慧之意蕴的阐释是以与现代西方生态哲学等的基本观念、命题、概念等含义相关、相近或能相呼应为前提的。这是一种典型的“以西释中”“以今释古”的研究取向，很难避免堕入“过度阐释”或“求之过深”的陷阱，以至于我们研讨这类论著有时很难分辨出它们所得出的结论是中国传统文献所本有的、蕴含的，还是解读者所赋予的。其次，这一研究的价值评判标准同样是现代生态哲学，因而很难保证中国传统文献中那些貌似不具有现代“启示”或“意义”但仍可能很重要的学说、论述不被有意无意地忽视，甚至无视。再次，在这一研究范式中，中国传统文献始终只是充当着被解读、被阐释、被使用的角色。换言之，它只是作为“资料库”而不是以其本来面目作为独立对象呈现在研究者面前的，只有其中那些与现代观念直接相关的学说、论述等才得到研究者的关注。这种将相关文献资料从其原本的“语境”中直接抽离出来加以阐释的做法，很难保证所阐释出的所谓“生态智慧”是真实存在的。

因此，目前国内生态哲学、生态美学等对中国传统生态智慧的研究，实际上自觉不自觉地走上了“西学”进入中国后百年来中国传统学术研究的“以西释中”的老路。当然，这并不意味着“以西释中”的研究模式完全不必要或应该彻底摒弃，但它明显的西方中心主义倾向确实存在消解中国传统文化独立自主价值的弊端。因此，至少在对中国传统生态智慧的研究上，我们有必要调整研究立场，更新研究范式，使我们对中国传统生态智慧的阐释始终立足于中国学术自身的观念系统。这一转换的基本理念是“回归原典”，或“从原典出发”。如果说，无论中西古今，生态哲学、生态美学等的最基本、最核心的问题都是人与自然的关系，那么，我们可以此为指导，首先，从中国传统文献中去分析、概括中国文化传统对人与自然关系问题所持有的主要看法；其次，进而探讨这些看法在中国传统哲学、美学、政治、伦理、宗教等方面的地位、意义与影响；再次，在此基础上，将中国文化传统对人与自然关系问题的基本理解与西方的、现代的生态哲学的相关看法进行比较分析，以彰显中国传统生态智慧的基本特征和独特贡献。最后，从当代生态文明建设出发，探讨中国传统生态智慧所可能具有的价值与意义。这一研究取向的突出特色在于，第一，它的研究起点不是西方现代生态哲学等（当然，西方生态哲学等的研究方法、问题视域，以至某些观念等可以对此有积极参照作用），也不是当代生态文明建设的需要（这与此研究的最终目的是积极贡献于当代生态文明建设并不矛盾），而是中国固有的文化传统。也就是说，它首先要从中国文化传统出发去分析和概括中国哲学、美学等如何看待、对待人与自然的关系，形成了哪些历史传统，出现过哪些主要看法。第二，在此基础上的中西比较，是与文明传统血脉相连的整体对话，而不是片段论述、孤立观点的比附式的阐释。第三，同样，只有意识到所谓生态智慧总是存在于文化传统中的，我们才能从当代生态文明建设出发科学地判断它们哪些已是明日黄花，哪些仍植根于民族文化传统的血脉，因而可能在生态文明的发展中发挥积极作用。

毋庸讳言，这个研究范式的转换目前还只是大的方向性的设定，是总体性的规划，落实到具体操作，肯定会有许多相当繁杂问题需要面对。但对于中国传统生态智慧研究来说，实现这一转换是取得学术实绩所必需的。中国传统生态审美智慧，或者说中国古典生态美学，是传统生态智慧研究的重要组成部分，也是当代生态美学研究的一个重要理论、智慧资源。从总体上来说，当代生态美学的兴起有三大理论资源，即马克思主义经典作家关于人类发展与自然关系的相关论述，西方现代存在论哲学、生态哲学、环境美学，中国传统生态审美智慧。相对来说，当代生态美学对中国传统生态审美智慧的研究、发掘和借鉴还处于起步阶段，因而这方面研究既可能是对当代生态美学发展促进最大的研究领域，同时也是最有必要实现范式转换的领域。生态美学在中国的出现，本身就受到了高度重视人与自然的和谐关系的中国文化传统的潜在影响。但就目前来说，它的基本观念、理论架构、概念术语、研究方法等仍主要受西方现代生存论哲学、生态哲学等的影响，它虽有“中国元素”，但“中国气派”还没有充分彰显出来。在这样一种学术态势下，回归中国文化传统去探讨其中生生不息的生态审美智慧，对于为生态美学接续中国传统文化的血脉，使其更具“中国气派”，从而在更深层次上与主要来自西方的“环境美学”等平等对话、互取所长，无疑是尤其必要的。

二　生态审美智慧与中国古典生态美学

当代中国学界在运用生态哲学、生态伦理学等观念和方法，或基于生态美学立场研究和探讨中国传统文化的相关问题时，最经常使用的一个概念就是“生态智慧”。基于美学或生态美学或生态哲学立场探讨中国传统哲学、美学、文艺思想、文艺创作等之中的关于人与自然的审美关系的思考，一般多称为“生态审美智慧”，或“生态美学智慧”。

“生态智慧”这个概念，大概始于佘正荣 1996 年出版的专著《生态智慧论》[①]。但它的含义似乎从来没有被认真地界定过。很明显，“生态智慧”

① 佘正荣：《生态智慧论》，中国社会科学出版社 1996 年版。

是在与有系统的生态理论、学说等相对的意义被使用和流行起来的。这反映了大多数研究者不约而同的一种理解，即生态哲学、生态美学等是现代的、有理论体系的学问，中国传统文化并没有产生这样的学问，即使有相关的看法，也多是零碎的，不成体系的。[①] 显然，这种思考与上文提到的“以西释中”的研究思维有很深刻的联系。中国传统文化是否发展出有关生态问题的系统学说，这里暂且不谈。如果说，理论是思考问题的方法、程序、手段，那么，关键的问题应该在于对问题思考得是否深刻、所提出的对待问题的看法是否有意义，而不在于理论形态本身是否是有系统的、严密的体系。既然人与自然的关系问题是中西古今所共同面临的永恒问题，既然无论中西古今，人们都曾不同程度地思考过这一永恒问题，既然建基于农耕文明基础上的中国文化传统始终持守着人与自然和谐统一、共生共荣的文化理念，那么，我们为什么不能理直气壮地主张中国传统生态哲学、生态美学呢？中国历史上从来没有出现过“哲学”“美学”之类的概念，更谈不上哲学与美学学科，但现在人们却可以堂而皇之地研究“中国哲学”“中国美学”，那么，为什么我们不能理直气壮地把此前出于谦逊或自卑所称的“生态审美智慧”或“生态美学智慧”称为“中国古典生态美学”或“中国生态美学”呢？

因此，在生态美学研究领域，用“中国古典生态美学”这一概念概括并取代以往相关研究所提出的中国传统“生态审美智慧”“生态美学智慧”等说法，是适当的。这样更能突出中国文化传统关于人与自然的审美关系问题的理论思考的独立自足的理论意义。为了凸显这一提法的必要性，分析一下“生态”一词在中国传统文献中的含义和用法，探讨它所蕴含的意义与启示，应该是很有兴味的。

---

① 当然，也有学者明确主张，中国传统哲学就是深层生态哲学。参见蒙培元《为什么说中国哲学是深层生态学》，《新视野》2002 年第 6 期。

“生态”一词在中国传统文献中早已出现。我们以“生态”一词检索《四库全书》，共得139条用例。其中有少量误置的，如“熊”误为“态”(態)等。此外，“生”与“态”二字虽相连，但不能组合成词的情况，如宋代饶节《李太白画赞》“呜呼先生态绝伦，仙风道骨语甚真”等，不在考察之列。除去上述情况，“生态”二字相连且能组合成词的，重复收录不计，有百余条。这些组合成词的“生态”，基本为名词性质，“生”与“态”之间是定中关系。“生”者，意谓有生命的，有生气的，生动的等。“态”者，有样态、形态、情态、形貌等义。因此，“生态”一词的基本含义，为有生命的形态，生动鲜活的情态，生机跃动的样态等。就“生态”一词的使用范围来说，主要是诗文等文学作品和绘画评论。综合考察，大体有三种情况。

一是用于辞赋、诗文等文学作品中，指自然界各类生物的生动鲜活、生机盎然的情态。杜甫《晓发公安》诗“邻鸡野哭如昨日，物色生态能几时”，可能是这方面的较早用例。宋元以降，以“生态”入诗的情况较常见。如北宋张耒《秋感二首》之一：“秋山多远声，日暮尤生态。”元代刘永之《北涧春日》：“寒林山色难生态，春入溪云易合阴。”明代冯梦祯《仲春湖上登览与叔宗同赋》：“远近生态殊，昏旦物候变。”当然，也有写人物之生动形态的。梁简文帝萧纲的《筝赋》，可能是中国文献中最早使用“生态”一词的，该赋云：“既而春桑已舒，暄风晻暖，丹荑成叶，翠阴如黛，佳人采掇，动容生态。”这是写佳人采桑时生态之容态。

二是大量出现在对咏物诗和山水画、人物画、花鸟画等“写生”性艺术的评论之中，指诗歌、绘画等写人、写景、状物的生动传神。如宋代周南《读唐诗》“一般生态几人描，研尽吴笺秃尽毫。却是晚唐工状物，手调烟露染天膏”，赞赏晚唐诗“工状物”善描“生态”。宋代刘道醇编《五代名画补遗》，以五代钟隐入“花竹翎毛门”之“神品”，称其“尤喜画鹞子、白头翁、鹖鸟、斑鸠，皆有生态，尤长草棘树木”。宋代编的

《宣和画谱》称郭元方："善画草虫，信手寓兴，俱有生态，尽得蠉飞鸣跃之状，当时颇为士大夫所喜。"清人厉鹗《南宋院画录》载邹迪光评宋代李晞古所作《夷齐采薇图》，云："此卷夷齐采薇图，二人对语，酷有生态。"清代王毓贤编《绘事备考》，称唐代阎立本的画作："人物衣冠台阁，生态不穷，遇像能变，故天下取则焉。"清代编定的《御定佩文斋书画谱》《石渠宝笈》《式古堂书画汇考》《御定历代题画诗类》等集成性画评著作收录此类用例最多。

三以"生态"为评论诗歌、书法等的术语。论诗，如明胡震亨《唐音癸籤》评唐张说诗："张燕公诗，率意多拙，但生态不痴。律体变沈宋典整，前则开高岑清矫后规。"这里，"生态"显然不是指张说诗写景状物之有"生态"，而是指其诗歌整体变"典整"而显现出的"清矫"之气韵。论书，如清代沈嘉辙、厉鹗等撰《南宋杂事诗》，称"古笺叶叶染松烟，监本犹珍后代传。欧瘦颜肥生态别，宦囊须办买书钱。"以"生态"指欧阳询、颜真卿各自的书法风貌。再如，清代王澍《淳化秘阁法帖考正》评世传晋卫夫人帖，云："按：此帖虽是伪作，然出自李怀琳手，犹有魏晋遗法，不比伪程邈书，规模朴拙，了乏生态也。""了乏生态"即指伪程邈书"规模朴拙"，缺乏魏晋书法潇洒简远的神韵。这种用例为数较少，但有代表意义。

综上可见，"生态"一词在中国传统文献中的含义，与现代生态学、生态哲学、生态美学、生态批评等学术话语中的"生态"明显不同，但也并非全不相关。对于探讨中国传统的生态美学问题来说，传统意义上的"生态"一词可能不会成为主要的研究对象，但它的语义及对它的使用，却使其可能成为揭示中国古典生态美学研究对象及其特征的典范性话语。

首先，诗文、书画评论中的"生态"的语义根源在于中国传统哲学生态观的"生生"之学。《老子·四十二章》说："道生一，一生二，二生三，三生万物。万物负阴而抱阳，冲气以为和。"《周易·系辞下》云：

“天地之大德曰生。”《系辞上》云：“日新之谓盛德，生生之谓易。”中国哲学生态观认为，天地造化万物，就是一个生命的成就、发育、生长的过程，天地间的人类、自然万物都以生命的成长、化育为至上价值，整个宇宙就是一个生生不息的大的生命，是一个生命跃动、生机盎然的世界。

其次，在这一哲学观影响下，中国传统美学以生命为最重要的审美对象。自然界的山林河川、动物植物，人世间的楼台池阁、寺观田园、人物风情等，只有各自呈现出富于个性的生命情态，才成为审美对象，成为诗文书画等的表现对象。中国文化传统中浓郁的向往自然、亲和自然、回归自然的情调，是这种生态审美观的典型表现。

再次，中国艺术无论是描摹山川风物、花鸟鱼虫，还是绘写人物风情、亭台池阁，都以能够呈现创作对象的“生态”为达到高超艺术造诣的重要标志。在中国艺术理论的“形神”论的历代探讨中，“神似”始终被置于超越于“形似”之上的高度。东晋顾恺之论画，提出了“传神写照”（见《世说新语·巧艺》篇）的要求。南齐谢赫《古画品录》论绘画之“六法”，以“气韵生动”为第一要义。这是“生态”一词大量被运用于绘画品评的主要原因。

最后，中国文化传统对艺术作品本身也提出“生态”的要求。上文所列举的作为评论诗歌、书法等术语的几个“生态”，既不是指作为艺术表现对象的人物、自然景物之仪态万方、生动鲜活，也不是指作为艺术作品之内容的人物、景物达到“传神”境地而有生动之“气韵”，而是指超越于表现对象和作品内容的艺术作品之整体的生动“神态”。中国传统美学把艺术作品同样视为生命整体，因而要求艺术作品也和天地间万物一样富有生命，洋溢“生气”。晚唐司空图《二十四诗品》之《精神》品，有“生气远出，不著死灰”之论，可以作为这种艺术精神的典型表达。

综上所述，“生态”一词在中国文化传统中虽然用例并不多见，与现代意义上的“生态”也含义有别，但就生态美学研究来说，它却是一个富有启发意义的概念。中国文化传统中的“生态”一词，兼跨一般意义上的生态哲学、生态审美观、生态艺术哲学、生态文艺批评等诸多领域，是贯通上述诸多领域的基本观念的聚合点。显然，仅仅用“生态审美智慧”是无法概括它的所指和解释它的意蕴的。在中国文化传统中，并不仅“生态”一词具有上述特性，如人们所常讨论的“天人合一”，就是比“生态”含义更为深刻、所指更为广泛的根本性、代表性概念。它不仅是传统生态哲学的基本概念，同时也是生态审美观、生态艺术哲学等的核心观念，并在观念意识层面和生活习俗层面引导着中国传统社会的生态审美活动和生态审美生活。

中国古典生态美学的提出，意味着一个更宏大、更系统，也更规整的学术领域。它可以整合此前出现的分散的生态智慧等相关研究，将中国文化传统对人与自然的审美关系问题的理论思考置于更高的层次进行考察和探讨。在此前中国“生态审美智慧”“生态美学智慧”等相关研究已经取得较多成果的情况下，提出中国古典生态美学，对于推进此方面研究的拓展、深化也是有积极意义的。

三　中国古典生态美学的对象

“中国古典生态美学”并不是一个新提法或新概念。根据我们的考察，它在徐璐2010年发表的一篇影评①中作为文章标题被首次使用过。这应属于偶发现象，作者未给出相关定义。另一个相关概念是“中国古代生态美学”。燕世超2006年发表的论文在标题上首次使用这一概念，② 张晶2009

① 参见徐璐《潘多拉星的绝美生灵——〈阿凡达〉与中国古典生态美学》，《电影评论》2010年第3期。

② 参见燕世超《中国古代生态美学的物性与神性——从〈世说新语〉看古人的生态智慧》，《重庆社会科学》2006年第1期。

年在“全球视野中的生态美学与环境美学国际学术研讨会”上发表了题为《中国古代生态美学思想论纲》的论文。但他们都没有对“中国古代生态美学”给出明确界定。相对来说，“古代”更突出时间性距离、时代性差异，而“古典”则体现了文明的阶段性特征，所以我们更倾向于使用“中国古典生态美学”这一概念。至于这一概念的定义，如前所述，我们提议以“中国古典生态美学”概括和取代此前对中国传统的“生态审美智慧”“生态美学智慧”等相关探讨，鉴于相关领域的研究尚处于起步阶段，很多相关问题还没有得到全面深入的探讨，只有在它的研究对象大体确定并且得到较全面系统的研究，它的学术特性才能显现出来，我们才可能对其有较恰当的定性。因此，在当前阶段，着眼于关于“中国古典生态美学”的主要研究对象问题的思考可能是更为必要的，也更有学术推进意义。

综合此前研究的相关思考，结合中国文化传统自身的特征，我们对中国古典生态美学的研究对象试做如下概括。

第一，以“天人合一”观念为核心的中国哲学生态观。这是中国古典生态美学的哲学根基，也是其观念的根源。基于农耕文明的特征，中国文化从起源时代就将农耕生产、人类活动与自然节律的统一视为头等大事，逐渐形成了以“天人合一”观念为核心的对人与自然和谐关系的哲学思考。这一思考在中国文化传统中一直承续不绝，儒家、道家、佛学都有各具特色的“天人合一”学说。如道家的“道法自然”与“物我两忘”，儒家的“仁民爱物”与“民胞物与”，佛学的“众生平等”与“万法缘起”等。这些观念直接或间接地贯注到中国古典生态审美观、生态艺术哲学、生态审美生活等之中。中国古典生态美学研究要想摆脱对西方生态哲学、生态美学等的比附式研究的依赖，必须将其根基奠定在对中国哲学生态观的形成发展、基本观念、重要学说等的透彻理解和准确把握之上。

第二，以人与自然的和谐、共生的审美关系为核心的生态审美观。这是以“天人合一”的哲学生态观向关于人与自然关系的审美意识的内化。

在“天人合一”观念指引下，中国文化传统始终以人与自然的和谐为理想的审美境界，主张人与自然万物的关爱亲和、共生共存，乃至物我一体的审美关系，强调尊重物性，并赋予人以“成己成物”的伦理责任。这方面的审美观念体现在中国美学关于审美心态、审美方式、审美修养、审美理想等的论述之中，发展出非常丰富的有代表性的学说，如道家的“虚静”“游心”与“心斋”“坐忘”论，儒家的“乐山乐水”与“参赞化育”论，玄学的“玄对山水”“澄怀味象”论，禅宗的“明心见性”说，理学的“孔颜乐处”说等。同时，这种生态审美观也构成了中国古典艺术哲学、审美活动的基本精神。

第三，以“传神”“气韵生动”“自然”等概念为代表的生态艺术哲学。这是哲学生态观、生态审美意识向艺术实践的渗入、对艺术理念的引导，从而升华为艺术理论的表述。中国文艺的发展基于崇尚人与自然和谐的文化理念，形成了相当悠久的以自然万物为题材、以人与自然审美关系为对象的艺术传统。在文学领域，有汉末魏晋兴起的“体物”赋，东晋南朝以后的山水诗、田园诗、咏物诗，唐宋以后的山林游记诗文等；在绘画领域，有晋唐盛行后一直延续不绝的山水画，宋元以后的花鸟画等。这些艺术创作本身即是哲学生态观、生态审美观的具体体现，相应地，山水游记诗文理论、山水画论等将这些艺术领域各自的生态审美意识提炼为理论表述。上文提到的“传神”“气韵生动”“生气远出”，以及贯穿各门类的“自然”概念等，都从不同层面上体现了中国艺术哲学的生态美学精神。

第四，中国古典生态审美观的艺术呈现。这里所谓的“艺术呈现”，即上文提到的以自然万物为题材、以人与自然审美关系为对象的各类文艺作品。广义上说，所有上述作品都是研究中国古典生态审美观的对象，因而可以有关于山水诗的生态批评，关于山水画的生态批评等。但相对来说，山水文学更有研究价值。因为作为语言艺术，山水文学既可展现人对自然万物的生态审美的方式、生态审美心态，又可抒发生态审美的情感体验，同时也包含对人与自然的审美关系的反思性表述。这里所说的“山水文学”，主要是指以自然山林风物为对象的诗文辞赋、山林记游，以寺观庙宇、园林别业等为对象的记述性诗文，以及“体物”赋、“咏物”诗等。这方面研究可能涉及的问题主要有：山水文学与中国古典生态审美观的关系；山水文学所呈现的人与自然的审美关系；山水文学所呈现的生态审美方式与特征；山水文学与中国古典生态审美活动的关系等问题。

第五，中国古典生态审美活动。也可以称为生态审美实践，或生态审美生活。关于这方面研究，目前大体可以指出两大领域：其一是各历史时期、各人文地域所形成的以促进人与自然的和谐统一为目的的、以人与自然关系之和谐统一为乐趣的习俗性活动。如传统的节日游园等习俗活动等。其二是以促进人与自然的和谐统一为目的、以享受山林生活之乐趣为目的园林设计、人居环境和建筑的规划等。相关的研究对象也大体可分为两类，一是历代有关山水、园林游赏习俗等的记述性文献，二是体现中国哲学生态观、生态审美观赋诸生态审美实践的园林文献、建筑文献和人居环境规划文献等。这方面研究所关注的问题包括：传统山林游赏习俗与生态审美观；“法天象地”原则与中国建筑的生态审美理念；古典园林建筑理念与生态审美生活规划；传统人居环境规划的生态审美观贯注等。

需要说明的是，上述五个方面只是我们对中国古典生态美学研究对象总体性、框架式的概括，这样划分也只是为了凸显中国古典生态美学与中国文化传统的血脉相连、精神相通的关系。实际上，上述各方面相互之间是紧密联系着的，牵一发而动全身，因而不可能孤立地、抽象地研究任何一个方面。

中国古典生态美学虽然不是一个新概念，但它至少是一个新的学术问题，它的发展有待于我们做更精慎的思考和更缜密的探讨。

Some Thoughts on the Study of Chinese Classical Ecological Aesthetics

Qi Haiwen

Abstract The study of traditional Chinese ecological wisdom in contemporary ecological philosophy and ecological aesthetics is necessary to realize the transformation of the research paradigm from the "Westward Interpretation" to the return to Chinese cultural tradition. Under the background of this paradigm transformation, it is reasonable and necessary to put forward "Chinese classical ecological aesthetics" to integrate and replace the previous formulations of "ecological aesthetic wisdom" and "ecological aesthetic wisdom" in China. The research objects of Chinese classical ecological aesthetics can be summarized as follows: Chinese philosophical ecological view, Chinese classical ecological aesthetic view, Chinese classical ecological art philosophy, the artistic presentation of Chinese classical ecological aesthetic view, and Chinese classical ecological aesthetic activities.

Keywords Paradigm; Westerninterpretation; Ecological Wisdom; Chinese Classical Ecological Aesthetics

Author Qi Haiwen, Litt. D. , is a professor in the institution of art and Literary at Shandong University.

古代文论

Ancient Literary Theory

超越伦理——宋代理学美育思想论纲

李　飞

摘　要　重建因佛老冲击而崩隤的礼乐教化传统，是宋代美育的历史任务，这一任务主要由理学家完成。借助于对佛家本体论与心性论的批判与扬弃，理学家对儒家经典做出新的诠释与重构，建立起新儒学—理学自己的本体论与心性论，在此基础上，建立起包括本体论、心性论、工夫论、境界论在内的理学美育体系。

关键词　礼乐教化；理学；美育

作者简介　李飞，文学博士，山东大学文艺美学研究中心副教授。

一　宋代美育思想的历史任务

宋初承五代之弊，儒家道统之传续不绝如缕。范育为张载《正蒙》作序，云：

> 自孔孟没，学绝道丧千有余年，处士横议，异端间作，若浮屠老子之书，天下共传，与六经并行。而其徒侈其说，以为大道精微之理，儒家之所不能谈，必取吾书为正。世之儒者亦自许曰："吾之六经未尝语也，孔孟未尝及也"，从而信其书，宗其道，天

> 下靡然同风，无敢置疑于其间，况能奋一朝之辩，而与之较是非曲直乎哉！①

这可说是宋初士大夫所共同面临的困境。② 当时儒者的历史使命，便在于回应释、道两家——尤其是释家——之挑战，而以三代为号召，重建儒家理想的人间秩序。③ 在美育问题上，儒家旧有的礼乐教化传统受到佛老二家之冲击，基本上崩溃殆尽，“儒失其守，教化坠于地”④，一直到宋朝建立近百年，王安石犹在呼吁：“宋之为宋久矣，礼乐不接于民之耳目何也！”⑤ 重建儒家的这一礼乐教化传统，便是宋代美育所面临的历史任务。

但这一礼乐传统的重建并不意味着对此前儒家，尤其是汉儒的简单回归。立的前提是破，即是辟佛老。这是因为，首先，佛家本以舍离世界为基本立场，在这一立场之下，一切此岸世界的努力都不过是梦幻泡影，不过是彼岸世界的预备与踏板罢了，如此，教化－美育便从根本上丧失其正当性。佛家的某些理论，尽管在一定范围内可以应用于美育思想的建立，例如关于心性的一些探讨，但从根本上说，佛教理论对礼乐教化－美育完

---

① （宋）张载：《张载集》，章锡琛点校，中华书局1978年版，第4—5页。

② 这种情况不始于宋代，唐代已经逐渐开始显露。“自佛行中国以来，国人为缁衣之学多，几与儒等，然其师弟子之礼传为严专，到于今世，则儒道少衰，不能与之等矣。”[（唐）沈亚之《送洪逊师序》，《沈下贤集》卷九，四部丛刊本]“浮屠之法，入中国六百年，天下胥而化，其所崇奉，乃公卿大夫，野益荒，人益饥，教益颓，天下将芜，而始浑然，自上下安之，若性命固然也。”[（唐）皇甫湜《送孙生序》，《皇甫持正集》卷二，文渊阁四库全书本] 此种情况至宋愈演愈烈，程颐记录当时情况：“昨日之会，大率谈禅，使人情思不乐，归而怅恨者久之。此说天下已成风，其何能救！古亦有释氏，盛时尚只是崇设像教，其害至小。今日之风，便先言性命道德，先驱了知者，才愈高明，则陷溺愈深。在某，则才卑德薄，无可奈何佗。然据今日次第，便有数孟子，亦无如之何。”[（宋）程颢、程颐著：《二程集》，王孝鱼点校，中华书局1981年版，第23页。] 从“崇设像教”到“性命道德”，反映出佛家对士人的影响越来越深，如皇甫湜所谓“若性命固然”，到宋时已使二程发出“此说天下已成风，其何能救”的悲叹。这也是宋儒重建儒家理论所必须正面的一道门槛。

③ 参见余英时《朱熹的历史世界》，绪说之三、四节、第一章，生活·读书·新知三联书店2011年版。

④ （宋）李觏：《直讲李先生文集》卷二十八《答黄著作书》，四部丛刊本。

⑤ （宋）王安石：《临川集》卷七十《策问》十一道之六，文渊阁四库全书本。

全没有主观的重视，礼乐教化－美育在其中不具有相应的位置。这也是儒家与佛家立场的基本差异之一。如张载所指出的，“释氏语实际，乃知道者所谓诚也，天德也。其语到实际，则以人生为幻妄，以有为为疣赘，以世界为荫浊，遂厌而不有，遗而弗存。就使得之，乃诚而恶明者也。儒者则因明致诚，因诚致明，故天人合一，致学而可以成圣，得天而未始遗人，易所谓不遗、不流、不过者也。彼语虽似是，观其发本要归，与吾儒二本殊归矣。”[①] 儒家要重建礼乐传统，辟佛老便是不可避免的步骤。其次，佛教自六朝以来传入中国，以其特有的一套精致的思辨哲学风靡于中国的思想界。以为中国的本土文化——以儒家为代表的哲学基础，即宇宙本体论和心性论过于浅薄，不足与佛教相比较，这种看法并不是只有佛教徒才有，儒门中人也有不少人持类似看法，所谓“儒门淡薄，收拾不住”[②]。宋代士大夫试图重新恢复先秦原始儒家礼乐的地位，不能如同六朝以来一样，将内在心性问题的讨论完全拱手转让给佛家，而将礼乐教化归之于外在的秩序规定，如王安石所哀叹的那样：“呜呼，礼乐之意不传久矣！天下之言养生修性者，归于浮屠、老子而已。浮屠、老子之说行，而天下为礼乐者，独以顺流俗而已。”[③] 事实上，原有的礼乐制度渐渐丧失其实用性而成为具文，无法有效地应用于教化实践，“由三代而上，治出于一，而礼乐达于天下；由三代而下，治出于二，而礼乐为虚名”[④]，这一客观事实也要求宋儒必须为旧有的礼乐制度注入新鲜血液，具体而言，就是必须在宇宙本体论与心性论两方面对佛家之挑战做出回应，并对旧有的儒家理论做出新的诠释与重构。宋儒对自己所面临的历史境况已有清醒的认识，他们所做的，是入室操戈，借助于对佛家本体论与心性论的批判与扬弃，对

① （宋）张载著：《张载集》，《正蒙·乾称篇》，章锡琛点校，中华书局1978年版，第65页。
② （宋）陈善：《扪虱新话》上集卷三引张方平语，儒学警悟本。
③ （宋）王安石：《临川集》卷六十六《礼乐论》，文渊阁四库全书本。
④ （宋）欧阳修、宋祁撰：《新唐书》卷一一《礼乐志》，中华书局1975年版，第307页。

儒家经典做出新的诠释与重构，建立起新儒学－理学自己的本体论与心性论，在此基础上，重建儒家的礼乐传统。这一历史使命，便交由宋儒，尤其是理学家来完成，或者说正是由于这一历史使命，才造就了以理学家面目出现的宋代儒家。

二　理学思想与美育之契合

通常在人们心目中，理学家总以一副道貌岸然、庄严持敬的面目出现，“存天理、灭人欲”是他们的口号，这样一群人怎么可能对美育感兴趣？理学作为纯粹的哲学、伦理学思想，又怎么会同美育思想扯上关系？这可以说是对美育和理学的双重误解。就美育来说，美育并非只是“美”的教育，“它包括从现实生活中所获得的一切具有审美价值的情感体验在内。凡是立足于感性对象和个人趣味，又能实现对个人欲望的超越，使人达到感性与理性、个人性与社会性的统一而进入生存的自由境界的内容，都属于审美教育所要培养的情感。它是由美（优美）感和崇高感两方面所构成的。所以，要造就健全的人格，除了美的教育外，还需要崇高的教育。只有同时兼顾这两者，我们对美育的理解才是完整的”①。通读全书我们会发现，理学家的思想中不仅有“美”的教育，更有“崇高”的教育，而后者更是这一时期美育思想的特色所在。

再就理学言，首先，作为儒学的一种形态，理学本身即具有教育学的品格。儒家主张“政者，正也”，在儒家看来，“政治社会之本身实不异一培养人格之伟大组织”，② 教育也是宋儒试图祖述三代重建一个合理的人间秩序的组成部分，因此理学当然也是教育之学，这一点无论理学的哪一支派

① 王元骧：《美育并非只是“美”的教育》，《学术月刊》2006 年第 3 期。

② 萧公权：《中国政治思想史》，商务印书馆 2011 年版，第 72 页。

都是同意的。周敦颐以“师”为“天下善”，“善人多，则朝廷正，而天下治矣。”[①] 张载也说：“今欲功及天下，故必多栽培学者，则道可传矣。”[②] 可见在理学家看来，政治为教育之鹄的，教育为政治之津梁，二者本不可分，基本上所有的理学家都是教育家这一事实充分说明了理学的教育学品格。

更值得注意的是，理学教育之主体固然是伦理教育、政治教育，但这并非理学教育的最高境界。理学教育的主要对象是“士”，而其致力成就的则是圣人，“学必如圣人而后已，以为知人而不知天，求为贤人而不求为圣人，此秦、汉以来学者之大蔽也。”[③] 理学即所谓“士希贤，贤希圣，圣希天”之学。如果说希贤之学还是伦理的，那么希圣希天之学显非伦理所能范囿，而具有美育的意味，而这正是理学教育的最高境界，“这个本体境界，在外表形式上，确乎与物我两忘而非功利的审美快乐和美学心境是相似和接近的”，这是“属伦理又超伦理，准审美又超审美的目的论之精神境界。”[④] 这是理学美育思想为应对释家之挑战而在宇宙本体论和心性论上做出的回应，而这种回应也成就了理学美育思想最为独特的本质：不离伦理而又超越伦理的美育境界。

三　理学美育体系的构成

具体来说，宋代理学美育思想体系可分为如下四部分：美育本体论、美育心性论、美育工夫论、美育境界论。首先是美育本体论，理学使儒家传统的宇宙论真正上升为本体论，天人合一的理想不再局限于现象界，而呈现为

---

① （宋）周敦颐著：《周敦颐集》，《通书·师章》，陈克明点校，中华书局1990年版，第20页。

② （宋）张载著：《张载集》，《经学理窟·义理》，章锡琛点校，中华书局1978年版，第271页。

③ （清）黄宗羲著：《宋元学案·横渠学案》，《黄宗羲全集》第3册，全祖望补修，浙江古籍出版社2012年版，第797页。

④ 李泽厚：《中国古代思想史论》，天津社会科学院出版社2008年版，第21页。

本体-天与现象-人的合一的新形态，即心与理一。无论是张载的气-太虚本体，二程-朱熹的性-理本体，还是陆九渊的心本体，共同点在于它们都是作为教化的最高鹄的存在。理学不仅是希贤之学，更是希圣希天之学，故理学家所确立的这一最后本体，也是理学美育的最后归宿。

其次是美育心性论。理学的本体论必须落实于心性论。本体现象之别，理学称为理气之分，于人之呈现则有多种称谓，如性与情、道心与人心、天理与人欲、未发与已发、天地之性与气质之性等，这种种一一对扬的范畴并不是现象界的不同存有，而是体用之别，正如理气之不可分，性、道心、天理、未发、天地之性也只有在情、人心、人欲、已发、气质之性中才能见出。而正是这本体与现象间的张力，使得教育成为可能。理学教育的目标，便是以前一系列本体范畴规范后一系列现象范畴，以前者克服-统一后者，消融渣滓，最终在人这“天地之心”中显现出天与人的合一。这一目标，离开了美育的手段是无法达成的。

再次是美育工夫论。这可以说是理学美育思想的主体，因为只有在工夫中，本体与心性才能真正落在实处。理学的美育工夫论，大致上可以分为两条路径，一是向下一路，即就现象显现本体；一是向上一路，即对本体进行理智直观。向上一路的主要工夫，就是识仁，“仁者浑然与物同体”①。仁作为儒家传统最为核心的理念，本是一伦理概念，但宋儒却把它改造为一本体-目的论概念。如果说“理”是第一因，是在本体论角度表征天人之合一，那么“仁”就是最后目的，是从目的论角度表征天人之合一，所谓“仁者，天地生物之心，而人物之所得以为心。”② 但此目的并非外在目的，而是一内在的自然合目的性，“万物生长，是天地无心时；枯

---

① （宋）程颢、程颐著：《二程集·程氏遗书》卷二上，王孝鱼点校，中华书局1981年版，第16页。

② （宋）朱熹撰，朱杰文、严佐之、刘永翔主编：《朱子全书》第17册，《朱子语类》卷九十五，上海古籍出版社，安徽教育出版社2002年版，第3208页。

槁欲生，是天地有心时。”① 如果用康德的反思判断力来解读，以仁来论宇宙，非谓宇宙果有目的，而是人以目的的理念来审视宇宙所得出的先验幻象，是一个调节性而非构成性的原则（当然，这并不合于理学家的原意，这里只是为了方便现代人理解而作的一种格义）。虽然用“仁”这一目的概念来观照宇宙并不能形成知识，但不妨碍形成一种对于宇宙的理念。人心之“仁”与宇宙之“仁”的这双重合目的性，便是形成天人合一神秘体验的内在理论依据。这种双重合目的性，就是乐，如康德所说，并非合目的性“引起”快乐，而是这种意识本身即是愉快。这种由合目的性带来的快感，虽不即是美感，但在形式的合目的性、无利害关系等方面却有相合之处。尤为重要的是，理学的合目的性“仁”，不同于西方的合目的性概念如“完善”，带有更多的经验感性色彩，是一种充满感性血肉的心理情感。这种带有浓重感性色彩的主观的合目的性，与以感性显现为第一特征的审美判断，无疑更为接近。所以如前引李泽厚所言“这个本体境界，在外表形式上，确乎与物我两忘而非功利的审美快乐和美学心境是相似和接近的”，这是“属伦理又超伦理，准审美又超审美的目的论之精神境界”，而在这种天人合一、心与理一所获得的合目的性的自由与快感，主要的是一种崇高之感，尽管这种崇高与西方文化传统下所产生的崇高有所不同。至于理学美育工夫的向下一路，则包括礼乐教育、山水美育、艺术美育等。这一路向更接近于我们通常所理解的美育即“优美”的教育，它固然重要，但并不如向上一路更具有本质上的区别性。

最后是美育境界论，所谓寻孔颜乐处。“孔颜之乐”实际上就是识仁之乐，只不过由孔子、颜回的人格而具象化，而更具有人格美育的特色，并因为孔子、颜回的身份而成为理学的美育理想。理学教育的主要内容是

---

① （宋）朱熹撰，朱杰文、严佐之、刘永翔主编：《朱子全书》第14册，《朱子语类》卷一，上海古籍出版社，安徽教育出版社2002年版，第118页。

道德教育，这一点是毫无疑问的，这也是儒家教育的一贯品格。理学教育思想的特点在于，尽管他的主体内容和落脚点都是以政治为实质内容的道德教育，但他的最高境界却不限于人伦日用，而要上升至与天地同体的高度，尽管这种同体仍然是人-仁本位的。因此如前所指出的，理学教育的最高形态不是道德教育，而是超越道德的审美教育，是“属伦理而超伦理”的。理学美育的特点，就在于不是无关于道德教育，而是超越了道德教育，不是无关于感性，而是超越了感性；表现在审美范畴上，是更注重崇高的教育，而不是优美的教育。如康德所说，崇高“表象为一种心意的力量，通过道德的原则克制了感性界的某些一定的阻碍，并且由此成为有趣味的”①。宋儒的人格之美，就在于此，因为所谓人格，也就是“摆脱了整个自然的机械作用的自由和独立”②，“义利之辨”只能是理学的起点，却不能是终点。这种“自由和独立”，最大限度地体现在道德人（如理学家）上，而不是自然人（如魏晋名士）上。理学美育之美，在于人的道德的崇高之美，这也决定了理学美育的最高形态是人格美育。

Transcending Ethics: An Outline of the Aesthetic Education Thought in Song Dynasty

Li Fei

Abstract Reconstructing the tradition of Ritual and Music Education that collapsed due to the impact of Buddhism is the historical task of aesthetic education in the Song Dynasty. This task was mainly completed by philosophers. With the criticism and sublation of Buddhism's ontology and theory of mind, philosophers made a new interpretation and reconstruction of Confucian classics, and established Neo-Confucianism's own ontology and psychology theory, and on

① [德] 康德著：《判断力批判》（上卷），宗白华译，商务印书馆1962年版，第113页。
② [德] 康德著：《实践理性批判》，邓晓芒译，人民出版社2003年版，第118页。

this basis, its own aesthetics education system.

Keywords Ritual Education; Neo – Confucianism; Aesthetics Education

Author Li Fei, Doctor of literature, is an associate Professor of Center for Theory of Literature and Aesthetics, Shan Dong University.

道家视角的平淡思想分析

——以董其昌作品为中心

徐喜延

摘　要　东方艺术认为表达情感才是真正的艺术，要求作家表现出本人的心情和性情。因此，在东方艺术中，对于以何种方式表现什么样的情感，存有多种说法。“淡”字在辞典中的解释大致可以分为三类，分别为光线稀薄、味道清淡、心灵清净。由此可知，“淡”字既包含感性层面的意义，又包含精神层面的意义。但凡追求淡字境界的文人画家都试图通过诗、书、画超凡脱俗，祈求通过不断的修炼达到修道的境界。本文将通过董其昌的作品考察“淡”字的意义及其表现。董其昌曾努力追求平淡思想，将大自然视为其理想价值所在，并通过从本性出发的追求自然状态的创作活动，树立不断修身养性的态度。本文将基于这样的讨论，探讨平淡之美的定义，并分析考察董其昌作品中突出平淡天真之意义的部分。

关键词　平淡之美；无味；清净；董其昌；无为自然

作者简介　徐喜延，成均馆大学校大学院博士课程（东洋哲学科艺术哲学专攻）。

引言

通常，东方学的认识论和存在论认为构成物质的最基本要素是气（即能量）。宇宙的一切皆由阴阳原理构成，本文试图从阴阳五行的原理出发，解释宇宙原理及研究对象的本质。

西方哲学认为每个个体单独存在的同时又相互集合，东方哲学则认为事物的本质是一种被称为气的能量，因此，除了承认个体本身具有能量的同时，还承认个体之间的能量，从而在各自的对象之间建立了相互联系。气作为构成事物的材料，与西方的物质概念不同，具有包容性和连续性。气不仅发挥了充满于事物之间的相互交涉和媒介作用，并且还作为物理现象的根源，具有生命和精神性质。这种观点上的差异导致东方人总是认为事物之间是相互联系的。正如理查德·尼斯贝特（Richard E. Nisbett，1941—1941）教授很早所指出，西方人直到18世纪后期都没有明白波长和磁场的原理，而中国人早在2500年前就已经了解了这种原理。由此，我们也不难理解东西方之间存在的差异。对待事物的这种态度也直接影响了他们的造型观。在东方，由于将事物的本质看作能量，所以在画画时，比起外形，更加注重表达内在的能量。东方绘画的目标不在于对实际对象的写实描绘，而是努力捕捉表象以外的精神，具有观念性的性质。也就是说，东方绘画不把对象看成是独立的个体，而是将其视为一种充满活力的能量。这就使得在把握事物的精神或者通过对象表达作家的人品等方面，形成了与西方完全不同的美学价值和标准。

东方艺术认为表达情感才是真正的艺术，要求作家表现出本人的心情和性情。因此，在东方艺术中，对于以何种方式表现什么样的情感，存有多种说法。“淡”字在辞典中的解释大致可以分为三类，分别为光线稀薄、味道清淡、心灵清净。由此可知，“淡”字既包含感性层面的意义，又包含精神层面的意义。但凡追求淡字境界的文人画家都试图通过诗、书、画超凡脱俗，祈求通过不断的修炼达到修道的境界。

本文将通过董其昌①的作品考察“淡”字的意义及其表现。为此，本文将首先探讨平淡之美的定义，并通过考察董其昌作品中突出平淡天真意义的部分，定义平淡之美的含义。

一　平淡思想的渊源

对“平淡”一词之渊源的考察是探讨平淡思想的出发点。在这里我们将重点探讨“平淡”美学的起源和美学意义。

作为东方美学之中心思想的儒、道、仙，三者具有一个共同点，即注重自觉心。例如，孔子说：“有德者必有言。”② 庄子说：“由道进技矣。”③ 佛家说：“净心而知性。”由此可见，东方艺术要求作家表达出自己的心情和性情。④

在艺术体裁中，“平淡”最初以人物评价的方式出现是在文学领域。最初只用于政治家和社会人物，后来也用于评价诗人。到了530年，在萧统（501—531）的文学总集《文选》中，它不仅成为批判的标准，还表现为一种美学价值。最初一直用作文学用语的“平淡”变为评价用语始于米

① 董其昌（1555—1636），字玄宰，号思白、香光居士，松江华亭（今上海闵行区马桥）人，明代书画家。万历十七年进士，授翰林院编修，官至南京礼部尚书，卒后谥“文敏”。董其昌擅画山水，师法董源、巨然、黄公望、倪瓒，笔致清秀中和，恬静疏旷；用墨明洁隽朗，温敦淡荡；青绿设色，古朴典雅。以佛家禅宗喻画，倡“南北宗”论，为“华亭画派”杰出代表，兼有“颜骨赵姿”之美。其画及画论对明末清初画坛影响甚大。书法出入晋唐，自成一格，能诗文。其存世作品有《岩居图》《明董其昌秋兴八景图册》《昼锦堂图》《白居易琵琶行》《草书诗册》《烟江叠嶂图跋》等。

② 《论语·宪问》：“有德者必有言。”

③ 《庄子》：“由道进技矣。”

④ 参见照扬雄《法言·问神》：“书，心画也。声画形，君子小人见矣，声画者，君子小人之所以勋情乎。”《毛诗序》：“诗者，志之所在也，在心为志，发言为诗。”《尚书·尧典》：“诗言志。”《礼记·乐记》：“凡音者，生于人心者也。”（宋代）韩拙《山水纯全集·论用笔墨格法气韵之病》：“吼画者，笔也。斯乃心运。”石涛《画语录·一划章》：“夫画者，从于心者也。”《画语录·了法章》：“一画明，则障不在目而画可从心，画从心矣。”蔡邕《笔论》：“书者，散也，欲书先散怀抱，任情恣性，然后书之。”等。

芾对董源山水画的评价，其内容如下："董源非常平淡天真，唐代并无与其类似的绘画作品。"米芾特别提到董源的画作可得天真，并在天真的状态下对平淡做了一番论述。

关于何时将"平淡"用作评价人物的用语，一般认为是在中国三国时期魏国的刘劭（189—245）所著的《人物志》。刘劭活跃的时期是曹操、孙权、刘备展开角逐的三国时代，在那一乱世时期，登用适当的人才是国家稳定和发展的必要课题。此时，刘劭指出，所登用人才的最重要的品德是平淡，并且他解释道，一个人最理想的境界是"平淡""无名""无味"。[①]《人物志》提出的人物评判价值为形质及性情说的人物评价提供了一种解决方案，其影响巨大。另外，还将具备最高品性的人物称为圣人，将可称为"平淡"的品性称为"中和"。中和是指不偏向任何一方的概念，如果将其比喻为味道，则可以称为"无味"。[②] 但"平淡"和"无味"并非单纯无味的意思，而是意味着保持一种非常和谐的状态。[③] 从刘劭的《人物志》可以看出，平淡的境界可以概括为一种悟道后最理想的人格状态，一种已经到达平静、清澈、淡然的中和、中庸境界。[④]

《人物志》的人物评判还会影响绘画作品的评价。《人物志》中提出的形质及性情说通过"形"把握"神"，这在后来成为绘画论的基础。即，最终，绘画作品将神当作最高价值的标准，使得之前一直追求外在装饰的画家把平淡无味的心态——中和作为所追求的终极状态，即修养的结果。因此，平淡从对作家的提及进一步转化为对作品的提及。[⑤] 另外，这种艺

---

① （三国）刘劭：《人物志》："盖人物之本，出乎情性，情性之理，甚微而玄，非圣人之察，其孰能究之哉？……凡人之质量，中和最贵矣，中和之质，必平淡无味，故能调成五材，变化应节。"

② 参见李泽厚、刘纲纪主编《中国美学》，（台北）谷风出版社 1987 年版，第 160 页。

③ 参见《人物志》："故咸而不碱，淡而不醨，质而不缦，文而不缋。"

④ 参见《人物志》："是故质性平淡，思心玄微，能通自然，道理之家也。质性警彻，权略机捷，能理烦速，事理之家也。"

⑤ 参见 Susan，H. B.《中国的文人画》，金基株译，学研文化社 2008 年版，第 131 页。

术作品与作家的形神、性情统一问题带来了艺术作品与艺术理论的分离及艺术论的发展。

二 道家视角的平淡思想分析与含义

（一）寓意无味的平淡思想

强调无为自然的老子思想与中国艺术精神的形成有着密不可分的关系。老子的道既是宇宙的根源，又是一种无形的实体，这可以说是中国自然主义思想的根本。对“自然”这一词汇的使用最早可追溯到《老子》。《老子》第25章多次出现“道法自然”一语，老子所说的自然之美为“无为而无不为”，意为“即便不用刻意去追求，也没有什么追求不到的”。就是说，只要顺应自然规律，即可达到目的。因此，老子不主张人为的价值体系，而主张将自然本身的存在形式看作理想模式。老子认为，除了现实中能够看得到的事物以外，还有一种能够使事物存在的实际性存在，老子将这种看不见的事物之存在根据称为“道”。[①] 他的哲学体系是由旨在表现作为整个自然界存在形式的“道”并将其作为模型而建立的范畴（无为、悲鸣、虚、无药、无亲、不仁等）所构成的有机组织。老子为了实现天下自治而提出的方案是“无为”。如果说老子所提出的自然概念是一种对纯粹存在和万物运动的描述，那么无为的概念就可以解释为对自然这个概念毫无修饰的描绘，因为老子是以道和自然为根基的。

虽然老子没有直接对审美和艺术做过叙述，但为古代美学的发展做

① 《老子》第25章：“有物混成，先天地生，寂兮寥兮，独立不改，周行而不殆，可以为天下母。吾不知其名，字之曰道，强大为之名曰大，大曰逝，逝曰远，远曰反。故道大、天大、地大、王亦大。域中有四大，而王居其一焉。人法地，地法天，天法道，道法自然。”

出了独特的贡献。[①]《老子》第63章中提到的“味”指的即是审美层面。[②] 在“味无味”中，前面的“味”包含体味和鉴赏之意，而后面的“味”则为名词，老子将“无味”也看作一种“味”。[③] 老子将道的性格规定为平淡和无味。强烈且刺激味道一时可能会让人觉得非常美味，但很快便会让人厌倦。与此相反，平淡的味道可以持续很长时间，另外它还具有可容纳其他味道，包容一切的特点。平淡之所以被视为文人画论等东方绘画所应追求的重要价值且被强调，也是因为它具有包容性。清净寡欲的状态才是老子追求的道的境界。[④] 另外，老子还提出了维持“静”状态的方法论，即抛开贪欲，放弃杂念，心就会安定下来，便自然而然地可维持“静”的状态。[⑤] 此外，老子还谈到“淡”和“清净”的重要性及“淡”之美学中强调的“古拙”和“木讷”，[⑥] 巧妙地故意表现得像小孩子一样笨拙而生硬，有意避开使用轻车熟路的表达方式而选择非常古拙的表现手法提供了依据。这就是说，不管是以单薄而明净表现出更加强烈的精神性，还是以天真而幼稚的手法表达出最精准的程度，为以古拙的表现展示完整性的造型价值提供了思想依据。这种有悖于常识的造型意识不仅影响了董其昌的作品，还对东方绘画整体产生了深远的影响．

我们可以以《道德经》第1章中的“淡”的思想，思考“无味”思想。这是关于无、道、玄的内容。关于玄的美学方面的内容，我们可以从

① 参见李泽厚著《中国美学史》，大韩教科书1992年版，第227页。

② 《老子》第63章：“为无为，事无事，味无味。大小多少，报怨以德。图难于其易，为大于其细。天下难事，必作于易；天下大事，必作于细。是以圣人终不为大，故能成其大。夫轻诺必寡信，多易必多难，是以圣人犹难之，故终无难矣。”

③ 参见皮朝纲《中国古代文艺美学概要》，四川社科院出版社1986年版，第14页。

④ 《老子》第35章：“执大象，天下往。往而不害，安平泰。乐与饵，过客止。道之出口，淡乎其无味。视之不足见，听之不足闻，用之不足既。”

⑤ 《老子》第37章：“道常无为，而无不为。侯王若能守之，万物将自化。化而欲作，吾将镇之以无名之朴。无名之朴，夫亦将无欲。不欲以静，天下将自定。”

⑥ 《老子》第45章：“大成若缺，其用不弊。大盈若冲，其用不穷。大直若屈，大巧若拙，大辩若讷。躁胜寒，静胜热。清静为天下正。”

此一窥老子关于无与虚的思想。“玄”与东方绘画中墨色所象征的意义一脉相通。《老子》第1章①中讲到“无”和“有”从根本上讲是一致的，只是发生以后各自有了不同的名字而已，两者皆被称为“玄”。东方绘画的墨色一般用这种玄的概念说明其具有的神秘性。东方绘画中使用的墨色不是单纯的黑色，而是代表所有现象的黑褐色，这与“玄”本身具有的形象也非常吻合。“玄”还被用作“玄牝”这一词，“玄”字与代表雌性的“牝”字在一起表示黑褐色的气运从根源上生成的状态。东方绘画中的世界观以母系，即土地的世界观为基础。《老子》中也说道：“谷神不死。”还有一些句节，可以从中发现与以土地为崇拜对象相关的哲学。这与西方以天为主的世界观不同，可以说是受到了以农耕为主的文化的影响。这样随着黑褐色，即“玄”被定义为可以体现所有事物本质的颜色，墨便成了东方绘画中必不可少的一种手段，这也成了造就水墨画发展的思想背景。

作为东方哲学的一个主轴，老子的思想以“无”为中心，这对此后董其昌的作品活动产生了直接影响，也成为使“无中生有”“无为之尊”等“贵无论”哲学思想与美学产生联系的契机。贵无论从美学的观点出发为艺术表现找到了可用“无”来进行解释的、与本源联系在一起的，而不是外部功能或装饰层面的根据。与其追求世俗的价值，贵无论更加注重本质的美，即将目标放在天地自然的生命力、人类本然的、纯粹的、自然的生命力表现上。擅长山水画的董其昌在描绘山水的时候注重表现自然之道，他努力表现自然的生命力和纯粹的自然性精神与“平淡”所追求的最高价值——天然与天真的精神有着很紧密的关联。

（二）寓意清净的平淡思想

“平淡”思想与“淡”有着深厚的关联。平淡所追求的造型状态是淡

---

① 《老子》第1章：“道可道，非常道。名可名，非常名。无名天地之始，有名万物之母。故常无欲以观其妙，常有欲以观其徼。此两者同出而异名，同谓之玄。玄之又玄，众妙之门。”

然，而这里所讲的淡然意味着清净、无为、冷静和淡然。老子在《道德经》第45章中讲道："清净而无为的姿态才是一种治理天下的最有力的手段。"老子将清净而纯洁的状态看作无为自然的状态，认为这就是我们所应不断追求的最本然的价值所在。老子认为作为天地万物之来源的"道"空空如也，并将其描述为"无"，同时还认为这种万物之根源永远都无法填满。老子思想的核心是回归根本，而老子所指的根本即是自然。所谓的自然并不是指与文明相对应的野蛮概念，而是指以没有人为介入的山川等为对象的自然。老子的自然是指"天地人"的根源性秩序，是属于最大范畴的概念。老子认为随着"道"之变化而产生的天地万物的发生原理即是自然。道可在毫无作为的情况下使天地万物发生，老子称为"自为"。这就是空无一物、寂静、寂寞、毫无人为痕迹的万物之根本。因此，静则成为圣人，动则成为君王。即使没有人为地工作，也能受人尊重；即使一直保持朴素的状态，也能变成一个天下无人能媲美的人。[1] 不做人为的事情，却没有做不到的事情，这就是天地之间存在"大美"的最大的原因。[2] 此时，天地间大美的特性正如《庄子》的《知北游》所述，可以用"恬淡"来概括。庄子认为道是一种客观存在的最高境界的绝对美。[3] 这可以解释为将淡然与自然之德相结合，试图实现终极之美的精神恢复天真的意思。与西方同时存在"美"和"丑"不同，东方存在真善美，这可从庄子为美而追求真的努力中略见一斑。庄子所言的为实现美而追求的"天真"强调人们应顺应自然，按照事物本身具有的本性行事，表现出自己的本质，并

---

① 参见李泽厚《中国美学史》，大韩教科书1992年版，第293页。

② 同上书，第290页。

③ 《庄子·知北游》："天地有大美而不言，四时有明法而不议，万物有成理而不说。圣人者，原天地之美而达万物之理，是故至人无为，大圣不作，观于天地之谓也。今彼神明至精，与彼百化，物已死生方圆，莫知其根也，扁然而万物自古以固存。六合为巨，未离其内；秋毫为小，待之成体。天下莫不沉浮，终身不故；阴阳四时运行，各得其序。惛然若亡而存，油然不形而神，万物畜而不知。此之谓本根，可以观于天矣。"

且不陷入外界压力或干涉的状态。因此，这种天真的状态只能在去掉人为的激情表现之后，在“淡”的状态下才能表现出来。天地之美是大自然的生命中最为广泛和根本的东西。庄子提出了无人工及人为加工的天然美学。董其昌也通过山水画向人们充分展示了天然美学，其作品的共同点在于用墨不夸张，笔锋淡定，从中似乎能听到树叶晃动的声音，给人身临其境的感觉，表现得非常自然。

三　董其昌的平淡之美

（一）画论展示的平淡之美

平淡思想虽是由文人画家们普及、董其昌整理，前文我们已探讨过与“淡”的美学价值相关的话题，可知这种思想在之前的时代便已开始存在。在诗歌和文学方面的平淡思想得到肯定评价之后，董其昌对绘画领域的平淡思想进行了综合整理。董其昌虽然拜古代贤人为师，但他更注重以天地为师。他认为，画家六法的作品若要将气运生动地表现出来，就需要具备天生的技巧，当然也可以通过后天的努力来学习。但要获得这一技巧，必须要做到读万卷书，行万里路，胸中脱去尘浊，心中充满正气，这样的话，当在自己可控的范围内随意写生时，山和水也都会充满生动感。[①]

对董其昌作品影响最大的是儒家、道家、禅的基本思想和审美情绪。董其昌研究过儒家和道家思想，尤其对禅做过非常深入的探讨。儒家、道家、禅的思想和见解虽然略有不同，但都具有共同点，即都试图广泛地宣扬静寂、温和、平和、简单、不争执、放下一切的态度。这些特点与强硬、猛烈、低俗、轻薄的行径形成了鲜明的对比。董其昌以柔和的笔法营

① 董其昌：《画眼》。

造出优雅的氛围，体现出了超越一切的虔诚和儒家学派的精神。他把中国传统文人所崇尚的“静美”和“柔美”的内涵提升到了一个很高的层次。

在董其昌的艺术中，理想境界的实现和作风的形成与董其昌的人格及审美抱负密切相关。他的心境和抱负意味着“清旷淡然”和“胸次”，而他的艺术作品体现的正是这种“清旷淡然”和“胸次”的境界。我们可以通过下面的文字了解董其昌接近“清旷淡然”的人格和性情。刘劭在《人物志》中将平凡视为君主的德；作者们脱离群众，在黑暗中默默无闻地生活，孤独地存在万物之间，这就是所谓的“淡”。世上所有作家的才华在变，但他们无所不能。大雅平淡与精神状态相关，如果心胸狭窄，未曾经历世间酸甜苦辣，那么便不可能达到以上的境界。《出师》《二表》《伊训》《归去来辞》、羽翼的《国风》皆属于学无止境、自然的作品，这些都可以称作“淡”。以武侯之明志祭靖节先生之教会，这该如何锤炼呢?六代已衰落，已无药可救。大体上看，人为的技巧已很丰富，大部分的“天真”都被掩盖了。

华丽的字句虽然看似协调一致，但稍有差异就会背道而驰。董其昌认为上文包含三层含义。第一，“平凡”的人格是一种美德（君子的美德），这种美德超越一般文艺创作的才能，也超出了自身才能以外的高尚情操。当然这可以说是大雅平淡，关乎神明。第二，“平淡”的人格与人为的“巧”“饶”“长”“媚”等相对立，表现出自然无为的状态。也有人称这是一种非澄练之力可超越的天生的人格。董其昌说这种“平淡”的人格质任自然，是之谓然。第三，“平淡”的人格可以独立万物之表，名心薄而世味浅，只有拥有这样的人格才能洞悉和感受到宇宙之间天地之奇妙无穷。

董其昌认为是否具有“平淡”的人格对于艺术创作具有非常重要的意义。因为体现出“淡”之内涵的艺术风格是他一直以来执着追求，内心深处极力仰慕的理想境界。

(二) 作品中体现的平淡之美

对于董其昌的书法艺术，全部作品必须从高度的审美特征加以把握，如果用两个字来概括，即“平”和“淡”。董其昌留下的很多作品都无意识地表现出了自己无拘无束、自由自在的面貌。他的作品既有体兼众妙的特点，同时也隐藏着古人对艺术内涵的理解，以淡淡的笔墨对快乐而平凡的内容加以表现。

董其昌《怀素自叙帖卷》笔墨潇洒，劲道十足，朴素淡雅，将其精湛的笔迹表现得淋漓尽致。虽然他用的是干笔，但线条极其丰满，虽属模仿，却返璞归真，表达出了我神之风趣，虽猛烈，却不野蛮。他曾在《临怀素帖书尾》中说道：“在我看来，张旭的志向是高雅的，与董源一样，非常巨然。既已继承心志，便应不再存有仇恨，一切都可恢复至平淡天真的状态。看似粗糙，实已不再粗糙了。”

还有一些作品是董其昌在无可依靠的情况下自己亲手打开窗户随手写下的，这些作品有《丙辰论画册》《白居易琵琶行诗卷》《行书七律诗轴》等。在这些作品中，古人的艺术痕迹已经变得非常模糊，艺术的精髓完全消失于平凡的风格当中，变得无影无踪（质任自然，是之谓淡）。通过他的作品，我们可以了解到，他的文章非常自由奔放，已达到不拘泥于规则的艺术境界。这如同一个调和的过程，所有的笔墨、所有的体势，甚至所有的章法都变得行云流水一般游刃有余了。

董其昌曾对自己的书法这样评价过：“虽然学了30年，但也未能达到深奥的境界。但对我来说，我的书法已经发生了一次变化。有书法造诣之人士，当会理解这句话。”明代末期新的书法势力粉墨登场。新的书风没有尽头，董其昌及其之后的黄道周、倪元、王铎等都在明代的书法史上留下了最为华丽的乐章。他们深入了解传统，重视主体的个性，尽最大的努力开创新的风格。这种成果和影响对董其昌革新自己的书法帮助颇大。与此同时，董其昌对传统的理解变得更加成熟，在此基础上董其昌创造出了非常有个性、率直、清淡的艺术风格。

董其昌的绘画以柔和与秀丽为重要特征，其画风与南宋时期山水画的刚猛气势截然相反。董其昌的山水画随着时代的变迁，表现出非常大的变化。其中最能代表董其昌绘画风貌的就是墨笔画。墨笔画主要靠水墨来表现内容，基本上不添加任何色彩。通过这种黑白世界，我们可以清晰地看到董其昌的绘画才能。“淡”的美意味着没有跌宕起伏的因素，而只是一种平淡无奇的状态的持续，是用来表示几乎没有变化的一种状态的表达方式。老子在谈及“淡”的时候提到了一种无味无趣的淡淡的状态。[①] 这种无味的境地具有不让人生厌的特点，这与董其昌墨笔画淡淡的特点非常相似，具有一种使观者不轻易感到腻烦的平淡之美。

《关山雪霁图》是董其昌去世一年前完成的作品。作者在这部作品里勾画了望不到尽头的森林和沟壑，并在卷末留下了如下文字：“（乙亥年，玄宰。）在余家一纪，余未尝展观，今日案头偶有此，为小卷，小侧理以图中诸景改，永日无俗字面目，遂成之，乙亥夏五，玄宰。”事实上，这幅画并不包含雪景，而且与关东的画风也并不相似。这幅画的构图属于平远和深远的结合，将一望无际的森林和沟壑置于一卷画幅当中，虽然风景众多，但笔墨新鲜，笔锋苍劲敦实，将事物描绘得非常明确，画出了看似拥挤不堪，实则毫无堵塞感的艺术效果。作品的笔墨显得非常厚重，很有重量感，精致灿烂的同时也包含平淡之美。这也算是他毕生追求的平淡之美的具体体现。

他对此作深感自豪，称其为“永日无俗字面目”。画中包含着森林和

① 《老子》第35章：“执大象，天下往。往而不害，安平太。乐与饵，过客止。道之出口，淡乎其无味。视之不足见，听之不足闻，用之不足既。”

沟壑，且看不见尽头，右侧则有层层环抱的山峰，气势非常雄伟，而中间则是堆积在一起的千沟万壑。峭壁非常险峻，村庄、密林、山泉、小路交错排列，颇具韵味，看似繁杂，却并不杂乱。河流弯弯曲曲的形状似乎在表达一种自由奔放的感觉。虽有众多的岩石和山谷，但看不出有任何障碍感。左边石块和树丛之间云雾缭绕，路漫漫，山重重，隐约之间似乎某物隐藏其中。虽然由于太过遥远而无法领略全貌，但其风韵却看似无终点。画中用硬笔表现出了重重叠叠的山峦，此外，还利用皴擦法表现出了准确而生动的形象。线条看起来既轻又精密。丘陵起伏的明暗变化随横向的巨大线条而展开，在此之上，又用薄薄的一层墨水直皴画出层次即可完成。这种高超的技法丝毫没有一点破绽，其艺术境地中饱含着朴素、精深、伟大的意境。这使作品表现得非常老练，生动逼真。雄壮的笔力得益于深厚的功力，显得非常熟练。笔墨的气运清新柔和，精湛的笔法勾勒出了一幅冬天的美景。后面的行楷跋文字体秀美，为画作增添了不少光彩，更使作品显得清凉明快，独具风格。

结语

作为在东方绘画中可以观察到的最高价值的自然性和生命力，可以通过“淡”的性质获得。在东方美学中，人们将人类和自然视为始终保持协调和均衡的关系。自然不是以与人类无关、一成不变的方式存在的物质，而是不断与人类进行交流，是与人类的情感有机结合在一起的。

老子的自然就是道，道的状态即是“无”的状态。因此，从本质上讲，由终极性存在而生的万物遵循其内在的生存之道而自生自化。另外，学问这种人为的作为是对知识的日益累积，但与之相比，自然之道则每天都在去除人为化，最终达到完全无为的境界。无为是指去掉人为修饰的自然的状态，指的是达到完全的自然状态，并促使万物达到完全自然的状态，使其自生自化，处于稳定、自我反省的状态。因此，老子认为，只有当人们放弃“必须做什么”这种人为的目的意识，主动去顺应自然的规律时，方可得偿所愿。老子对这些目的意识的否定表现为道的自然实践，即无为。自然不仅意味着终极存在的无主宰性，还意味着本身不依靠于其他事物的自我活动。因此，老子所说的道的特点，可以说就是自然的特征。归根到底，老子强调的是消除一切人为的障碍，恢复自然的秩序，主张真正的人类自由。通过董其昌作品中所展现出的“淡”思想，可获得的终极状态即是“自然”。

米芾在评论董源的画作时说道“以平淡天真获得了自然”，也是同样的道理。董其昌作品中的自然性源自对自然秩序的重新诠释及试图从相同的脉络理解上天赐予的美与人类追求的美的态度。董其昌作品中蕴含的自然的核心在于与自然不断进行的交流和生命力，其象征性的表达方式便是“淡”的思想和“淡”的表现。董其昌将人视为自然的一部分，自然或对象是不能任意拆散的。与道家繁杂、喧闹的淡思想相比，董其昌更向往淡淡的平静，这在其书画或绘画作品中皆有所体现。强烈而刺激的味道当时可能会令人觉得非常美味，但很快便会变得厌倦。与此相反，平淡的味道则可以持续很长时间，而且它还具有可容纳其他味道、包容一切的特点。通过无为实现道的基本思想，“淡”被视作文人画论等东方绘画所追求的重要价值。“淡”在传统绘画的美学观念中被理解为最高的境界，这可以理解为两点，即真实反映画家的人格及生动地表达象的气运。

“平淡”在诗与文学中得到好评后，将绘画作品中的平淡思想加以整理的人就是董其昌。因此本文试着探讨了董其昌画论中出现的平淡思想。董其昌的南北宗论强烈主张平淡天真思想，当时平淡天真的新艺术论与董其昌追求的理想融为一体，被董其昌及当时的众多文士极力推崇。被董其昌所整理的平淡天真的思想在此后的300多年间对中国的众多画家产生了深刻的影响。董其昌将自己的理想和超然的气质用平淡而清澈的墨色加以表现，并通过强调空白的方式突出了淡泊和平淡。在书画作品或墨笔画中表现出的诗情画意和极其清淡的表现手法淋漓尽致地表达出了他超然的生活态度，并以娴熟的线条和沉着而有格调的清墨手法表现出作为文人画家的精神世界。

老子主张“无为自然”，重视根本，主张回归大自然。此外，他还通过“以无为本”，以无作为根本，主张万物应从根本上回归自然。其所指的自然即是“天地人”的根源性秩序。由此可见，董其昌和老子都将根本理念放在了因对物质的过度信赖和骄傲而很容易被遗忘的根源以及永久性的自觉上。因此，我们还可以将此解释为对作为造物主的神以及作为万物之根源的自然的一种反省，而非对人类的反省。另外，通过这种反省可以与过去交流，并以此为基础恢复千古不变的永恒秩序，即真理。

An Analysis of the Idea of Pyeongdam through the Thought of theTaoism

– Based on arts of Dong Qi Chang

Sur Heui Yeon

Abstract Oriental art requires the writer to express his or her sentiments. And they say that expressing emotions is art. Because of this, there were many references to how traditional feelings are expressed in Oriental art.

If you greatly separate the dictionary meaning of the Pyeong Dam, it can be divided into three things: the thinness of light, the freshness of taste, and the cleanness of mind.

In the end, PyeongDam is involved in both the sensory and spiritual parts. The literati regarded the Pyeong Dam as the highest value and tried to get to the bottom ofThe writers wanted to defect from the world through poetry, books, and paintings, and they hoped that they would continue their training and rise to the stage of the Pyeong Dam.

In this paper, we will look at the meaning and appearance ofPyeong Dam through Dong Qi Chang's works. The Pyeong – dam idea that Dong Qi Chang wanted to pursue was to have a constant attitude of nurturing through his work activities that saw ideal values as nature and sought natural conditions as nature. Based on this, we will establish the meaning of Pyeongdam and examine the works of Dong Qi Chang in a viewpoint.

Through this study of Painting based on the idea of Pyeong – Dam. Iexpect to expand an understanding of traditional art and bring diverse changes art view point.

Keywords Pyeong Dam; Wu Wei; Qing Jing; Dong Qi Chang; Wu Wei Zi Ran

Author Sur Heui Yeon, The doctor' s course of Eastern Philosophy at Sungkyunkwan University Graduate School (major in philosophy of art).

浅谈考据与阐释的“度”

刘天禾

摘　要　古典诗词的鉴赏和研究需要考据与阐释，但考据与阐释要有“度”，这个“度”就是坚守学术研究的基本规律：考据的材料与阐释的观点要趋统一，更要合乎逻辑。度是什么？度是质和量的统一的范畴，是事物保持其质和量的界限、幅度和范围。从考据和阐释两方面论述古诗考释理应回避的误区，正朱子所谓“旧学商量加邃密，新知培养转深沉”是也。

关键词　古诗；考释；度；误区

作者简介　刘天禾（1998—　），女，湖北黄冈人，山东大学尼山学堂本科生，已录取为复旦大学古籍所硕士研究生。研究兴趣：古典诗歌和诗学理论。

今人阅读古典诗词，由于时代差异，可能会有一些隔膜，这就需要“考释”。包括作者、写作背景、疑难字词、用典等，如遇疑惑，则扞格不通。恰当考释，对我们正确理解古诗词，确有事半功倍之益。在这方面，前修时彦用力颇勤，屡有创获，但也有些古诗考释的论著存在明显的不足，集中表现在考据与阐释有失于“度”：部分考证过于琐屑；一些论证出自主观推论，没有确凿的材料支持；某些论著没有遵循艺术批评的一般规律来欣赏诗歌，而以科学式考据的方法对诗歌进行评判，坐得太实。而且，类似“考释”，在当今古代文学研究界还很有市场。因此，对于古诗词应当如何考释，急需展开讨论，正本清源，以规避歧途。

古典诗词的鉴赏和研究确实需要考释，但考释应有个“度”，这个“度”就是坚守学术研究的基本规律：考据的材料与阐释的观点要趋统一，更要合乎逻辑。度是什么？度是质和量的统一的范畴，是事物保持其质和量的界限、幅度和范围。考释不够，该说的没说到、没说透，那是走马观花，浅尝辄止，自然不行；如果考释过度，如清代桐城派领袖姚鼐所批评那样，“言义理之过者，其辞芜杂俚近，如语录而不文；为考证之过者，至繁碎缴绕，而语不可了当”（《述庵文钞序》），同样也是文章大病。过犹不及，不及犹过，皆为失度。不过，纵观近世以来古诗考释之弊，总以“过度”居多。因此，本文讨论考据与阐释的“度”，主要还是说的“过度”。

一 考据失度

一方面，考据是对史实、典故、名物、文字等的考订、核查和辨正，在近现代学术史上具有优良的传统。钱穆曾说：“惟考据乃证定知识之法门，为评判是非之准的。”对此，徐国利进一步解释，“所谓考据，钱穆认为它首先是一种确证知识和是非的方法”，且“一门学问的建立必须重视名据确证，不然就无法立于不败之地”。[①] 前人所谓“论从史出”，“无征不信”，都是讲的考据的重要。另一方面，考据要有“度”，特别是在古诗的鉴赏和研究中，考据如果“过度”，则有耽于沉湎、迷失本旨之嫌。有人指出，清代仇兆鳌《杜诗详注》树立了一个考据适度的典范：“将解释杜诗内涵（义理）、考证杜诗出处（考据）、解说杜诗章法（辞章）融为一体，集前代注杜评杜之大成，为全面评价杜诗做出了贡献，可称传统批

① 徐国利：《钱穆的学术史方法与史识——义理、考据与辞章之辨》，《史学史研究》2005年第4期。

评范式的典范。”①

但是，如果把握不好这个“度”，考据便会失之庸俗，结果不仅于诗意理解无补，而且可能误导读者。早在20世纪50年代，就有学者撰文“反对庸俗的繁琐考证”，旗帜鲜明地说：“我们所要反对的是：为考证而考证的‘考证’；盲目的钻牛角尖的‘考证’；繁琐的‘考证’……至于丧失立场和没有科学观点的‘考证’，我们就更加反对了。”②

下面从诗味、继承、用典、立论、逻辑五方面，略述考据失度的具体情形。

（一）考据不可脱离诗味

烦琐考据，坐得太实，必会减损诗味。例如，宋代的沈括评杜诗“霜皮溜雨四十围，黛色参天二千尺”，对诗中古柏的周长、直径、高度进行测算，讥讽诗人笔下的古柏“无乃太细长乎”；（《梦溪笔谈·讥谑门》）而同时代的黄朝英则走得更远，计算更加精确：“存中性机警，善九章算术，独于此为误，何也？古制围三径一，四十围即百二十尺。围有百二十尺，即径有四十尺矣，安得云七尺也？若以两人大指相合为一围，则是小一尺，即径一丈三尺三寸，又安得云七尺也？武侯庙古柏，当从古制为定。则径四十尺，其长二千尺宜矣；岂得以细长讥之乎？”（《靖康缃素杂记》）沈氏、黄氏对诗歌意象进行数学计算，这是外行人读诗，脱离诗味，反究其微，本末倒置。

然而，就是“内行人”读诗，犯此流弊者也不在少数。例如，《李白〈峨眉山月歌〉释证》一文（《北京大学学报》2006年第5期。下文简称《释证》），李白诗中“峨眉山”“半轮”“平羌江”“清溪”等美好意象在

① 吴淑玲：《〈杜诗详注〉集“义理”“考据”“辞章”的批评方法》，《杜甫研究学刊》2008年第1期。

② 张宏勇、颉育民：《反对庸俗的繁琐考证——评单演义著〈鲁迅讲学在西安〉》，《西北大学学报》1958年第4号。

文中一一坐实，说“半轮”指上弦月，“清溪驿在犍为县”，平羌江并非青衣江，实为“自青神县南端经平羌县至嘉州一段江流”，甚至考证出“李白取道岷江出蜀，当亦是到嘉州宿”，理由之一是“平羌三峡北口南距乐山46里，平羌三峡长15里，板桥溪位于平羌峡南口南5里，则板桥溪下至嘉州仅26里。李白与其到今板桥溪小码头宿，何不下到下游仅26里之嘉州大码头宿”，文中也说李白此诗誉满千秋，前人评为“神韵”“灵机逸韵”“熔化入神”“神韵清绝”等，可一应坐实把好诗的神韵“考释”得荡然无存。

又如《古典诗歌注释与农村生活经验——以陶渊明、黄庭坚诗为例》（《晋阳学刊》2010年第4期。下文简称《“经验”》），解读黄诗“近人积水无鸥鹭，时有归牛浮鼻过”：为了证明黄庭坚意在以水牛象征“被贬六年历经辛苦之后蒙恩东归的自己”，说水牛“水里休息，舒展筋骨”象征自己“获得苏息”的轻松闲适，同时“水牛为人奉献的品格，则象征了诗人不辞老病、为人奉献的自我期许”。该文对水牛的习性作了不厌其详的介绍，征引繁博，用墨如泼，实则是关乎水牛的一段科普研究，而恰恰忘了本文的要旨——欣赏诗歌。《文心雕龙·论说》指出：“原夫论之为体，所以辨正然否……故其义贵圆通，辞忌枝碎。”远离论体，追逐枝碎，“这样做只能使我们远离文学欣赏，‘陷于末学’”①。

诗是来自心灵的歌唱，抒写的是美丽的情感，本来就应与生活保持一定的偏离度，即追求一种陌生化的审美效果。诗意、诗情“使万象化为美丽”，“使它所触及的一切变形”。②，诗中“万象”无不涂有诗人强烈的主观色彩。我们读诗时应“具体感受文学形象所表现的艺术美”“积极展开

① 陈延嘉：《繁琐考据的标本——评〈文选李注义疏〉》，《长春师范学院学报》2012年第1期。

② 雪莱：《为诗辩护》，《古典文艺理论译丛》，人民文学出版社1961年版。

形象思维活动”[①]。所谓艺术美，便是内容美与形式美的结合。这就要求我们理解诗歌时，应通过想象和联想激发情感共鸣，以深入体会诗作意境与诗人的情感世界，由此才能在读懂诗歌字面意思的同时，正确把握其深层含义，而不应耽于考据，一味坐实，大妨诗趣，用科学的常式之理来评判诗歌的艺术之理，那样则是舍本逐末，违背了艺术欣赏的基本规律。在考释古诗时，我们终须牢记，“如果把生活比作水，诗就是由水幻化而成的虹”[②]，二者不可等量齐观。

（二）继承旧说须仔细甄别

考释古诗，首先应当继承前人的研究成果，但继承不是全盘照搬，须仔细甄别。例如对于故训，王宁就说过：“故训由于时代和方法的局限，加上固守家法师承带来的一些问题，并非每条都是对的。”[③] 某些说法如果前人有误，或者本来就有分歧，而我们依然引为根据，那就是以讹传讹了。

例如《杜诗：神韵与诗史的融合》[④] 考释杜甫《寄韩谏议》一诗的题旨，说“杜甫在诗中期望韩汯能够荐举李泌，复出救国。”该文持论沿用了《钱注杜诗》旧说：“程嘉燧曰：‘此诗盖为李泌而作。’余考之是也……公此诗，盖当邺侯隐衡山之时，劝勉韩谏议，欲其贡置之玉堂也”。但有关此诗是为韩谏议抑或为李泌而作，多数学者主张与李泌无关，根据以下几点。

其一，诗题直言寄“韩谏议”，且“韩既谏官而与杜善”[⑤]。诗中“首尾美人，中间羽人及赤松子、韩张良、南极老人”，都或多或少指向韩谏议。

① 郭正元：《文学理论基础教程》，中山大学出版社 1993 年版。
② 马振方：《小说艺术论》，北京大学出版社 1999 年版。
③ 王宁：《故训汇纂》序，宗福邦等主编《故训汇纂》，商务印书馆 2003 年版。
④ 邓小军：《古诗考释》，商务印书馆 2013 年版。下文简称《“融合”》。
⑤ 仇兆鳌：《杜诗详注》卷十七吴江潘耒语。

其二，杜甫、李泌并无接触。“少陵平生交友，无一不见于诗，即张曲江、王思礼、未曾款洽者，亦形诸歌咏，若李邺侯，则从无一字交涉，盖杜于五月拜官，李即于十月乞归，未尝相往还也。”（《杜诗详注》吴江潘耒语）

其三，时间不对。李泌隐居衡山时，约在肃宗至德末、乾元初年间（758—762）；而杜甫此诗作于唐代宗大历元年（766）秋，杜甫出蜀居留夔州之时。因此杜甫诗“今我不乐思岳阳，身欲奋飞病在床”，若是为李泌而作，未免有些“不合时宜”。

其四，地点没有说服力。李泌归隐衡山，但杜诗并未确言“衡山”。提及岳阳，但岳阳距衡山约560里，若二者通指，相距未免廖远。

其五，身份不合。“韩时在岳阳，其官之有无不可知，何得以荐贤望之?”且李泌与肃宗关系亲近，“权逾宰相”，“则其君臣之间，正非谏议小臣所能与也。”（《杜诗详注》卷十七黄生语）

总之，杜甫《寄韩谏议》一诗，《钱笺》移之邺侯，并无确据。“钱氏归其说于程孟阳，亦自知其不的也。”（《杜诗详注》黄生语）而该文再持旧说，直言“‘美人’，喻君子，指李泌”，“‘岳阳’‘洞庭’皆指湖南，李泌所在之地”，“影动倒景摇潇湘”一句，“暗指李泌虽在潇湘，亦在关注长安国事”云云，皆是先入为主，不免有穿凿之病。

（三）解读用典不可歪曲本意

古诗常有用典，既可以古证今，也可借古抒怀。“证今”可落到实处，“抒怀”却不一定，有些旨在抒怀的用典如果也做坐实的考据，那是对用典的误解，必然歪曲作者用典的本意。

《辛弃疾〈贺新郎·别茂嘉弟〉词的古典与今典》考察词中的五处用典（《中国文化》1996年第2期。这里论题“今典”一词似有不安。“典”乃“典故”，靖康难事于今天是典故，于同时代的辛弃疾则似不宜算作典故。“今典”如指今事，则多含讽刺)，分别是上阕三典：王昭君北嫁匈奴、西汉陈皇后迁居冷宫、卫庄公妾戴妫离卫归陈；下阕二典：李陵兵败投降，荆轲刺秦易水诀别。该文认为，这五处用典皆为“古典字面，今典实指”，即“上片连续用典（博喻)”，反复影射“靖康之难后宫北行”，下阕二典喻指“南渡时期抗击金兵身经‘百战’、稳定国势使宋不亡的‘将军’”岳飞。这些考释太过坐实，实为误解。我们依次来看。

第一昭君典。该文为解“马上琵琶关塞黑”一句，详细分析了辛弃疾同调词《贺新郎·赋琵琶》和姜夔《疏影》词。前者有“辽阳信使音尘绝”句，该文通过引用《金史》两条，一为《地理志上》东京路条，说明东京系辽阳府更名而来；二为《太祖本纪》收国二年条，“东京州县及南路系辽女直皆降……以完颜斡论知东京事”，引文中甚至未见“辽阳”一词，以此证明辛词中的“‘辽阳’一语，乃是用指金人巢穴之地”，该句“是言北行入金之宋后宫早已音讯断绝”。该文以两条并不有力的史证来支撑观点，有些单薄。另，辛词喜化用前人诗句，追溯前朝，“辽阳”一句似曾相识：温庭筠《诉衷情·莺语花舞》词，“柳弱蝶交飞，依依。辽阳音信稀，梦中归”；司空图有诗“辽阳音信近来稀，纵有虚传逼节归”。虽不能确信辛词化用了前人诗句，但若强说辛词暗指后宫北行之事，则未免过于主观。

在分析姜夔《疏影》一词时，该文引用刘永济《唐五代两宋词简析》注为旁证，说白石词“昭君不惯胡沙远”“是用昭君出塞之古典及徽宗《眼儿媚》词‘春梦绕胡沙’之今典，言靖康之难后宫北行之今典”。这种说法同样难以服人。姜夔纵是化用了徽宗词，徽宗词叩问“家山何处”也是述己北行之悲，何以确证白石词是言后宫妇女北行之悲？（刘永济《唐五代两宋词简析》认为，姜夔《疏影》一词，“更明显为徽、钦二帝作。”)[1] 又何以进而推断辛词“马上琵琶关塞黑”是“用昭君出塞之古

① 刘永济：《唐五代两宋词简析》，上海古籍出版社198年版。

典，言靖康之难后宫北行之今典”？

第二陈皇后典。该文说，“稼轩‘更长门翠辇辞金阙’之句，乃是借陈皇后被迫迁居冷宫长门宫之古典，突出古典所略的陈皇后被迫乘车辞金阙之情节，以指陈宋后宫被迫乘车辞金阙、辞汴京之今典”，这种说法，亦无确证。若依此意，言及陈皇后的史料中皆无“翠辇辞金阙”的具体情节，由此推断辛词刻意添上这一细节是为暗指今典，那么在该文所引靖康史料中，亦无“翠辇辞金阙”的具体描述，又何以确认引用古典是为暗指今典？文学创作本就“是一种审美的创造活动”，汲取具有审美意义的历史和生活原料，“加以提炼、孕育、加工、改造”①，这是一个审美价值的再创造过程。因此，诗歌创作时通过合理化想象而对史料细节有所增益，本就是文学创作的自然过程。诗歌考释若是强究这种再创造的细节，如该文对于“翠辇辞金阙”这一细节的过分考究，则背离了诗歌表达的本意，于诗味理解一途无益。

第三卫庄公妾典：“看燕燕，送归妾。”该文略写，直书古典意在“言靖康之难宋人哭送后宫妇女被迫离宋入金之今典”。未列论据，难以信从。

第四李陵典：“将军百战身名裂。”该文指出，“按《汉书》本传，李陵投降匈奴后并无杀身之祸，其‘名裂’则有之，其‘身裂’则无之，职此之故，可知稼轩‘将军百战身名裂’之句，乃是变用古典，以切指今典”，且表明“当时大将无辜蒙冤惨遭杀害名声被毁（即‘身名裂’）者，只有岳飞一人”，进而“可以断定‘将军百战身名裂’之句，乃是借用李陵之古典，暗示岳飞之今典”，又根据这个“身名裂”，推出“岳飞是死于刀斧，而不是如《三朝北盟汇编》引《岳侯传》所说‘中毒而卒’”。这些推论，实在匪夷所思！其实，关于“身名”，王力早就说过古汉语有一种“偏义复词”：“其中一个词素的本来意义成为这个复音词的意义，另一

① 郭正元：《文学理论基础教程》，中山大学出版社1991年版，第73页。

个词素只是作为陪衬”，并举“园圃”“休祲”“得失”“缓急”四词为证。[①] 那么，“身名”完全可以仅指一端，该文所释“微言大义”，均属过度阐释。

第五荆轲典：“易水萧萧西风冷，满座衣冠似雪。正壮士悲歌未彻。”该文指出，该古典与岳飞之今典，具有三点一致性，即“第一，荆轲、岳飞前往之地，皆是死地”；“第二，荆轲、岳飞此行，皆视死如归”；“第三，送行实为生离死别，情景极为悲壮”。由此得出结论，荆轲之古典是书岳飞之“今典”。这种推论不无牵强。荆轲与岳飞确有相似性，但二人出征背景不同，出征目标不同，送行目的不同，人物身份、性格亦大不相同等，——差别太多，可比性就大打折扣了。怎可强求二者的共同性来解诗？对于诗歌内容强觅关联，生硬比较，难以自圆其说。

（四）立论根据须充分可靠

上文已经指出，古诗考释必须坚持论从史出的研究原则，材料必须足够充足。如果立论根据不足，就应该继续寻找确凿可靠的支持材料。没有材料支持，求助循环论证，或者代入本人或他人经验，搞简单类比，其结论都是站不住脚的。

《释证》最大的发现就是“‘半轮’指上弦月”，其他相关结论，如夜发清溪的日期、李白留宿嘉州等，都是从这个“发现”进一步推导出来的。根据该文，“半轮”指上弦月的主要根据是：“李白诗言‘峨眉山月半轮秋，影入平羌江水流’，又言‘夜发清溪’（‘夜发’是后半夜即拂晓前出发）、‘思君不见’（诗题《峨眉山月歌》，‘君’是指峨眉山月），是上半夜见半圆月而后半夜不见，可知正是上弦月。”这个推理的两个前提，“夜发”是在后半夜，“君”指的峨眉山月，其实都是假定的，并无确证（这两点下文再详细讨论）。得出一个“上弦月”的伪命题后，为证明

① 王力主编：《古代汉语》（第一册），中华书局1981年版，第90页。

“‘君’指峨眉山月”，该文又说李白“拂晓前从清溪出发时上弦月早已月落，故曰‘思君不见’”。这个论证过程概括起来就是：因为“不见”，所以是“上弦月”；又因为是“上弦月”，这才“不见”的。如此互为因果，循环论证，其说无法自洽。

关于“夜发”后半夜的根据，该文说“古人水陆旅行例在后半夜即拂晓前出发”，这其实是不对的。笔者检索《全唐诗》，“早发”凡87见，绝大多数“早”明确指“晨”；“夜发”25见，比“早发”少52见。有的“夜发”还不是指出发，如：“花须连夜发，莫待晓风吹。”（文德皇后《腊日宣诏幸上苑》）“宫花半夜发，不待景阳钟。”（皮日休《古宫词三首》）“开炉命温酎，中夜发清管”（张说《行从方秀川与刘评事文同宿》）等。可见，唐人更惯于“早发”，清晨出发。如果夜发，也是前半夜，而不会在后半夜出发。

还有个根据，出在注释里：“笔者经验，川江航行今犹如此，如长江下水江轮到万州港宿，后半夜启程，天亮后入三峡。”这就是代入个人经验，其简单类比是没有说服力的。本文还有其他的简单类比，同样经不住推敲，例如：为证明李白是夜宿嘉州大码头，说宋代苏轼、范成大和日本的山川早水“皆是到嘉州宿”，所以，“李白取道岷江出蜀，当亦是到嘉州宿”。

至于“思君不见下渝州”的“君”，该文说“‘君’指峨眉山月”，不无武断。《广韵·之韵》：“思，思念也。”清代徐灏《说文解字注笺》：“人之精髓在脑，脑主记识，故思从囟。”可见，“思”的对象不在眼前，需要“记识”。而且从常理看，越是远离眼前，则越是思念深切。即如邓教授所说，李白上半夜与月同行，下半夜月“不见”了就开始思念它；如果真是这样，未免有些矫情。其实，从诗意出发，于有意无意间探求诗的真旨，“君”不确指最为妥当，也最能体现诗歌语言的张力：或代指故乡，或代指故乡的某人，当然也有可能指“峨眉山月”，或者由眼前之月而想到的故乡之月。

再如《"经验"》一文，解释"种豆南山下，草盛豆苗稀。晨兴理荒秽，戴月荷锄归"，该文又以"笔者在四川西部成都平原农村生活"的经验，认为这是一种顺接关系，即"豆苗一时被草掩盖，是农田常事"，所以陶渊明"锄草从清晨到月出，是经过了一整天还多的锄草，这就暗示出已经锄尽了荒草"。作者通过代入农事经验，把陶渊明锄草单纯视作一种农事行为来理解，这是从科学而非从艺术角度来解读诗歌。若从诗味一途来看，把锄草作为陶渊明日常生活的一种常态来理解似更为妥当。龚斌《陶渊明集校笺》释"种豆"二句，引李注言："汉书杨恽传：'田彼南山，芜秽不治。种一顷豆，落而为萁。人生行乐耳，须富贵何时。'"（上海古籍出版社，2011 年）可见陶渊明日日勤于耕种，晨兴而作带月而归，诗中通过引杨恽种豆南山之典，表明自己知足安适的心境。"'带月'句，真而警，可谓诗中有画。"[①] 可一经那样坐实的科学考据，则大煞风景，诗趣全无。

（五）避免行文矛盾、以偏概全等逻辑错误

逻辑上的行文矛盾，一般有两方面，一是作者自身的论证内容前后矛盾；二是对某些诗句的考释与诗歌的具体语境相矛盾。

例如《"融合"》一文解释"造化钟神秀，阴阳割昏晓"："下句言泰山之大，有的地方还是月夜，有的地方已经日出。一山之中，判然分割开了昼夜。"按照此意，杜诗这是写的黎明之景。但下句"决眦入归鸟"，既有"归鸟"，则是黄昏（"归鸟"即傍晚归巢之鸟，在现实生活与古诗中均是如此。仇兆鳌《杜诗详注》第一册引曹植《赠白马王彪》诗"白日忽西匿，归鸟赴乔林"，也说诗中归鸟意象通常指黄昏），在时间上互相矛盾。

又如《释证》："第一次提出诗中'半轮'指上弦月"，"月相呈为半

① 温汝能：《陶诗汇评》卷二，上海扫叶山房石印 1922 年版。

圆”。可下文解释说，“李白出蜀行至平羌江、嘉州，望见皓月当空”。而“皓月”一般指圆月，这里前后扞格，无以自洽（这一点是山东大学赵睿才老师告诉笔者的。特此致谢）。

简单枚举，以偏概全，仅从个别现象就轻率推出一个普遍结论，这也是古诗考释常犯的一个逻辑错误。例如，韩大伟《辨“日边来”识“真太白”》就指出，《中国古代文学作品选讲》考释李白诗“孤帆一片日边来”，通过列举李白将封建皇帝的身边比作日边的几处例子，认定“日边来”指的是“从皇帝身边来”，孤帆一片，是“穷途失位者搭乘的船只”。韩文指出，“这里的结论是从‘简单枚举’的形式推导出来的”，“这一推论犯了‘轻率概括’的逻辑错误”。①

《释证》论证“‘半轮’指上弦月”，有个根据是“杜甫亦以‘半轮’指上弦月，与李白相同”。杜诗是《月三首》其一：“魍魉移深树，虾蟆动半轮。”清仇兆鳌《杜诗详注》卷十八注：“半轮，上弦月也。”即如仇氏所注杜诗“半轮”是上弦月，但也不能据此就得出个全称判断。半轮，通指半圆的月亮，或是上弦，也可能是下弦，应该视具体语境而定。查《全唐诗》，“半轮”一词除《峨眉山月歌》与杜诗《月三首》之外，还出现五次。

（1）桂吐半轮迎此夜，蓂开七叶应今朝。（李峤《人日侍宴大明宫恩赐彩缕人胜应制》）

（2）楼下长江百丈清，山头落日半轮明。（杜甫《越王楼歌》）

（3）玉露团清影，银河没半轮。（杜甫《江月》）

（4）村寺钟声度远滩，半轮残月落山前。（李梦符《渔父引二首》）

（5）一撮秋烟堤上白，半轮残日岭头红。（姚揆《秋日江东晚行》）

其中，杜诗《越王楼歌》和姚诗“半轮”指日；“桂吐半轮”指月，

① 韩大文：《辨“日边来”识“真太白”》，《文学遗产》2003 年第 1 期。

但无法分判是上弦月还是下弦月；“银河没半轮”指月，且由“玉露团清影”可推知指上弦月（这一点是山东大学刘宗迪老师指出的，特此致谢）；“半轮残月落山前”指月，且由下文“浪叠朝霞锦绣翻”可推断，此处的“半轮残月”应该是后半夜的月，即下弦月。可见，无法简单由“半轮”推断出上弦月。

杜诗“虾蟆动半轮”，仇注说是上弦月，其实也无确证。从这首诗的语境和写作背景来看，没有任何信息可以排除是下弦月。

其实，有关古诗中“半轮”是“上弦月”抑或“下弦月”的考证，对于诗意的理解帮助不大。本来诗意灵动的“半轮秋”“半轮明”“没半轮”之类句子，一旦考证出个上弦月或下弦月的科学名称，读者顿感索然寡味。私以为，这种既不能确证又无甚意义的考据，不应提倡。

钱穆说，人文学科的研究较科学研究更难求“实事求是”，“若只在考据上求‘是’，所考据的远在身外”,[①] 那此类考据就失去了意义。

二　阐释失度

在诗歌阐释中，同样应讲究适度。钱穆提倡“将义理、考据和辞章视为是研究任何学问都必须运用的方法”，且“考据应是考其义理”，谈到义理，言“道指义理，……凡有关从事学问之方向，及其所应达到之目标等，应属‘道’，即凡论该做何等样学问，或论学问之‘意义’与‘价值’等皆属之。”[②] 可见正确的考释应以义理为中心，把握好贯穿其中的“道”。对于诗歌阐释而言，这个“道”就是诗意，就是要坚守诗歌的文学

---

① 钱穆：《学问与德性》，《中国学术通义》，台湾学生书局1976年版，第300页。

② 徐国利：《钱穆的学术史方法与史识——义理、考据与辞章之辨》，《史学史研究》2005年第4期。

本位。如果偏离文学本位，阐释失度，于诗歌欣赏则是南辕北辙。

下面从诗意、创新、训诂、引证四个方面，看看阐释失度的具体情形。

（一）阐释须根植于诗意

古诗词的考据和阐释，都要遵循艺术规律。上文已经论列，考据不可脱离诗味，而阐释同样也须根植于诗意。如果过度阐释，纠结于一些远离诗意的细枝末节，则是抛弃本味，寻流逐末。

例如，《“经验”》一文，作者由陶诗“平畴交远风，良苗亦怀新”两句，赫然读出“渊明大面积垦荒种田”的新意。按：宋代张表臣《珊瑚钩诗话》卷一：“秋夏之交，稍旱得雨，雨余徐步，清风猎猎，禾黍竞秀，濯尘埃而泛新绿，乃悟渊明之句善体物也。”《陶渊明集校笺》引闻人倓古诗笺释亦曰：“言其生意已盎然也。”陶诗本意，重在抒发展望新苗、心旷神怡之感，从中我们或许能够体会诗人性喜自然、冲淡平和的心境；而该文从中看出“陶渊明大面积垦荒”，这种理解，不无格义附会、强作解释之嫌，“解释愈有条理系统，则距事实真相愈远。”①

类似例子还有“戴月荷锄归”，文章说这是把“光明和希望从田野上带回了家”。如此坐实的理解，就有些望文生义、过度阐释了。其实，这句诗重在表现月夜归耕的愉悦和与大自然和谐共处的享受之情，强调的是诗人内心的安适平和；而且，“月”在古诗中的象征意多为柔美、相思、思乡、和谐、孤独、飘逸人格、盈亏有定周而复始的哲学思考等，“光明”意较为罕见。

又如该文从陶诗“弱冠逢世阻，始室丧其偏。炎火屡焚如，螟蜮恣中田。风雨纵横至，收敛不盈廛。夏日长抱饥，寒夜无被眠”几句，推断出“陶渊明早在晋孝武帝太元九年（384）‘弱冠’即二十岁时，就已从事躬

① 桑兵：《20世纪国际汉学的趋势与偏向》，中国民俗学网，2007年7月27日。

耕种田”。按：陶诗“弱冠逢世阻，始室丧其偏”，说到了两个时间，一是“弱冠”，二是丧偏之年。《陶渊明集校笺》：“渊明三十岁时丧妻，后续娶翟氏。”那么下文说“螟蜮恣中田”，“收敛不盈廛”，陶渊明开始躬耕种田，该文如何确证是始自弱冠，而非丧偏之年？没有充足材料支持，难以令人信服。

再如《“融合”》一文，作者评王维《使至塞上》“大漠孤烟直，长河落日圆”，说这“是以平安火暗示当时广大边塞平安无事”。此诗属意描摹开阔壮丽的塞外风光，历来也以“诗中有画，画中有诗”为世人称道，若是一一考实，则大妨诗趣。

（二）贵在创新与慎言创新须统一

学术研究贵在创新，但又要慎言创新，二者必须统一。如果没有确实可靠的材料支持，所谓的创新就是无源之水，无本之木。1934 年 2 月，赵万里、朱自清讨论学术界大势，认为“材料不多而又思突过古人”，时人“皆不免钻牛角尖之病”。傅斯年也注意到了近代学人的这一短板：“学问之道不限国界，诚欲后来居上，理无故步自封。”但材料不足而欲突过前人，实乃近代学人爱走险道偏锋的要因。治学一旦失去轨道，只求标新立异，则“知稗贩而不知深研，知捷获而不知错综。以此求异前辈，而不知适为前辈所唾弃。”① 而在当今学界，为追求创新而堕入剑走偏锋、标新立异的歧途，此类不良学风并未收敛，反而有愈演愈烈之势。在 2013 年“中国古代文学研究：视野与方法”学术研讨会上，刘跃进就批评“有的学者标新立异，贪多求快”；魏崇新也指出，有的学者标新立异，生搬硬套西方理论。②

① 桑兵：《20 世纪国际汉学的趋势与偏向》，中国民俗学网，2007 年 7 月 27 日。

② 孙妙凝：《回归有“温度”的古代文学研究》，《中国社会科学报》2013 年 12 月 4 日第 532 期。

上文讨论的几种论著，也有剑走偏锋、标新立异、根据不足之弊。例如《“融合”》评杜甫《曲江对雨》“林花着雨胭脂落”句：“写出林花凋落之从容，与林花之美，竟与杨贵妃临死之从容，为救玄宗、救国家而死之心甘情愿，不期然地相合。”这个结论大胆新奇，但难以让读者信服：一则仅从诗句中无法看出“林花凋落之从容”；二则以林花凋落作比杨妃之死，诗中并无确证，生硬类比，失之牵强；三则杨妃之死那段历史在后世颇具争议，事实真相依然扑朔迷离，杨妃赴死究竟是被迫还是“心甘情愿”，所见非一。

而《释证》一文，作者从短短二十八字的四句诗中，就考证出诗人行程的具体日期、夜晚投宿的准确地点，尽管是发人所未发，但同样经不得推敲。该文考证出李白宿在嘉州大码头，根据有二：一是前文已引，距嘉州不远，“仅 26 里”；二是苏轼、范成大和山川早水皆曾到嘉州宿。可是这两个理由都回答不了以下的疑问：相距不远就一定会去？苏轼等人住过，那前朝的李白也一定是去那儿住的？

至于李白的行程，该文所论也是言之凿凿，如诗人亲历直录：“李白诗言‘峨眉山月半轮秋，影入平羌江水流’，经平羌江至嘉州见上弦月，当在初七、初八日，夜宿之时。复据李白诗言‘夜发清溪向三峡’，拂晓前从清溪驿出发，可知是前日即当在初八、初九日拂晓前从嘉州出发，日行一百五十里，当日到清溪驿宿，次日即当在初九、初十日拂晓前从清溪驿出发。”不仅行期落到实处，连行程速度都测算得清楚明白，所论新则新矣，但无法以理服人。上文讨论到，该文对于相关日期的推算，盖源于“半轮”即“上弦月”的证明，但这个证明其实并不成立：既有循环论证的逻辑错误，也有简单枚举、以偏概全的不足［参见上文“（四）立论根据须充分可靠”和“（五）避免行文矛盾、以偏概全等逻辑错误”］。

（三）语词训诂不可以今律古

对古诗字词的理解，常见以今律古、强作解释之弊。从哲学基础上看，这是违背了唯物辩证法，没有用发展的眼光来看待语言的变化。早在400年前，明末的陈第对语言演变就有论列："盖时有古今，地有南北，字有更革，音有转移，亦势所必至。"（《毛诗古音考》）可惜的是，我们有些学者为了出新，忽略语言的古今差异，以今音套古音，以今义释古义，如此考释古诗，往往会混淆真意，实不可取。

例如，《杜甫曲江七律组诗的悲剧意境》①："中古韵书，'荇'、'杏'读音相同；'荇'、'杏'与'恨'，声母相同，韵母及声调均相近，故读音甚相近。而在笔者家乡川西地区，至今'杏'字念'恨'，两字声、韵、调（去声）全同。可知'荇'字可以谐音'恨'字。"由此推论杜诗"水荇牵风翠带长"，"画面是曲江水面荇蔓宛如女性服饰翠带般长，实际暗含哀杨妃之意味，诗句重点端在'荇'字谐音'恨'字，'荇长'谐音'恨长'亦即'长恨'之义。"说"荇"谐音"恨"，"荇长"即"恨长"，进而发现杜诗"水荇牵风翠带长"竟是抒写杨贵妃死于非命之"长恨"！这些推理实在有些匪夷所思。

按："杏"字念"恨"，这是四川方言的今音。即如300年前，明末李实记录的《蜀语》，韵母 en 与 eng，in 与 ing"分别各为两类，基本不混。"② 至于中古音，杏荇：何梗切，上声梗韵匣母；恨：胡艮切，去声恨韵匣母，——它们只有声母相同，韵、调都不相同，怎么能说"韵母及声调均相近，故读音甚相近"呢？"杏""荇"本为上声，读作去声，是"浊上变去"的结果，这是后起的语音现象。因此，杜甫时代的中古音，"荇"与"恨"韵尾不同，声调不同，根本不可谐音。由个别方言今音"荇""杏"读"恨"，推论1300年前杜诗中的"荇"谐音"恨"，这是罔顾语音的历史发展，典型的以今律古。

---

① 邓小军：《杜甫曲江七律组诗的悲剧意境》，《北京大学学报》（社会科学版）2011年第4期。

② 甄尚灵、张一舟：《〈蜀语〉词语的记录方式》，《方言》1992年第1期。

仇兆鳌《杜诗详注》释“水荇牵风翠带长”句，引王洙曰：“荇，水草，相连生，故如翠带。”又引杜审言诗句“绾雾清条弱，牵风紫蔓长”，以及梁简文帝诗“翠带留余结”。宋代王得臣《麈史》曰：“杜审言，子美之祖也……其诗有‘绾雾青条弱，牵风紫蔓长’……若子美‘林花着雨胭脂落，水荇牵风翠带长’……虽不袭其意，而语句、体格、脉络，盖可谓入宗而取法矣。”可见“水荇牵风”的意象，大抵不是出自杜甫原创，又何以进一步言其借“荇长”隐喻“恨长”呢？

（四）引证须忠实于原始材料

古诗考释常常需要引证他人成说，但引证有个原则：必须忠实于原始材料。然而，由于不甚严谨或主观故意，有些文章在引证时，不是原貌“直录”，而是有选择地“节录”部分材料，为我所用。这样就难免断章取义的嫌疑，往往造成引证缺失或引证有误的纰漏。

《释证》引郦道元《水经注》就有这个不足。原文是郦道元《水经注》引任豫《益州记》：“平乡江东经峨眉山，在南安县界，去成都南千里，然秋日清澄，望见两山相峙如蛾眉焉。”可该文引用只节录所需的语句片段：“峨嵋山在南安县界，去成都南千里。”本来从郦注引文可以看出，“去成都南千里”的是“平乡江”，下文“秋日清澄”的也是“平乡江”，“望见两山相峙如蛾眉”的观察视点也是“平乡江”；该文为了论证的需要，断章取义，把“平乡江”说成了“峨眉山”。

三　结论

古典诗词是中华民族文化的瑰宝，正确考释，有利于读者领会古诗的精髓，把握古诗的神韵。如果考释误入歧途，耽于坐实，有失于度，那对古诗的理解无异于生吞活剥，贻害无穷。在分析诗歌一途中，“质实填砌，最妨文趣”[①]。对古诗的考据和阐释，应当遵循艺术批评的基本规律，实现感性与理性、主观性与客观性的有机统一，同时要注重行文逻辑的严谨性与学术的规范性。

当代学人有些古诗考释的论著，在处理考据与阐释问题上有失于“度”，有时未融会观点、大义，向零碎处考证，连自己都绕不出来。在古诗鉴赏和研究中，为什么会屡屡出现考释“失度”之弊？清代姚鼐《述庵文钞序》说：“其故由于自喜之太过，而智昧于所当择也。”这是说的主观故意。其实，还有个研究者的见识问题，那就是对文学研究的性质缺乏清醒的认识。钱锺书说：“文学研究是一门严密的学问，在掌握资料时需要精细的考据，但是这种考据不是文学研究的最终目标，不能让它喧宾夺主、代替对作家和作品的阐明、分析和评价。”[②] 曹旭也呼吁文学研究要“重视‘特殊的’文学本位”，“把文学研究混同于历史、哲学、天文学、地理学的研究，就是失去文学自身特性，把‘活文学’弄‘死’，意义丧失大半的研究。”[③]

考据与阐释“失度”，还有个历史原因，就是学术史上有这样的先例，特别是20世纪王国维的“二重证据法”和陈寅恪的“诗史互证法”，对古代文学研究影响深远。“‘二重证据法’与‘诗史互证法’，是研究历史和文学比较科学合理的方法，尤其是‘诗史互证法’，将古代文学作品和古代社会资料互相证明，还原了文学所处当时的历史真实。但是，历史真实距离文学的内核还有一段距离。……我们的研究不能仅仅停止在文学事件、文学史料、文学语境本身，而应该透过这些事件、史料和语境来得出背后隐藏的思想、情感和人的心灵。”[④] 况且，陈寅恪后来也认识到自己的

---

① 姚芒父：《曲海一勺》，民国交通书局贵阳刊本复印本。

② 钱锺书：《写在人生边上·人生边上的边上·石语》，生活·读书·新知三联书店2002年版，第179页。

③ 曹旭：《文学研究，请重视“特殊的”文学本位》，《文学遗产》2012年第1期。

④ 同上。

局限："若有以说诗专主考据，以致佳诗尽成死句见责者，所不敢辞罪也。"①

2013年冬，在北京召开的那次"中国古代文学研究：视野与方法"学术研讨会上，北京大学廖可斌教授说，现在古代文学研究领域两种状况比较严重，即重复和琐细。古代文学研究越来越变成了一系列文学史知识的堆积，越来越失去温度，失去生活的气息、人的气息②。在那次研讨会上，学者们有一个共同的呼吁，本文借以作结——

回归有"温度"的中国古代文学研究！

On Parameters of Textual Criticism and Interpretations

Liu Tianhe

Abstract The connoisseurshipand research of classical poetry take textual criticism and interpretations, whichmust be within certain extents of punctuality. Those parameters are required for the fundamentalsof academic research. The material and explanatory views of the textual criticismmust be consistent, cogent and logical. How do we define those parameters? It is believed that, they are composed of well – balanced quality and quantity with well – demarcated boundaries, scopes, and extents. Thispaper, by addressing someissuesof pitfalls in the textual research and hermeneuticsofancient Chinese poetry, seeks to, to quote the great Confucianscholar Zhu Xi, "deliberateon traditional scholarship to render it more toned up; foster new knowledge to deepen its amplitude."

Keywords Ancient Chinese Poetry; Textual Research and Hermeneutics; Parameters; Pitfalls

① 陈寅恪：《韦庄秦妇吟校笺》，《寒柳堂集》，上海古籍出版社1980年版，第112页。

② 孙妙凝：《回归有"温度"的古代文学研究》，《中国社会科学报》2013年12月4日总第532期。

Author Liu Tianhe (1998 –), female, is a native of Huanggang, Hubei. Currently an undergraduate at the Nishan College, Shandong University, she is admitted as a perspective MA student at the Chinese Classics Research Institute, Fudan University. Her research interests include lyrical poetry and theory of poetics.

文论选译

Translated Paper

何谓巴洛克?

[美] 欧文·潘诺夫斯基　著　初敏　译

摘　要　本文在历史分期的演讲中为我们揭示了巴洛克风格的含义，在艺术的发展中，形式要素的冲突对立与协调和解使得艺术作品显现出不同的征象，进而艺术作品表现的情感也有所不同。巴洛克艺术的视觉性寓于形式要素与情感的要素的矛盾运动之中。巴洛克风格即是对艺术作品中矛盾冲突的克服，它不代表文艺复兴风格的终结，而是其发展的一个阶段。①

关键词　巴洛克；文艺复兴；样式主义；矛盾；和解

作者简介　欧文·潘诺夫斯基（1892—1968），美籍德裔犹太学者，著名艺术史家、美学家，主要著作有《十字路口上的赫克利斯》（1931）、《图像学研究》（1939）、《哥特建筑和经院哲学》（1951）、《尼德兰早期绘画》（1953）、《作为艺术评论家的伽利略》（1955）、《视觉艺术的含义》（1955）、《文艺复兴与其他文艺复兴》（1960）、《墓地雕刻：从埃及到贝尔尼尼的变化》（1964）等。

译者简介　初敏（1991—　），男，山东大学文艺美学研究中心2018级博士生。

晚期中世纪的逻辑学家们发明了一种引人发笑的方法来帮助记忆，借助这种帮助，人们能够记起许多三段论（源自大前提和小前提的那些结论）的形式和定规。这种记忆方法包含一些三音节的字词，这些音节部分是真实的，部分是为了记忆的目的而编造的。每个音节指代这三个命题中

① 本文原是潘诺夫斯基的一篇演讲，并无摘要，此处摘要为译者的提炼和概括，仅供参考。

的一个，其中的元音代表这些命题的特点。比如说，元音 a 表示一个普遍性和积极性的陈述；元音 o 表示一个部分性的和消极性的陈述。**Barbara** 这个词包括三个 a，因此它是个好词，它表示的三段论是由三个一般性和积极性的命题组成的（如“所有的人都是终有一死的——一切终有一死者都需要食物——结论是所有人都需要食物”）。至于那种由一个普遍性和积极性的命题加上两个部分性和消极性的命题组成的三段论（如“所有的猫都有胡子——有些动物没有胡子——结果就是有些动物不是猫”），人们就发明了 *Baroco* 这个词来表示它，这个词包含了一个 a 和两个 o。这个词，或者通过这个词来表示一系列思维的那种尤为迂回的方法，甚或这两者，都一定给后代人留下了这样一种印象：极其可笑和充满学究气的形式主义的特点。对后人来说，在中世纪思想中，这正是他们所要反对的东西；当人文主义作家，包括蒙田在内，想要去嘲讽一个不谙世故且毫无成果的学究时，他们就会以这样的方法来谴责他们，即说这个学究脑袋中充满了“Barbara 和 Baroco”等。因此就有了这样的事情，**Baroco** 这个词（在法语和英语中是 Baroque）开始指代那些非常难解、含糊、怪异和无用的事物。（特别像今天在许多圈子中用“知识分子”来嘲讽人一样）（不论是从逻辑学来说还是从纯粹语言学理性来说，这一术语的其他起源都是极其荒谬的，这一术语源自拉丁语的 veruca 和西班牙语的 barueca，它最初的意思是“肉瘤”[wart]，引申开来表示形状不规则的珍珠。）

18 世纪的古典主义参考了 17 世纪伟大的建筑师弗朗切斯科·波罗米尼（Francesco Borromini）的风格，他特地把这一贬义术语用在他所反对的那种建筑类型和装饰类型中去。但到了 19 世纪，当兰克（Ranke）说“每个时期都直接受到上帝的恩惠”时，这个本来贬义的术语——就像哥特式（Gothic）和洛可可（Rococo）——开始被剥掉其抨击性的含义，并被转换成一个**中性化（neutral）**的名称，它表示“文艺复兴之后的那种风格”——也就是说，17 世纪和 18 世纪早期的那种风格。这一抨击性旧术语的这种中性化，如果你喜欢，也可以说这种历史化，带来了几种扩展用法，其中一些也不乏危险性。第一，在视觉艺术之内的媒介中，我们拥有一些无害的扩展：那种最初被限制在建筑和装饰中的东西（顺便再说一下，就像哥特式和洛可可）被用到了雕塑和绘画中。第二，在视觉艺术（但仍在同一时期）之外的媒介中，我们拥有有害的扩展，以至于我们现在会说巴洛克诗歌、巴洛克音乐，甚至巴洛克数学。第三，在这一时期之外，我们的扩展仍然是有害的，确切来说，以至于每种据说与之前的那种作为“巴洛克”相关的风格都被认为与文艺复兴相关联，这种风格可以被“希腊化的巴洛克”（Hellenistic Baroque）、“罗马式的巴洛克”（Romanesque Baroque）和“晚期哥特式的巴洛克”（Late Gothic Baroque）等这样的复合名称来表示。

所有这一切引起了一些疑惑；这些疑惑又被这样的事实所加剧：巴洛克（Baroque）这一术语的这种中性化的形式毫无疑问是艺术史家的所有物，从这种意义上说，它被那些非艺术史家们所应用，这些非艺术史家并非总是能够与艺术史家们自身错误的逐步修正保持步调一致。即使今天，非艺术史家们甚至艺术史家们自身之中一些被误导的人物把 Baroque 这个词盲目地用到贝尼尼（Bernini）和丁托列托（Tintoretto）、鲁本斯（Rubens）及埃尔·格列柯（El Greco）身上，因为这些非艺术史家似乎把沃尔夫林（Wölfflin）的《艺术史的基本原理》（*Principles of Art History*）一书当成了圣经，这本书把巴洛克与所谓的古典文艺复兴截然对立起来。沃尔夫林自身没有犯下将丁托列托或者埃尔·格列柯称为“巴洛克”的错误，但是他所犯的错误是，在他的思考中根本没有涉及他们，也没有提到他们代表什么。粗略说来，从 1520 年拉斐尔去世到 17 世纪盛期之间创作的那些艺术作品，沃尔夫林的书中一个字也没提及。当我们这样简单地把这 100 多年里发生的事情排除在外时，我们确实接受了那种与巴洛克和文艺复兴之间直接截然相对的印象，在现实中，这里出现过一种更为复杂的发展。

当听到巴洛克这个词时，我们首先想到的是一种高傲地喧哗的（lordly racket）观念，可以这么说：不受拘束的运动、过剩的色彩和构图、由高光和阴影的自由嬉戏（free play）而产生的戏剧效果、材料和手法的盲目的混合等。若说像贝尼尼的《圣彼得的宝座》（*Cahtedra Petri*）（fig. 1）这样的作品在最高程度上表现了上述特点，这是完全正确的。青铜雕塑、大理石、泥灰相互结合在一起，它们与唱诗班的建筑几乎结合成一个视觉性的景观，不仅不同单元和媒介之间的界限完全消除了，而且艺术与自然之间的界限也完全消除了（透过彩色玻璃窗照射进来的自然光线似乎要射进青铜光柱里，自然的云彩似乎浓缩为造型性的云）。

因此，贝尼尼的《圣彼得的宝座》实际上是作为一种与盛期文艺复兴作品截然相对之物而出现的，安德烈·桑索维诺（Andrea Sansovino）为红衣主教阿斯尼奥·斯福尔扎（Cardinal Ascanio Sforza）所建造的墓地（fig. 2；1505—1506）就是盛期文艺复兴作品的一个例子。这里，我们看到一个完全自足的结构，它有一个清晰、完美的建筑框架，这个框架把教堂的建筑分隔开来并为其中的诸多雕像提供了“活动空间”（living room）——从字面意上来说——因此，每个雕像都能够在其自己的隔间中自足地存在，自由地活动。

但是我们必须记得，像《圣彼得的宝座》（1661 年完成）这样的作品代表了巴洛克发展的最后阶段，作为一个整体，在这一阶段里，它迈出了新的一步，也是最后一步。要理解这一发展的最初方向，我们必须将它与直接在它之前的那一发展做比较。那种直接在它之前的东西，那种从沃尔夫林及其后来人的考量中完全被排除在外的东西是如下一种风格，它确实包含诸如丁托列托和埃尔·格列柯这样的现象——它现在渐渐地被称为样式主义（mannerism）（当然，一开始，它同样被 17 世纪的批评家用作贬抑术语，这些批评家反对 16 世纪的艺术，就像巴洛克这个术语被 18 世纪的批评家用来反对17世纪的艺术)。当我们将巴洛克艺术与那些样式主义者的图画或者雕塑并列对举时,我们不禁意识到,在一开始,巴洛克现象实际上是反对夸张和过分复杂的一种反应,这可以归因于那种追求清晰、自然简单甚至是均衡的新趋势的出现。

乔尔乔·瓦萨里(Giorgio Vasari)的《圣灵感孕说》(*Immaculate Conception*)(fig. 3)展示了一幅两维的图画,这幅画没有节省一点儿空间(without spatial economy)①,但是个体人物的组合非常具有造型的立体感。从人物扭曲的比例和拧巴的运动中,观众能够感受到一种没有调和和不可调和的张力。这也被用到了主题层面,即人类通过圣灵感孕最终得救的那一复杂的寓言。

相比之下,这种类似主题作品(fig. 4)的巴洛克阐释与拉斐尔所画的麦当娜较为相近。确实存在一种图像宽度、一个高度情感化的人物及现实与想象的明快的混合,这是我们在盛期文艺复兴作品中从不会见到的,但是巴洛克绘画比瓦萨里的祭坛画确实受到更少的限制,并且在空间上更加均衡,它也从样式主义痉挛纠缠似的特点中解脱出来。主题是简单的人,或者人的简单,人们无须那种博学的评论就能够理解这一主题。

因此,巴洛克最初是作为对样式主义的清算而出现的,丁托列托和埃尔·格列柯正属于这种样式主义。但是反过来,样式主义绝不是那些追求过度复杂化的艺术家们一种纯粹突发奇想的结果:它是对一种真实问题的表达,这个问题一开始就在于文艺复兴艺术之中。

事实上,文艺复兴运动本身奠基于一种古代经典的复兴,也奠基于一种完全非古代经典的自然主义,它在那种本质上属于基督教文明的范围之内,强化了这些趋势,这一文艺复兴运动导致了这样一种风格的出现,这

---

① 文中是直译,意译的话即是说“画面都被占满了”。——译者注

种风格所有的特点都展现了一种鲜明的内部差异。在文艺复兴早期的绘画作品中，就像吉兰达约（Ghirlandaio）的《牧羊人的朝拜》（*Adoration of the Shepherds*）（fig. 5；1458），冲突的特点还没有完全得到和解，因而这一特点是清晰可辨的。可以说，图像描画的都是考古学的知识；它呈现出了古代的石棺、古代的立柱和顶柱，甚至在背景中还有凯旋门；但是图中的动物和牧羊人是从弗莱芒的圣坛装饰画中模仿而来的，这种祭坛画强烈地具有彼时那种现实主义潮流的倾向（雨果·凡·德尔·高斯［Hugo van der Goes］所作的著名的波提纳利祭坛画［Portinari altarpiece］，受到许多年前佛罗伦萨的影响；fig. 6）。大师对于透视法具有一种令人满意的把控，透视法是文艺复兴时期展现三维空间的典型方法，但是这一空间趋势被那种对于哥特精神的坚持抵消了，这种精神使得人们把画中人物画得靠近正平面，同时人物之间也相互靠近，以至于风景看起来就像是画面的背景而不是一种可理解的三维的方法。因此，文艺复兴风格就是以内部矛盾为特点的，从实践层面来讲，中世纪对这种内部矛盾是不了解的。列奥纳多和拉斐尔那种盛期文艺复兴风格是对这些矛盾趋势的完美的调和。在拉斐尔的《福利尼奥的圣母玛利亚》（*Madonna di Foligno*）（fig. 7；约 1513）这样一幅图画作品中，异教徒之美与基督教之灵性、匀称的两维图案与三维空间中造型人物的均衡分布、人物的造型价值与风景的绘画价值——所有这一切都在这一真正古典的统一体中得到了融合。但我们能够轻松地预见，这种和解是不会持续下去的。这一和解还没在罗马完全达成就得到了那种反古潮流的抵制，这种反古潮流首先出现在托斯卡纳，托斯卡纳向来坚持的是 15 世纪的传统（Quattrocento tradition，十五世纪欧洲文艺复兴）以及哥特精神，这一反古潮流几乎是作为对古典和谐的暴力抵制而出现的（佛罗伦萨的蓬托莫［Pontormo］、罗索［Rosso］；锡耶纳的贝卡富米［Beccafumi］；北意大利的帕尔米贾尼诺［Parmigianino］，他们是第一代样式主义者）。

在蓬托莫为卡尔特修道院（Certosa di Val d'Ema）所作的一幅壁画（fig. 8；1522—1523）中，我们几乎就看不到透视，此外，非常奇怪，造型形式通过一种松散的、晃动的技法被消解掉了。不论是尖刻对立，还是死板生硬，图中的运动都没有展现出古典的均衡构图原则；画面比例被蓄意用一种极不自然的方式拉大了。看起来，整幅作品被压缩为一幅怪异的人物网。这是对前古潮流的复兴，这些壁画受到了北部艺术（丢勒［Dürer］）的强烈影响，这并非偶然，尽管与后来意大利的画家（fig. 9）相比，丢勒的作品看起来几乎是古典的和和谐的。这种新风格必然意味着精神强度和情感表现的陡然剧增，也意味着和谐的巨大的遗失。

应用于蓬托莫壁画中的东西也应用到了《基督降临》（*Descent of Christ into Limbo*）（fig. 10）中，《基督降临》是锡耶纳画家贝卡富米大约于1528年绘制的一幅作品，在此，我们可以看到那种以牺牲均衡性、清晰性与造型紧凑性为代价来增加强度的相似做法，以及那种以绘画性之消解为导向的相似趋势，这幅画也同样受到丢勒一幅木版画（fig. 11）的强烈影响。

将贝卡富米的《基督降临》与一幅大约作于1552年（也就是大约25年之后）的相同主题的作品（fig. 12）做比较是十分有趣的。它阐释了样式主义风格的第二阶段，我们已经通过瓦萨里的祭坛画对这一阶段有所了解，这一风格受到米开朗琪罗于佛罗伦萨时期所创作的作品的影响。这幅画是布隆奇诺的作品，它是样式主义第二阶段的典型表征。毫无疑问，它是以贝卡富米的作品为基础的，但正因如此，这些变化就更为明显。我们看到一种新的系统化（systematization），轮廓的一种新的硬朗，对造型价值的一种新的强调，但是这种造型趋势更加反对那种将作品压缩为一个复杂的二维图案的趋势，后者几乎抑制了一切空间价值。它是一种强化，但相比于蓬托莫和贝卡富米的消解来说，它是一种对古典和谐更具阻碍性的强化。这种风格变得僵硬（frozen）、固着（crystalline），它具有一种瓷釉般的顺滑和坚硬。运动（movements）呈现了一个过度优雅的人物，但同时这个人物也受到束缚，还有点儿羞涩。整幅作品变成了矛盾力量的一个战场，各种矛盾力量在一种持续的张力中纠缠在一起。

样式主义风格的第二阶段持续到16世纪末甚至更远。但在意大利，大约在1590年出现了一种反向运动，正是这种运动引发了我们所谓的巴洛克；在此，有一件事情如果它被忘记了的话，我们一定要将它记起来，它也引发了一些疑惑，也就是说巴洛克——就像文艺复兴——是一种意大利现象，还有，至少从某种程度来说，其他所有留有哥特风格的欧洲国家都处于文艺复兴的掩饰之下，因而仍然属于样式主义，至少从某种程度上说，这种样式主义仍然处于巴洛克的框架之内；在非信徒居住的区域中（in partibusinfidelium），正是这种巴洛克风格适应了粗糙性、含混性等这样惯常范畴，与最初的意大利的这种风格相比，此处的这种风格更好更连贯。

在意大利，以及在这种风格的更早时期，巴洛克确实意味着对样式主义的反抗，而不是反抗“古典的”文艺复兴。事实上，它意味着对古典原则的一种蓄意的恢复，同时，不论是在风格上还是在情感上都要复归自然。在油画作品中，我们能够区分出带来上述双重变化的那两种力量：卡拉瓦乔（Caravaggio）的革命性影响，甚至卡拉瓦乔的同代人都把他叫作“自然主义者”；博洛尼亚卡拉齐画派（the Bologness Carracci school）的改革性努力，可以说，就像佛罗伦萨的卢多维科·奇戈利（Ludovico Cigoli）一样，他们明确地有目的地通过恢复“好的旧传统”（good old tradition）来克服样式主义趋势。事实上，这两者并非不可协调的截然对立之物，它们可以被比作飞龙（phalanx）的左右两翼，并且，事实上，尽管真实的情况是，卡拉瓦乔的出发点是一个方面，卡拉奇的出发点是另一个十分不同的方面，但是进一步的发展仍是以这二者为基础的。

卡拉瓦乔想要破除掉样式主义那些陈旧的程式。他从静物画（fig. 13）着手，逐渐地进入对一个真实人物的肖像描画中来。他打破了样式主义的虚假（artificial）世界，并用立体图形、三维身体及光线（明暗对照法，一是纯粹造型性的，再是空间性的）等元素建立了一个新的世界。可以说，他为了使这些版画（blocks）获得一种完全属于他自己的全新结构，他采用了方形构图；在某种程度上，他把这些版画归置在一起（以此来用他的真实的统一体来编织一个连贯的作品），他甚至重新使用了一些16世纪早期艺术的一些方法：我们从他的画作中能够识别出他对盛期文艺复兴大师们的回望：比如洛托（Lotto）、米开朗琪罗（Michelangelo），甚至还有拉斐尔（Raphael）和古希腊罗马的风格（fig. 14）。

另一方面，阿尼巴尔·卡拉齐（Annibale Carracci）以这样一种明确的努力为出发点：用那种经受了样式主义幕间表演（也就是说威尼斯画派的色彩主义［Venetian colorism］和柯雷桥式的“晕涂法”［Correggesque “sfumato”］）的洗礼而存活下来的纯粹图绘性趋势来把古代作品和优秀的盛期文艺复兴作品的造型价值综合起来。卡拉齐的《沉睡的维纳斯》（*Sleeping Venus*）（fig. 15）这幅画一方面受到提香的启发（fig. 16），另一方面也受到古代雕塑的启发（fig. 17），尽管该画在如下两点上是让人钦佩的，即它那绝妙的沉着，以及将色彩的丰富性与风景中好看的银色调性结合起来的那种纯粹设计的结合，但从风格上来说，它肯定有一点儿冷静和学术气息。

稍后一幅作品《痛悼基督》（*Lamentation*）（fig. 18）也是这位画家的作品，它宣告了这一风格的普遍松弛及盛期巴洛克态度中那种新的情感性特点。哀恸的人物看起来早已沉浸在他们自己的悲痛之中，这是巴洛克心理学中一种新的决定性因素，所有的元素都编织在一个色彩鲜亮的画作统一体中。后中世纪艺术中的这种内在的二元论在吉兰达约的作品中就清晰可辨，在拉斐尔和其他优秀大师的作品中，这种二元论要么是被妥善地协调了，或者要么就完全被隐藏起来，在样式主义时期它被一种痛苦的内在张力所加剧，而现在它在这一“巴洛克”绘画中仍继续存在。但它不再是样式主义中的那种闷烧似的张力（smoldering tension），而是造型性与空间性趋势、理念美与真实、新异教人文主义与基督教唯灵论之间的调节与对立，尽管这些调节与对立仍然存在，但它们已经开始在一个新的高度主观感觉层面合并起来，就像光和影的如画般的嬉戏、非理性但有深度的空间、柔和感伤的面部表情一样，它们在这样一些主观价值中使自身显现出来。巴洛克态度可以定义为它基于对敌对力量间的一种主观调整，而这种敌对的主观力量融合进一种自由甚或愉快的主观感觉：在样式主义时期的一番争斗和张力之后，我们又获得了盛期文艺复兴的乐园，尽管它仍然被一种潜在的二元论那种紧张的意思所纠缠（和跃动）。

因此，巴洛克导致了一种建筑类型的出现，在这种类型中，墙体和结构体成员之间的冲突——文艺复兴建筑中引进的一种冲突，但艺术家们十分聪明地将之调和了——不再把这样一些感觉添加给观众：就像在普通的样式主义建筑中，那种扩散式解体（cancerous disintegration）的感觉，或者是那种镇压似的压抑感，就像在米开朗琪罗对样式主义的个人化阐释中那样（劳伦森图书馆［Laurentian Library］的门廊，它具有一些令人痛苦的监禁式的柱子；fig. 19）。巴洛克建筑拆散了这些墙，甚至把它们弯曲化，以此来传达主体（mass）和结构体成员的能量之间那种自由能动的交互反应，它也要展示一个半戏剧性的景观，它能够将这些冲突的元素提升为一种空间性的协奏曲，明暗对照法使之充满生气，它甚至还能够暗示出外部空间和内部空间之间的某种渗透性的相互关联（fig. 20，21）。

同样地，巴洛克放弃了样式主义雕塑中那样一种原则：这一原则驱使观众通过转动作品的方式来环顾这个组合和人像，却从未让观众认同一个主导视角（fig. 22）。“一件优秀的雕塑作品拥有上百个观看视角。”本韦努托·切利尼（Benvenuto Celini）在反驳列奥纳多·达·芬奇时这么说。作为盛期文艺复兴一位真正的艺术家，达·芬奇认为，那种环绕着制作而成的雕塑只是两件浮雕的组合体，一件从正面视角展现人像，另一件从背面视角来展现。巴洛克塑像和组合既不质疑二维视角与三维身体之间的冲突，也不会把这种冲突施加给观众，带给他们一种不安和不满的情感：他们回返到一种单一视角原则（fig. 23），但是这种单一视角原则不再通过把作品归置在一种浮雕的排布中来实现，而是包含了大量的扭曲、短缩和空间价值（不同造型单元之间的间隔），在这种空间价值中，这种单一视角呈现出那些想象性图画平面中的人物，造型元素和空间元素就投射在这个想象性的图画平面上。实际上，巴洛克艺术喜欢把雕塑放在一个美丽的或者说舞台般的环境中（fig. 24）。

因此，非常容易地，我们可以这样想，巴洛克艺术开始消解了三种艺术之间的界限，甚至也消解了艺术与自然之间的界限，它也在其完全意义上展现了（brought forth）现代风景（fig. 25），这意味着对这样一种无限空间的视觉化，这一无限空间是从作品的一部分中捕获得来的，它也通过这一部分而被表现出来，因此，人物形象就被降解为一个纯粹的“陪衬物”（staffage），并且最后可能一同被弃置（dispensed with）了。在北部（fig. 26；这位凡·格因［van Goyen］相对来说是一位适合的代表），为了支持那些延展，风景自身的一些准建筑性特征甚至也会被抑制和克服，画面中展示的只有地平面和海平面，天空占到了整个画面区域的五分之四或者六分之五。在所有这些情况中，这种二维平面和三位空间之间的张力被用作主观强化的手段。这是巴洛克艺术的根本态度。合并进一个主观统一体中的这种敌对力量的冲突就这样消解掉了，或者更确切地说，特别是在心理学领域中还能观察到它。然而，在阿尼巴尔·卡拉齐的《痛悼基督》中，痛苦变得那么强烈，以至于它差不多将自身转变为快乐了，同样地，天堂幻象的那种难言的幸福——现在就在凡人触手可及的地方——也变得如此强烈，以至于它开始变成伤害，这使得愉悦变得格外强烈。这样，我们就能够理解巴洛克精神的卓越的化身了，也就是贝尼尼的《圣女特蕾莎的狂喜》（*Ecstasy of St. Theresa*），这件作品位于罗马的胜利圣母教堂

(S. Maria della Vittoria in Rome)(fig. 27, fig. 28)。这件作品也是半造型组合，即一半为浮雕，一半为图像，在这件作品中，圣女被金箭刺心的疼痛实际上与她同基督团聚的那种无上的欢乐融合在一起，因此，这种精神性的幸福融化在了一种略微有点色情的狂喜之中。这种体验以其大量的神秘态度为特点，宗教文学（尤其是圣特蕾莎自己）对这种体验多有描述，但是它会在一种视觉形式中用巴洛克风格来表现这种体验。

人类的这一观相（physiognomy）反映了由经典文艺复兴到样式主义，再从样式主义到巴洛克这一过程带来的那种演进；这一外观变化可能是那种基于风格现象的心理过程的最具启发性的症候。

拉斐尔的《唐娜·维拉达》(*Donna Velata*)(fig. 29)：一幅锥体形的作品，体现了轴对称原则。从心理学角度来说也是完美的、和谐的。这幅画完全严格地被限制在对她的存在的表现中，而不管那种与她紧密相连的外部世界。这个完美的缩影①好比一颗环绕其轴心的星星，它象征着后中世纪文明中矛盾力量的短暂的平衡。不久这种平静自足的态度就被打破了。

蓬托莫的《基督的证明研究》(*Study for the Deposition of Christ*)(fig. 30)：一幅搅扰人心（stirred）的甚至有点令人惊怕（frightened）的作品。其中的人物了解外部世界的问题，也了解她或他自身的问题，结果是人们从世界上退缩回来，就像从险恶的危险中退缩回来一样。事实上，当这一作品面世之时，在宗教和思想领域突然爆发了一场危机，但人们并没有完全认识到那是一场危机，人们只感到由一种普遍的惊厥和不安带来的扰乱。人们感觉到但没完全意识到美和善、道德和自由、人文主义和基督教义、信仰和科学之间存在一种差异。人们对宗教处境感到不满，但在意大利甚至在德国，人们还不知道他们是否仍然是虔诚的天主教徒或者异

① 即《唐娜·维拉达》(*Donna Velata*) 这幅作品。——译者注

教徒，他们常常诉诸一种神秘主义思想，这种神秘主义思想与正统的信条有所不同，但不相背。甚至在蓬托莫的《一个青少年的画像》（*Portrait of a Young Boy*）（fig. 31），这种不安和惊扰的态度也是清晰可辨的，这种态度大概可以描述为"开放的，但不和谐的"，而盛期文艺复兴的态度（拉斐尔）则可以被描述为"和谐的，但封闭的"。这也应用到了形式价值（构图、对介质的把控）和心理学阐释中来了。

布隆奇诺（Bronzino）所作的一幅肖像画就是样式主义第二阶段一个独特的样本，这幅作品现藏于弗里克收藏馆（Frick Collection）（fig. 32），它所体现出来的正是反宗教改革运动（Counter Reformation）的那种风格。确切来说，这一反宗教改革运动差不多以特利腾大公会议（Council of Trent）的开端为其准确起点，该运动仅仅持续了十来年。现在问题就解决了，但生命与思想的自由和幸福甚至美却必须要牺牲在信念的祭坛上，现在它们虽然坚固地重新建立起来了，但只要它的规则仍然受到威胁，那么它就是压抑的和暴戾的——道德和习俗也是这样（塔索："西班牙服饰"）。因此这幅肖像画与拉斐尔的肖像画在这一点上是共通的，即人物再一次变得安静沉着，但不同点在于他的仪态和表情显然是不安和不快乐的。而在拉斐尔的画像中，那种自我限制（self - restriction）揭示了一种完全的自由和自足的和谐，它揭示出这里有一种拘谨的保留，这种拘谨的保留故意将自身与世界隔绝开来。这些人物的生活好像变得僵化（frozen），或者说把自己藏在一个不动的面具后面，同时他们有点儿忧郁和冷酷、害羞和傲慢。

反宗教改革时期的这种扭曲的和束缚的心态展现在无数现象中，比如说，在宗教信念与科学思想之间那可怕的冲突中（对于像列奥纳多·达·芬奇这样的人来说，这种问题已经不复存在），但最具启示性的一个问题大概是这一时期人们对一般美的裸体和特殊的古典裸体的反应。人们愤慨地咒骂米开朗琪罗的《最终审判》（*Last Judgement*）（fig. 33），这幅作品仅凭一种彻底的惩罚释放出一种毁灭。教会声明，只要这些古典的大理石雕像不会暴露在公众视野中，它们就会受到宽恕。雕塑家阿曼纳提（Ammannati）（71 岁时；这是真事）因为制作一件衣着暴露的雕像而叹息悔恨（repented in sackcloth and ashes），贴在这件古典雕塑上的青铜遮羞布是这一时期的一个富有特色的发明。另外，实际上，与文艺复兴时期的人相比，无论是艺术家还是艺术爱好者同样会接受古典裸体之美，只是他们热情被一种愧疚之情所毁灭，也被加剧。现在，那种在拉斐尔时代被视为理所当然的问题已经变成一个冷峻的考古学的问题，或者是变成一种罪恶感的愉悦，而通常是二者的混合。

在布隆齐诺的《基督降临》（fig. 12）中，夏娃就是对尼多斯的维纳斯（Venus of Knidos）（fig. 34）的一种字面上的改编，这幅作品比拉斐尔的任何一件作品都更具考古学气息；正是古典美与羞怯的姿势以及明显的不可触及性的这种结合使得人像几乎是模棱两可的。观众感觉到，美被看作危险的东西，它是被禁止的，因为这一原因正是那些僵硬透亮的裸体所激发，就像被那种比盛期文艺复兴的直率和巴洛克的感性生动更为感性和更令人陶醉的那种东西所激起一样。

因此，与样式主义的后期阶段相比，18 世纪的洛可可风格或者说路易十五风格通常展示出鲜明的相似性，这并非偶然，这种风格或多或少追求某种色欲（lascivious）的情感价值。《爱神与塞普克》（*Amor and Psyche*）（fig. 35）是瓦萨里的一位学生雅各布·祖基（Jacopo Zucchi）所作的一幅画，现在保存在波各赛美术馆（Borghese Gallery），它实际上预示了查尔斯·约瑟夫·纳图瓦尔（Charles Joseph Natoire）为苏比斯府邸（Hôtel de Soubise）的装饰而作的一幅画（fig. 36），它表现了相同的场景，它恰好完成于 150 年之后的 1739 年，这是让我们较为惊奇的。因此，样式主义肖像画中那种既让人得意又让人忧郁的远隔性（remoteness）富有表现力地传到反宗教改革时期的那种内部张力或者“压抑”（“inhibition”）中去了，所谓反宗教改革时期就是这样一个时期，在此，我们是否要把弗里克收藏馆中那幅《卢多维科·卡波尼》（*Ludovico Capponi*）（fig. 32）中那样的青年人或者《艾莱阿诺拉的托列多，托斯卡纳公爵夫人》（*Eleanora of Toledo*，*Grandduchess of Tussany*）（fig. 37）中的那样的伟大女性都看作是布隆奇诺画的，这是难以确定的。

然而，面对世界，巴洛克肖像画再一次变得自由和开放。从感觉上来说，贝尼尼的《科斯坦萨·布娜莱丽》（*Costanza Buonarelli*）的态度是非常愉悦的，不受压抑的活力在跳动着，尽管她对每一种印象和情感都具有敏感性，但仍然非常和谐。巴洛克（我现在说的仅仅是意大利，这种风格发源于此）克服了反宗教改革的危机。这种暂时性的妥协可见于每一领域；科学家不再像乔尔丹诺·布鲁诺（Giordano Bruno）那样被烧死（他的死亡显然可以被称为样式主义式事件，而教皇乌耳班八世［Urban VIII］对坎帕内拉［Campanella］的释放是一个巴洛克事件）；罗马雕塑不再被藏在地窖中；教会系统现在变得非常强大，无可争辩的是：它给予每一种重要的努力相当的宽容，更甚者，它逐渐同化和吸收了这些重要的力量，并最终允许用快乐的丘比特、闪闪的黄金及在《圣彼得的宝座》中见到的那种戏剧性的景象等这样一些的视觉乐章来装饰每一座教堂。在肖像画领域中，这种富丽堂皇的装饰与后来贝尼尼在《路易十六》（*Louis XVI*）（fig. 39）中所表现的半身雕像是相似的，这是17世纪逐渐取得的那种新的自由的胜利的突然爆发。

在人们为之努力的每一个领域中都能见到巴洛克时期实现的这种放松和解脱。在佛罗伦萨样式主义戏剧（有点像英国的面具）的间幕剧中充满了复杂的寓言，就如我们在1585年和1589年的间幕剧中看到的那样，柏拉图《理想国》中的结论出现在了舞台之上，其中包括漂泊的行星（Planets）、天体的和谐（Harmony of the Spheres）、命运三女神（Three Goddesses of Fate），甚至还有拿着宇宙轴线的必然之神（Necessity）（fig. 40）。恰好有一位看过该剧的贵族成员，他在日记中说道，这个剧非常美，但是没有人理解它究竟是关于什么的。几年之后，这些寓言就被现代戏剧取代了，这些现代戏剧充满了自然情感和悦耳的旋律（里奴奇尼［Rinuccini］的《达芙妮》［*Daphne*］，1594年；稍晚一些蒙特威尔第［Monteverdi］的《俄耳浦斯》［*Orpheus*］）。整个大陆（西班牙的冈果拉风格［Gongorism］，英国的绮丽体［Euphuism］：李利［Lyly］、格林［Green］、邓恩［Donne］）的写作风格都呈现出一种样式主义的特点。这种风格是被塞万提斯（Cerwantes）和莎士比亚（Shakespeare）克服的。一个漂亮的例子就是莎士比亚的《冬天的故事》（*Winter' s Tale*）（1610—1611），这部剧故意对侍臣那辞藻华丽的讲话进行了嘲讽，它反对主角那种情感化、诗化但完全不自然、不深刻的演说：

> 侍臣：最动人的是讲起王后奄逝的时候，国王慨然承认他的过失，痛悼她的死状；他的女儿全神贯注地听着，她的脸色越变越惨，终于一声长叹，我觉得她的眼泪像血一样流下来，因为那时我相信我心里的血也像眼泪一样在奔涌。在场的即使是心肠最硬的人，也都黯然失色；有的晕了过去，没有人不伤心。(《冬天的故事》第五幕第二场，第80—89行)
>
> 潘狄塔：不要以为我崇拜偶像，我要跪下来求她祝福我。亲爱的母后，我一生下来你便死去，让我吻一吻你的手吧！(《冬天的故事》第五幕第三场，第44—47行)

与莎士比亚的这部戏剧相比，罗伯特·格林（Robert Greene）1588年创作的《潘多斯托》（*Pandosto*）具有一个重要的变化。这种“圆满的结局”（happy end）是典型的巴洛克特点（甚至在蒙特威尔第［Monteverdi］的戏剧《俄耳浦斯》［*Orpheus*］中，这种特点在他妻子身上有所体现）：一种痛苦的冲突在一个令人愉快的问题中得到解决（相比于贝尼尼为西皮欧内·波各赛所作的半身雕像及他的四河喷泉［Fontana dei Quattro Fiumi］的那一逸事）。

在造型艺术中，情感性价值的增加是由一种对立力量的冲突引起的，这种对立的冲突安静地融合为一种势不可当的主观愉悦感，就像我们在彼得罗·达·科尔托纳（Pietro Da Cortona）的《圣母出现在圣弗朗西斯》（*Virgin Appearing to St. Francis*）（fig. 4）或者贝尼尼的《圣女特蕾莎的狂喜》（*Ecstasy of St. Theresa*）（fig. 27，fig. 28）看到的那样。但另外，这种趋势导致了一种新的图像志主题的发现，这种新的图像志主题符合想象和情感的这种新趋势。乔万尼·多梅尼科·切里尼（Giovanini Domenico Cerrini）的《好心的和平女神（艾琳）照料受伤的圣塞巴斯蒂安》（*Wounded St. Sebastian Nursed by Pious Irene*）（fig. 41）：殉道场景的一种新的构想，身体上的疼痛能够被强烈地感觉到（与中世纪和文艺复兴时期的作品相比），这种疼痛却融合进一种幸福的狂喜中去了。在该作品中，塞巴斯蒂安仍然被束缚在树下，这是对身体的疼痛与放松之间的冲突的一种鲜明的描绘。前巴洛克艺术对此并非完全没有了解，但是被限制在表现塞巴斯蒂安完整生活的那种综合系列中，现在这一事件得到了重点关注（singled out），从情感上来说，这种关注是更为强烈的，并且成为巴洛克艺术中最受欢迎的一个主题。《夏甲在沙漠中挨饿，但是受到了天使的安慰》（*Hagar Starving in the Desert, but Comforted by an Angel*）（fig. 42）是皮耶尔·弗朗西斯科·莫拉（Pier Francesco Mola）的作品（其他一些人的作品，比如兰弗朗科［Lanfranco］和皮德罗·德·科尔托纳［Pietro da Cortona］）：这位有点可怜的夏甲成为巴洛克艺术中受人喜爱的一个角色；还有她生命中其他一些事件（在以赛亚［Ismael］出生之前她回到亚伯拉罕的房子）以及痛苦的冲突之后的其他一些和解的场景（挥霍的儿子归来）等。另一方面，《战胜歌利亚之后的大卫》（*David after His Victory over Goliath*）（奥拉齐奥·简提列斯基［Orazio Gentileschi］；fig. 43）与那一种对被毁灭的生命的深切的同情交缠在一起，因此这一胜利场景被转换为一种忧郁的场景，这种忧郁因沉思人类生命之短暂而引起。在巴洛克图像志中，生与死的对比具有十分重要的作用，这一时期最具特色的创新之一就是那种我们可以称为幸福的死亡（blissful death）的场景——也就是说，在这一场景中，将死之人的痛苦和生者的哀悼与一种超脱的感觉（a feeling of supreme relase）结合在一起：比如贝尼尼的《卢多维卡·阿尔贝特妮》（*Ludovica Albertoni*）（fig. 44），多美尼基诺（Domenichino）的《圣杰罗姆最后的恳谈》（*Last Communion of St. Jerome*）（fig. 45）。

在这些作品中确实出现了那种广为人知感伤（sentimentality）之情。巴洛克艺术几乎在两个世纪中都遭到了如此鲜明的反对，这很大程度上取决于如下一种印象，也就是认为巴洛克人物形象的情感缺乏真实性和真诚性。观众似乎感觉到这些人物形象摆弄着一些夸张的姿势，感觉到他们沉浸在自己的感觉之中，感觉到他们“意此而言彼”（did not mean it），或者说，他们展现的是向圣塞巴斯蒂安和圣劳伦斯那样的半痛苦半幸福的狂喜，还是像圭多·雷尼（Guido Reni）的《玛丽抹大拉》（*Mary Magdalen*）（fig. 46）一样表现的是他们耐心的虔敬呢？

在巴洛克艺术中，人物的心理态度并不比文艺复兴人物的心理态度更完整，更不用说中世纪艺术了。但质疑他们的情感不真实将是不恰当的。巴洛克人物（至少出现在许多大师的作品中）的情感完全是真实的，只是这种情感没有充斥在他们的整个心灵中。他们不仅对自己的情感有所感受，而且对这种情感也是了解的。尽管他们的心有情感地跳动着，但他们的意识却冷漠地维持原状并“了解”着（knows）一切。许多观众可能不喜欢这一点。只是我们不应该忘记，这种心理上的裂痕是历史处境的逻辑结论，同时也是我们称为想象和思想的“现代”形式的基础。对情感和认识之间如此之多的冲突和二元对立的体验、色欲和痛苦、虔敬和感性（voluptuousness）已经唤起了一种觉醒，因而给欧洲思想赋予了一种新的意识（consciousness）。就像《圣经》中的用法一样，这里“意识”一方面意味着素朴的丧失，另一方面它也意味着那种“如同上帝”一样的存在的可能性，也就是说，优于一己的反应和感觉。感伤性仅仅是这种新意识中消极的一面（当个体不仅了解他或她的情感而且有意识地沉迷于其中时），另一个消极层面——与感伤具有逻辑关联——是轻浮（frivolity）（当个体了解到他或她的情感但却用一种怀疑的微笑来贬低或者分解它们的时候）。当代人早已意识到，即使在贝尼尼《圣特蕾莎的狂喜》（fig. 28）中，在天使身上也都有一点儿轻浮。

虽然在这种新意识里存在感伤和轻浮这样的消极层面，但其中也存在着两个明显的积极层面。首先是一种新的“批判性”态度和思考方法，就像笛卡尔所实现的那样，因为与下面这种说法相比，即除了其自身的能动意识之外人类不再接受任何前提，笛卡尔著名的“我思故我在”（*cogito, ergo sum*）在重要性上来说也不逊色，因而它宣告了建立一个思想体系的正当性，这一思想体系实际上完全独立于那些粗鲁的教条式的信念。尽管笛卡尔自己可能会表现出一点点轻浮和感伤，就像那封描述自己在阿姆斯特丹的境遇的信一样，但这些因素因这种完美的缄默和自嘲而面貌一新。这也把我们引向了那种新意识的第二个积极层面，那就是这种新心理学的诅咒和祝福，这种新的心理学发展于巴洛克时代：从真正意义上来说，就是那种幽默感。因为就像在莎士比亚和塞万提斯的作品中所表现的一样——它不会混淆机智和诙谐——幽默感是以这种事实为基础的：一个人认识到世界并不像它应该所是的那样，但他对此并不感到生气，他也不会有如下想法，即他可以从那些丑恶和他看到的那些大大小小的罪恶和蠢笨中解脱出来。

正是讽刺艺术家而非幽默艺术家认为自己比其他人更聪明更优秀。由于那种意识能够使幽默艺术家与现实及他自身保持一种距离，他才能够做到下面这两点：留意生命和人性中的主观性的不足之处——也就是说现实和道德（或者说审美假定）之间的差异——主观上就能够克服这种差异（因而幽默感是一种真正的巴洛克特性），因为他把这种差异理解为一种普遍的甚至形而上学的不完满，这种不完满受世界创造者之意志的驱使。与讽刺艺术家不同，真正的幽默艺术家不仅会谅解他所奚落的事物，也会深深地怜悯它；某种程度上他甚至会赞美它，因为他把它当成这样一种力量的显现，这种力量也会将其自身显现在伟大和崇高的事物中，因而这是同一种力量，然而从本质上来说，就像那些被称为小和荒诞的事物一样，它们远非完美之物。

这种幽默感是创造性的而非毁灭性的，它需要一种想象性的优势和自由，这种优越和自由绝不在知识分子的优越和批判哲学家的自由之下，这种幽默感不仅表现在巴洛克时期的文学和诗歌中，也表现在它的造型艺术中。我们可以在阿德里安·布劳沃（Adriaen Brouwer）的那些准原创性的大笑话中欣赏到这一点。

阿德里安·布劳沃所作的《古代诸神》（*Classical Divinities*）（fig. 47）：墨丘利（Mercury）被表现成一个老售货员，麦尔士（Mars）是一个典型的自夸的士兵，阿波罗（Apollo）成了一个乡村小提琴手，他的帽子上插着一根笛子，尼普顿（Neptune）拿着一个巨大的耙子（over - rake）。在该图像一个更为精致的版本中，我们在第一幅漫画中发现了它——也就是说，在一本真正令人发笑的个人图画批评集中，因为它虽然嘲讽了作为个体的人，但却揭示了人性本身的局限。在这种意义上，漫画真可谓是一种巴洛克发明（卡拉奇；这种事物非常新颖，以至于贝尼尼去巴黎时，他要向法国贵族解释这个词的意思）。

列奥纳多的所谓的漫画绝不意味着滑稽（fig. 48）。它们特别地表示明显的自然现象，它们过于冷静，也太具有个人色彩，以至于不能够让人发笑。相反，它们带给我们一种恐慌，要是说有什么用的话，它们可以在彼拉多（Pilate）的意义上表示犹太人的特点，或者像那种表现基督在一群医生中间的作品一样，它们可以表现那些老学者的下流。这也同样适用于那些极具诋毁性和缺乏幽默感的图像，就像《教皇的驴子》（*Papal Donkey*）或者《和尚牛》（*Monk - Calf*）（fig. 49，fig. 50）一样，这些图像在德国宗教改革斗争期间对其对手发起了猛烈的抨击。

就其本意来说，一幅漫画真正滑稽和发人深省的效果奠基于这样的事实：作者热切地想要观察他的表现对象，并且夸大其缺点，但更确切地说，正因如此，他仍将他们视作上帝的造物并深深地喜爱着他们。福斯塔夫（Falstaff）大概是个骗子和胆小鬼，从行为上来说，他缺乏任何资本美德，但他仍然像潘西·霍特斯波（Percy Hotspur）（他有点儿自我漫画化）一样是一个让人喜爱的人物，更别说该剧（敏：莎士比亚《亨利四世》）中其他那些严肃的人物了。我们可以在贝尼尼的一些让人感到轻快的样图中发现同样的事实：在《红衣主教西皮奥内·波各塞的半身雕像》（*Bust of Cardinal Scipione Borghese*）（fig. 51）中，我们看到一个半扣非扣的扣子，它是如下事实的一种微言大义的症候，即在巴洛克时代，尊严与冷漠可以共存，漫画（fig. 52）所表现的就是这同一个著名的人物。甚至《教皇护卫队队长》（*Captain of the Papal Guard*）（fig. 53）中那位年轻队长的巨大的空虚也可以用同样的方式被赞美和被改变，使它变得更加具有欣赏性，这或许是因为我们感觉到队长的这种精神是潜藏于每个人的灵魂深处的，并且我们也发现它会像那种螺旋顶似的生物一样出其不意地跳出来。

总而言之，巴洛克不是倒退，也更不是我们所说的文艺复兴时代的终结。它是这一时期的第二座宏伟的高峰，同时也是第四个时代的起点，或许它可以用带有大写字母 M 的“Modern”（现代）来表示。这是文艺复兴文明中仅有的一个阶段，在这一阶段里，这种文明克服了其内在冲突，但不是通过消除它们的方式（16 世纪意大利艺术就是这么做的）来克服的，而是用这种主观化的诸种结果来自觉地认识它们，并把它们转化为主观情感能量。当我们把文艺复兴当作人类历史三大主要纪元之一时——其他两个是古代和中世纪——当我们像穆雷那样（with Morey）把它定义为“那个让人和自然比上帝更有趣的时代”时，相比于到16世纪末为止，文艺复兴持续的时间实际上是更长的。粗略来说，它一直持续到歌德去世及第一条铁路的建立和第一座工厂的落成。因为相比于决定了我们这个时代的那些反人类和反自然的力量——那些混乱和机器的力量——也就是那些我们尚不知道它是未知之神的显现还是未知恶魔的显现的力量，只有晚至此时，人和自然（这里指的是人作为真正的人类存在，自然作为不被人类强行介入自然总体性）才开始变得无趣和不重要。这种新力量的出现，而非巴洛克运动，才意味着文艺复兴的结束，同时，这种新力量也意味着我们这个时代之历史的开始，这仍然是一个在生命和艺术领域寻求表现的时代，它将会接受后来人的命名和评判——如果它不会给我们的所有后来人带来一个终结的话。

What is Baroque?

Erwin Panofsky

Abstract According to the evolution of historical staging, this paper reveals the meaning of Baroque style. In the development of art, the conflicts and coordinating reconciliation of formal elements makes the works of art show different symptoms, and the emotions of artistic works are also different. The visuality of Baroque art is in the contradictory movement between the elements of form and the elements of emotion. Baroque style is the overcoming of contradictions and conflicts in art works. It does not represent the end of the Renaissance style, but a stage of its development.

Keywords Baroque; Renaissance; Style; Contradiction; Reconciliation

Author Erwin Panofsky (1892—1968), a German – American Jewish scholar, famous art historian and an esthetician, whose main works are *Hercules am Scheidewege und Andereantike-Bildstoffe in der Neueren Kunst* (1931), *Studies in Iconology: Humanistic Themes in the Art of the*

Renaissance (1939), *Gothic Architecture and Scholasticism* (1951), *Early Netherlandish Painting* (1953), *Galileo as a Critic of the Arts* (1955), *Meanings in the Visual Arts*(1955) *Renaissance and Renaissances in Western Art*(1960), *Tomb Sculpture: Four Lectures on* 1*st changing Aspects from Ancient Egypt to Bernini*(1964) and so on.

Translator Chu Min (1991—), male, Ph. D. student, 2018, Center for Literary Theory and Aesthetics, Shandong University.

大众传媒、流行文化与艺术①

[美] 莱斯利·拉博维茨　苏珊娜·莱茜②著　凌晨光 译

摘　要　艺术家莱斯利·拉博维茨和苏珊娜·莱茜详细研究了大众传媒和艺术领域中的将女性描写为暴力事件牺牲品的情形，认为这种描写强化了人们将女性看成软弱无力者的观念。她们建议艺术家将其洞察力专注于视觉意象并重塑公共意识，以使人们意识到媒介的力量，并以各种可能的形式完成对商业宣传的绝地反击。

关键词　大众传媒；流行文化；艺术

作者简介　莱斯利·拉博维茨，美国当代艺术家。苏珊娜·莱茜，美国当代艺术家、教育家、作家。

译者简介　凌晨光，山东大学文艺美学研究中心教授。

在当今社会环境中，无视大众传播的作用是不可能的。有史以来第一次出现了如下情形：成千上万的公众共同接受和体验相同的图像和信息。在“流行文化”中，女性作为牺牲品的形象反复呈现在我们面前。与女性主义者一道，女性艺术家开始探究这类形象如何影响了我们的生活，以及如何才能抵御这种倾向。

当各种形式的艺术品影响了艺术家的个体经验的时候，那些与艺术家

① Richard Hertz. *Theories of Contemporary Art*. Prentice - Hall, Inc., Englewood Cliffs, New Jersey 07632. 1985.

② Leslie Labowitz and Suzanne Lacy. *Mass Media*, *Popular Culture*, *and Fine Art*. from Richard Hertz. *pp*. 171 - 178.

的政治地位有关的经验往往首当其冲。本性教育为社会利益、个性发展和合作行为提供了信息。本文将艺术理念和艺术行为与社会组织、政治策略和传媒分析结合起来，这些行为不仅涉及艺术家，而且包含作为实践者和创造者的社会个体。

在本文中我们建构了一个社会艺术网络，以便对艺术、大众传媒、政治团体及女性社团中女性的状况进行追根溯源式的考察。同时，我们也关注一系列在其特殊社会效果上相互联系的事件，比如强奸、乱伦及在大众传媒中女性被施暴的形象。这些研究在针对女性的暴力事件显著增多的今天尤其具有批判意义。

本文通过对女性被施暴形象的流行化塑造，审视大众传媒与艺术之间的关联。我们认为，那些将自己视为潜在受害者的女性是有偏见的，然而我们想指出的是由艺术家和媒介制造者对暴力形象的塑造所反映的另一种偏见；他们急需调动其政治洞察力以揭示大众传媒的本性及其与他们自己作品的关系。

大众传媒中的女性形象

被盲目滥用的女性形象越来越常见：在为电影《血统》（*Bloodline*）制作的广告招贴画中，一位女郎裸露着诱人的脖颈，上面缠着一根血红色丝带，看上去像是咽喉被割破的样子。《时尚》杂志登出一组由理查德·埃弗顿（Richard Avedon）拍摄的照片，表现一个男人先是爱抚，继而又殴打一个女子，而她似乎对此心甘情愿。在剑桥，驼峰商店橱窗里陈列着一架时装模特，它（她）倒在垃圾箱旁边，嘴里流出鲜血，而一只只男士皮鞋置于其头上、脖子上。唱片的广告招贴和封面上，充斥着被囚禁、被强暴和被杀害的女人。

在大众传媒中，性暴力形象增多的原因是复杂的。有人认为，这种暴力时髦是那些力求吸引人们注意力的大众传媒操纵者一手造成的，他们发现听众或观众们越来越无动于衷了。另外也有人指出，这些暴力形象作为一种出口，可以使各种社会情绪及工作中积聚的紧张得到释放。女性主义者则在这类形象中看到了一种冲突，它存在不断变化的男性与女性间的关系之中：暴力，不管是通过大众媒介符号暗示出来的，还是在实际强暴行为中表现出来的，都威胁和控制着妇女。不论产生这类形象的原因究竟如何，它们呈现出一种流行的趋势，这一趋势通过几种大众传媒形式表现出来。

1. 广告。

女性身体集体表现了艺术家的思想、意旨和体验，这一情形贯穿于艺术的全部历史中。同样，商业艺术也利用女性形象，但其目的是刺激产品需求。其他传播媒体（电视、电影，甚至报纸）则模仿广告的方式，利用对操控感知的手段的研究，以取得商业上的成功与效益。广告并不自我标榜为艺术，而是宁愿与技术为伍：它诱导着消费，故而广告设计者为找到刺激我们的手段和方式不惜斥资百万元。

自从人们拥有并控制了传媒以来，流行文化观念便建立于男性经验的基础之上。广告设计者深入挖掘男性神话中那些能对受众产生强烈震撼力的形象。女人的性感形象似乎很富刺激性，所以她们被广泛利用，以便制造出引人注目的新奇效果。现在更为常见的是如下情形：将暴力和形结合在形象之中。

这种广告工业造成的暴力的潜在破坏力不断增长。在过去的 20 年中，我们已经看到传播媒介中女性形象不断增多，以适应视觉新奇感的需求。从轻曼俏丽的比基尼女郎到胸部高耸的性感皇后再到全身赤裸的荡妇，每种形象只要不再吸引眼球便被弃置一旁。今天广告中的女性受害者形象仍然在逐步升级，意欲产生更加新奇和惹人注目的震撼力。在广告策略中，暴力是一种很有用的工具，因为在短暂的时间量度里，它对观众造成的冲击具有强有力的效果。

一位从事录音工作的广告设计师兴奋地解释广告中的暴力形象时说："如果人们想在唱片封面上看到一只大猩猩，他们就会把一只大猩猩印上去，除非这样做违法，或者市场反馈信息表明这是个馊主意。"针对女性的暴力形象既不违法也不缺乏市场效益，商业艺术家和设计师一贯力求使此类形象合理化而全然罔顾其内容。然而不是广告设计者的自我解释，而是广告形象本身证明，在产品的销售需求中，仇视女性已成为一种当代的富有影响力的精神表现。娱乐和新闻也步其后尘，为吸引观众的注意而与广告沆瀣一气。

2. 娱乐业。

电视和电影中的女性形象通常迎合着人们的色情感受：电影招贴画和报纸广告频繁渲染电影中最暴虐的画面，利用那些建基于产品广告的反应图示，借此激发观众的兴趣。娱乐业不仅提供瞬间中的暴力画面（比如广告），而且展示整个几乎全部充斥着暴力行为的故事情节。公众需要什么就提供什么，这已成为许多产品制造者和设计者遵循的准则。这种准则造成了无休止的传媒意识形态的灌输，一种对暴力行为之限度的试探。当这种包括针对女性甚至儿童的暴力可能性不断升级的时候，再想无视其对现实生活的影响就绝无可能了。

3. 新闻媒体。

贴着客观、真实标签的新闻媒体，其实是热衷于制造暴力形象的娱乐业的一部分。如同在娱乐业和广告中一样，新闻借助于强烈的，而且通常是耸人听闻的形象与事件去引发受众的兴趣。头版照片和电视节目介绍被用来向读者发出诱惑，它们遵循那种我们今天看来是理所当然的规则——暴力场面有用，因为它能赚钱。

暴力被描述为一系列不合逻辑的奇异事件（言外之意是我们无力阻止

它)。社会的、经济的或政治的分析被无视，因为这种分析违反了新闻那神圣的“客观性”。

图像与信息的客观性其实违背了每一位艺术家都懂得的事情：一个图像的设计、编排、操控、措辞足以影响观众对它的感受。一个人赤身裸体躺在山坡上，这样一幅头版照片所传递的信息比一段简单的事件报道要多得多，它告诉你是什么人制造了表面上看似合理的骗局，是谁在暴力场面上表现了潜在的色情因素，使其在视觉效果上与娱乐性和色情性作品纠葛不断。新闻图像因其比娱乐业更具可信性，所以更真实生动地显示出人类行为的可能性领域。

4. 色情艺术。

在传播媒介制作者和艺术家中间，色情艺术经历了一场普遍的复兴。在充斥于色情杂志、电影和录音带的暴力场面中，妇女和儿童受害的情形越来越不加掩饰地呈现出来。

色情艺术清晰而刻毒地表现出对女性的敌意。它对观众的影响是显而易见的：它强化男性意识，刺激性欲，并使观众无论见到什么都更努力地去感受。暴力形象使观众变得迟钝，性与暴力共同制约了人的唤起反应。对于任何一个五年之内没有见到强刺激的色情作品的人，去一趟色情商店就会即刻明白这一点：幸福而敏感的性活动是太难找了。暴力充斥四周，而且颇有市场。一个女人可以被捆绑起来，受尽各种折磨和屈辱（所有杂志都在尽情展示各种捆绑和结扣的方法）；受到各种妖魔鬼怪的恐吓；被抢劫；被拷打；被肢解；被剖腹；被残杀。痛苦感奇异地失踪了，取而代之的是观众（当然是男性观众）的本能反应。色情艺术迎合了那些在我们的文化中无权无势的人的需求，这是一种被广告业利用、控制、毁灭和怂恿的需求。

有人认为性暴力形象仅仅是娱乐性的。但是实际上人们花费大量时间、精力和财富去追求享乐，这对我们的实际行为会产生不可忽视的诱导和影响。正因如此，当针对女性的暴力行为呈上升趋势时，它便是一种见微知著的印证。据一个隶属于美国联邦政府的设在拉斯维加斯的媒体中心的统计数据显示，暴力犯罪率，包括抢劫和残害案件呈迅速而持续的上升趋势。

人们不再可能无视传播媒介中的暴力性相对实际暴力行为的影响。数十件具体事例已对此加以证实。迫害场面起到这样一种作用，通过它我们建立起一种与他人的关系，即对虐待妇女和儿童的行为习以为常。传媒是一种有利的教育工具，它教会男人怎样杀人，教会女人如何成为牺牲品。

传媒文化中艺术的社会现实意义

在讨论传媒形象的公众影响状况时涉及艺术问题似乎显得有些讽刺意味，但是大众传播技术已经深入影响了艺术领域，而由这种技术所提供的可能性也使艺术家与文化氛围的关系发生了改变。

普遍认为，艺术家不同于商业艺术家，但与此相反，在关于如何描绘女性的问题上，我们却可以看到一种耐人寻味的相似。与传媒制造者一样，艺术家也加紧了对暴力形象的制造。这些形象散见于画廊、博物馆和艺术杂志之类的传统艺术体系中，同时它们也在力求厕身于主流传媒之列。与此相对，人们还会发现这种情形：艺术家在创作艺术品时“抄袭”传媒中的形象。艺术与传媒间的联系，尤其表现在两者共同利用女性形象这一点上，这说明艺术也许在不经意间就与那些操控着传媒的目的和价值沆瀣一气了。下述三点应该是关键性的。

1. 艺术家不断地从大众传媒中汲取灵感。

艺术技巧的训练不可避免地会对大众传媒的惊人潜能加以认可。艺术家借助传媒，采纳那些吸引公众兴趣的观念和图像，并用艺术语言将其包装起来。他们尝试运用侦探小说、肥皂剧、纪实文学和新闻广播等各种表现手法，他们去做电视录像、出版书籍、拍摄电影、印发海报、绘制广告，甚至制造新闻。

某些艺术家直接从公共读者那里寻求支持。朱迪·芝加哥（Judy Chicabo）用《晚餐会》（*The Dinner Party*）制造了一个传媒事件，它传达的那种女性主义观念甚至在中立的或者具有对抗性的艺术世界中都难被理解。另一些艺术家则与大众媒介私通。我们的工作是将传媒批评融入关注社会变迁的长远政治观念之中。在网络和其他相关机制的刺激下，艺术的知名度大增，而它对高度技术化的视觉环境的潜在影响也逐渐显露出来。

2. 艺术家在大众传媒的形塑作用下无法保持独立。

艺术教育对如何理解图像的政治性无所助益，不过，它却可以提供一些分析方法，用以对图像进行细致剖析，或是考察此类图像作用于读者的情况。当代艺术家用一种艳羡的目光注视着商业化图像制造者如何老于世故而又直奔主题地操控着观众的反应，并对此加以效仿。

视觉经验的创新者一度曾被视为社会文化发展的先驱，而今天的艺术家与传媒权力机构相比，却显得无足轻重。许多艺术家受到这种权力机构所表达思想的灌输，在他们的作品中再造那些源自大众传媒的图像，而不问这样做是否具有独创性，是否有教益。艺术品是对艺术家的个人想象的独一无二的表现（因此它不受道德和政治评判的约束），遵循这一神话，有些艺术家致力于探究暴力形象的塑造与女性的联系。事实上，这些引人注目的图像，商业效益可观，也会让人出名，但这与作品本身的价值无甚关系。

甚至在那些谴责社会暴力的艺术家中间，大众传媒对其作品的影响，也产生出了让他们始料未及的副作用。最近，在芝加哥的阿特米西亚画廊，乔伊·坡（Joy Poe）在一场惊人的表演中上演了一出“强奸戏”。坡说她的目的是“改变社会上对强奸的固有态度”，而事实上，她直接表现了这样一个场景，一个女人逼真地遭到强暴的画面。它加剧了观众的恐惧感和无助感。

同样，达利尔·撒皮恩（Darrlyl Sapien）在《街道上的罪恶》（一出在旧金山田德隆区上演的戏剧）里，试图对社会暴力提出批评，但他对暴力的着力模仿，其效果要远远大于他的解释：要在狭窄的街道上建起一座“人类爱心之桥”。对上述两位艺术家来说，他们那些基于自己的恐惧、无助和愤懑的政治分析，并不能避免在观众中重现这些感受。在明白了暴力形象如何加深了人们的无助感之后，这些艺术家可能会以某种方式适可而止，以便与观众一道为问题的解决寻求切实的途径。

3. 大众传媒中的图像在艺术中复苏，使得其超脱于社会和政治批评的地位得以合法化。

赫尔穆特·牛顿（Helmut Newton）是许多时髦摄影师中少有的可称艺术家的人。早在1975年，他发表在《时尚》杂志上的商业广告包含以下镜头：一个男人咬着一个女人的耳朵，后者痛苦地缩成一团；一个男人猛击一个女人的胸部；一个女人的头被强行按进抽水马桶里。四年以后，牛顿的同一类作品在旧金山的画廊与画家大卫·霍克尼（David Hockney）的作品一起展出。批评家豪·费舍尔（Hal Fischer）将他那些以女性为题材的照片描述为：“让我们沉迷于这些形象之中而丝毫未察觉我们的社会良知已荡然无存。”就艺术的角色变化问题，他更加明确地指出：“在点缀着时髦形象的杂志中，牛顿的照片看上去有一种十分单调乏味的震撼效果。可是，在画廊里，或多或少，这些照片表现得更加含混多义，一种折中主义充斥画面。”这意味着，现在这些照片才是艺术，其中的暴力形象不再单调乏味而是含义丰富的了。

将上述图像拔高到“高雅艺术”领域，其作用贻害无穷：其价值根基看似出自个人经验，实则派生于按部就班的现实之中。

远离神话：当代社会中艺术家的角色定位

所有图像都是政治性的，在此它们表述了一套关于世界是怎样或应该怎样的价值和态度。并非某个单一图像的内容，而是这些图像的总和形塑了它们的观众。不管是反对还是迎合传媒形象的潮流，技术社会里的艺术家必须非同以往地学会用其视觉产品适应观众的要求。

经过分析图像结构和操控图像内容的专业训练，艺术家成为一种潜在的重要力量。我们能够重建视觉真实。通过表述和分享信息，艺术家得以开始揭开图像制造的谜底，帮助读者大众理解传媒对他们的生活和个性的冲击。了解图像是如何被制造出来的，进而学会自己去制造它们。

当然，对于那些与我们自己的媒体派生出的意识相左的真实反映来说，创造它们的图像是一项艰巨的工作。选择难以展开，并且通常不像我们所预期的那样有趣。决定性的图像不会在那些信徒中流传开来，他们把艺术视为对于无形的社会意识的“宣传”。可是，正如我们所见，大多数艺术都是宣传性的，尤其是当思想戏剧性地反对接受那些被贴上标签的现实时，更是如此。

我们并不认为艺术家能驾驭着图像绕过政治机构，而去提供一些反映社会新秩序的形象。相反，将会有数量众多的同行发现他们的作品不乏社会效果，而且存在一个隐身于传媒形象产品背后的政治价值体系。同样，我们还认为，我们恢复了独立思考文化问题的能力，我们去质询从大众传媒中我们的所读、所见、所闻，更重要的是，我们通过作品去表达我们对未来的看法。

我们认为关于艺术的问题之一将是：谁（有多少人）会看到它？它对观众将会起到何种作用？作品的结构是否会激发读者的对话、交流并促进读者的成长？它最终支持我们自己或我们社会的何种形象？最后，它对未来是如何看的？在这方面它支持人的何种行为？

为回答这些问题，我们有必要就高科技社会中艺术家的新角色问题展开讨论。如今艺术家生存或者仅仅是苟且于社会的边缘，然而通过考察我们与读者、与技术生产中的流行文化的关系，艺术家能够在社会中重新占据一个重要的和责任重大的位置。

Mass Media, Popular Culture, and Fine Art

Leslie Labowitz and Suzanne Lacy

Abstract Artists Leslie Labowitz and Suzanne Lacy examine in detail the depiction of women as victims of violence, in both the media and the fine arts——a representation which reinforces the conception of women as powerless. They urge artists to use their insights into visual imagery to reshape public consciousness, make people aware of the values of the media, and become a positive counterforce to commercial exploitation in whatever form it may take.

Keywords Mass Media; Popular Culture; Fine Art

Author Leslie Labowitz, American performance artist; Suzanne Lacy, American artist, educator, and writer.

Translator Ling Chenguang is a professor of Research Center for Literary Theory and Aesthetics, Shandong University, China.

学术动态

Academic Trends

有追求才会有大家气象

——谭好哲教授访谈录

提问与整理：刘坤鹏　张雨濛（华中师范大学文学院）

刘坤鹏、张雨濛　谭教授，您是我们研究会资深的副会长，请谈谈您与马列文论研究会的历史渊源，以帮助年轻会员了解您的学术经历和学会的历史。

谭好哲　我于1982年初大学毕业留校任教之后，经教研室安排担任本科生“马列文论”课的教学工作，从此与马列文论研究结下不解之缘。1990年，我首次参加了学会在广西柳州召开的第11届年会并被发展为会员，第二年参与筹办了在山东烟台召开的第12届年会，2000年5月在上海召开的第17届年会上当选为副会长。参与学会20多年来的经历，给我印象最为深刻的有三个方面：一是老一代学者在马克思主义文艺理论和美学研究上孜孜以求的精神，中国当代文艺理论和美学的发展有他们不可忽视与替代的努力和贡献；二是老一代学者从事业和未来考虑对后辈学人包括对我自己的无私关怀与提携，学会能够形成今天这种人才辈出的局面与此有着极为密切的关联；三是历任学会领导对研究会工作的认真负责，从吴介民老会长开始，研究会的历任会长、副会长都是热爱这个学会，尽力谋划其发展的，比如20世纪90年代召开年会常常面临经费上的困难，老会长吴介民先生不顾年高，经常动用自己的私人关系资助年会的召开，副会长周忠厚先生则多年来带着病躯勉力编辑学会会刊。我想，我们的研究会要更好地发展下去，为中国马克思主义文艺理论和美学的当代建设做出更大贡献，老一代学者身上这些感人的精神、闪光的品质首先应该得到传承，这是学会未来发展的内在支撑与持久动力。

我们知道，在中国当代文艺研究格局中，马克思主义文艺理论居于主导地位。30 多年来，马列文论研究会以马克思主义文艺理论当代形态的体系建构为目标，以多元对话、综合创新为方法途径，在马克思主义文艺理论、文艺美学和文艺批评等诸多方面努力开拓，取得了引人注目的成绩。当前，我国文艺理论正处在一个新的历史起点之上。希望研究会年轻一代的学者，能更多地关注当下文艺实践，直面现实理论诉求，在新的历史条件和时代环境下将马克思主义文艺理论研究推向新的水平和境界。

刘坤鹏、张雨濛：您长期以来持续关注文艺学基本理论问题研究，即便是对西方文论思想的论述也多落脚到对中国文论研究的启示意义上，同时您还涉足中国古典文艺美学如先秦儒家美学元问题的研究和具体文学批评实践，多方并进，不同研究领域和对象之间的关系您是如何考虑的？

谭好哲：我曾经打过一个比方，就是文艺学研究好比打仗，不能光是打游击战，今天这里放一枪明天那里放一枪，这样虽能制造一点声势、取得一点小的成效，但不能根本解决问题，必须有人能打阵地战、攻坚战。基础理论研究就是打阵地战、攻坚战。一个时代文艺理论研究的学理深度和思想高度首先体现在其基础理论研究之中。基础理论要做得深、做得好，就必须既有主体定力又能广纳博取，在古今中外的广阔学术视野与理论对话中有立场有主见地选择、汲取与综合、创新，其中，中外文论之间的对话与古今文论之间的对话是两个重要的理论致思与学术创新途径。

现代西方文论、美学和哲学给我们打开了一片崭新的学术天地，补充了诸多学术养分，是我们拿来借鉴以谋求自身文论发展的一种渠道。但随着时代的推进和学术语境的变化，我们不再仅仅局限于做西方文论的搬运工。以美学为例，在一个多世纪的发展中，中国美学研究从基本观念、概念范畴到体系构架基本上是从西方吸收过来的，少量的有独特贡献的本土化研究处于星星点点的装饰性地位。西方文学理论虽然繁盛多元，但并不能完全解决和无缝对接我们实际面临的文艺问题。对于西方的理论资源，我们要继续在参照系的意义上关注、研究它们，“他山之石，可以攻玉”，关注、研究、参考、借鉴的价值最后还是要落实到解决我国文艺的实际问题、发展我国自己的思想理论上来。

我关注先秦儒学的元问题有很大一部分是从西方美学史文论史中获得的启发。纵观西方美学史，可以发现其经典美学思想的提出往往与其哲学思想密切相连，其美学观点一般是将具有元问题性质的美学问题提升到形以上的高度，同时这个元问题又是其他美学问题的始源，如柏拉图的“美在理念”，黑格尔的“美是理念的感性显现”等都是例证。中国美学思想中也有这样的元问题，只是不像西方美学与哲学之间的关系那么紧密。然后我发现“里仁为美”体现了儒家人生美学的特点，对中国美学思想而言呈现出元问题的属性。全球化把世界融为一体，但全球化并不等于一致化均一化，在我们的学术研究中，中国性、当代性要得到凸显。中外古今文论要得到有机融合，对于西方理论要基于中国需要、中国立场、中国发展的自主选择、批判扬弃与合理利用。

中国古代文论是我们本民族的宝贵思想文化资源，不是仅仅停留在继承的层面就够了，需要做的是将自身优良传统与当下的时代需求结合起来，用对现实的思想烛照来激活古代文论中的精华，用古代文论的精华反过来丰富当下的思想创新，在二者的有机统一之中使中国古典文论得以传承并且重现生机活力。以“里仁为美”为例，其所标举的仁爱精神、处世原则和思想情怀，可以对当今欲望膨胀的物化人生起到一定的矫正作用，同时，汲取其中的仁本精神，发扬传统文化和艺术以善导美、美善并举的优秀传统，也有利于克服消费主义文化潮流影响下当代艺术审美活动内容空虚、情趣低俗的弊端。至于说到具体的批评实践，多数情况下是要面对当代的本土作家与作品，我们的研究更是要有中国性、当代性了。我们面对的是不同于西方的批评对象，如果简单套用西方的理论不免有“隔”的一面。进而言之，无论是当代批评实践还是文论研究，都应该有一种中国意识、当代意识，并以此为基础建立起与时代生活和文艺、文化实践的思想创生关系。我们需要明确对于当前时代与现实问题的态度，从马克思主义的学术立场出发建构起和时代之间密切的精神性联系，并努力寻找到属于我们自己的进入现实、介入现实、实现对时代之精神掌握的具体理论路径。

刘坤鹏、张雨濛：您刚才谈到了中外文论的对话、古今文论的对话，记得您在一篇文章中还曾经谈到要正确对待与处理马克思主义文论与非马克思主义文论的对话？

谭好哲：是的，马克思主义文论和非马克思主义文论的对话也是极有必要的。马克思主义从来不无视、拒斥人类文化创造中一切有益的东西，它本身就是在广泛汲取人类思想文化精华的基础上诞生和发展起来的。马克思主义的文艺理论也是这样，从马克思恩格斯等经典文论家对德国古典哲学和美学精华的继承和改造，到中国马克思主义文艺理论研究者对中外古今文论遗产和成果的借鉴吸收，事实俱在，无须一一罗列。在当今时代以及未来的文论创造中，马克思主义依然应该正确对待异质的文论研究及成果。马克思主义不是对真理的垄断而是对真理的探索，马克思主义文艺学也需要创新，需要丰富，需要扩展自己的认识领域，需要开掘自己的思考深度。与异质文论的对话及面对来自外部的挑战正是马克思主义文论得以发展的一种必要形式和推动力。如果理论家以一种唯我独尊的态度对待非马克思主义的文艺理论与批评，把一切以对文艺的审美特性和审美形式为探讨重点的理论视为纯审美论或形式主义的理论加以批判和唾弃，这就会造成马克思主义文艺理论与批评自身的僵化和内容的贫乏。有容乃大，只有广泛地汲取异质文论的成果化为自身的营养，马克思主义文论才能变得丰富而有活力，才能在发展壮大的同时有力量应对来自外部的竞争和挑战，反之，画地为牢，自我封闭，就会变得僵化、偏颇而失去活力，并最终失去主导位置，这是已被历史证明了的规律。当然，汲取异质营养并不等于马克思主义文论绝对的泛化，相反，马克思主义文论是有着其明确的主体立场和独特的问题意识的。

刘坤鹏、张雨濛：“问题意识”是您一直在强调的学术研究素养，请问马克思主义的问题意识该如何理解？

谭好哲：理论是人们把握现实的精神对应物，理论的一个重要维度就是提出问题和解决问题，问题意识是理论研究必不可少的组成部分，问题切入现实的深度决定理论研究的思想深度和价值意义，所以包括马克思主义文论在内的所有理论研究，都无可置疑地要具有问题意识。近些年来探讨问题意识的文章不断出现，但在具体面临文艺理论问题的时候还是缺少一种马克思主义的自觉性。泛论增强问题意识是远远不够的，我们应该更进一步深入到“马克思主义的问题性”与文艺理论的关系上来，在“马克思主义的问题性”中去推进文艺研究和理论 。“马克思主义问题性”的提法来自马克思主义文化理论家詹姆逊，他说的“马克思主义问题性”是基于“马克思主义”对现实文化和文艺理论问题的一种理论聚焦。例如语言问题，从结构主义的角度聚焦看到的是语言是否是人类意识的最终决定因素这样的问题，从精神分析的角度聚焦看到的是语言是否是人类无意识或潜意识的表征这样的问题，而从马克思主义理论去聚焦看到的是语言在社会文化生活中的作用和位置的问题，提出这种问题的根源在于马克思主义基础与上层建筑的理论框架。反观当下的文艺理论研究，对于基础与上层建筑的思考是不够的，我们之所以在马克思文艺理论研究中没有产生独创性的能产生较大影响的理论，不只是我们缺少问题意识，更在于我们缺少马克思主义的问题意识，不能从马克思主义的立场、观点和方法去解释问题、分析问题与解决问题。在文艺理论研究中，问题意识不可缺少，而马克思主义的思想立场和研究方法也是不能缺少的，马克思主义的文艺理论研究当然需要“马克思主义的问题性”，否则就不是马克思主义的研究了。

刘坤鹏、张雨濛：从问题意识或“问题性”出发，您认为中国当代马克思主义文论研究需要特别关注哪些问题？

谭好哲：清代“性灵说”诗歌理论家袁枚曾经说过：“学问之道，当识其大者。”当代马克思主义文论研究首先也要关注大的问题。究竟什么是马克思主义文论的大问题，可能是一个见仁见智的问题，但无论观点如何不同，如下几点是必须包含在其中的。

第一，是与马克思主义文艺理论守正创新有关的“理论边界”问题。弄清马克思主义和非马克思主义的界限问题是守正和创新的学术基础，马克思主义文论研究的地形图或理论边界是由其基本的精神、原则和主要观念及与这些精神、原则和观念相适应的理论关系、理论命题和概念范畴构筑起来的。所以确立马克思主义文论研究的“边界”意识，首先要强调文论研究必须回到马克思主义文论的基本精神、原则和主要观念上来，也就是强调文论研究的马克思“主义”性质。同时，马克思主义的发展性又决定了其理论边界要随着历史的发展而发展，并具有新的时代内容和创新特质，因此要把精神、原则、主义的守护与合理的“边界”拓展有机地统一起来。

第二，是刚刚谈到的“问题意识”。马克思主义有一个基本观点，就是问题是时代的呼声，是从时代矛盾中来的。任何理论都是基于一定的时代需求而产生并反映一定的时代生活内容的，一个时代的理论研究及其思想创新总是基于对时代问题的理论自觉。理论研究内在包含历史性的内容，包含与时代的关联与互动。具体到学术创新中的问题意识，不仅创新意识的驱动，包括对既有理论存在问题的发现和揭示，也是由时代发展的进程、由时代进程提供的特殊历史契机所孕育和推动的。在这个意义上，强调问题意识也就是强调文论研究向时代的沉潜，这与学界强调的现实关怀和中国化其实是一致的。

第三，是研究方法的问题，方法是学术创新的推动力量，是学术理性的显示器，没有科学的方法就没有科学的理论，没有研究方法的新探索就没有思想观念的新收获。马克思主义文艺理论研究本来具有方法论上的巨大优势，然而中华人民共和国成立以来的许多时期，研究方法甚至成为马克思主义文艺理论研究最为薄弱的一环。基于此种状况，必须特别强调马克思主义方法论的两大基本原则：其一是世界观与方法论相统一的原则，其二是逻辑与历史或者说是研究方法与研究对象相一致的原则。在遵循这两大原则的同时，马克思主义文艺理论还有一些更加切近文艺特性的研究方法，也应予以发扬光大。

刘坤鹏、张雨濛：您能再谈谈马克思主义文艺理论更加切近文艺特性的具体研究方法有哪些吗？另外我们发现您的论著中特别关注语境意识，这又是为什么？

谭好哲：马克思主义文艺理论更加切近文艺特性的具体研究方法主要有以下几个方面：一是基于历史唯物主义而形成的意识形态分析方法；二是基于辩证唯物主义理论并汲取了各种现代科学（包括自然科学和社会科学）的理论和方法而历史地发展起来的辩证思维方法；三是基于对象感性存在特殊性之艺术的或美学的研究方法。对此，我曾在不同的文章里谈到过，这里就不详述了。

由于理论问题从根本上说来自时代生活，来自鲜活的文艺实践，所以理论研究必然需要重视语境问题。马克思主义强调具体问题具体分析，而正是具体语境产生了具体问题，因而对问题的分析必然要回到语境、深入到语境之中。任何一种理论都有其生成的语境，我们的研究要把研究对象放在当时的时代语境中去关照，不然我们的研究可能会得出貌似合理其实禁不住检验的结论。如对于当代大众文化和大众文艺连同构成此种文化和文艺的物质基础和条件的大众传媒和传媒技术，法兰克福学派理论家中的霍克海默、阿多尔诺、马尔库塞等人持有较为负面的评价，认为它们已被彻底同化进当代工业社会的商业逻辑和意识形态控制的网络之中。与此相反，本雅明却从当代传媒技术的发展中看到了建立新型艺术生产关系的美好前景，看到了其推动当代艺术走向民主化和革命化的可能性。这两种理论取向，显示出不同的现实认知和不同的价值取向，究其原因，在于思想理论基础的不同和理论生成语境的差异。因此，在当代传媒技术与艺术生产理论关系问题的研究中，对法兰克福学派的上述两种理论取向做此是彼非的片面择取，是有失偏颇的。另外如理解中国现代文学和美学研究强烈的救世主义倾向，也需要语境意识，把理论分析的视点放在当时的时代境况中才能够对这种倾向有更充分的认识。当西方启蒙理性日益导向工具理性，社会现代性日益显露出其负面价值和影响的时候，而在中国现代性却作为一种拯救社会与人生的新的事物为社会所需求，为进步人士所期盼和鼓吹，所以从梁启超鼓吹三界革命和王国维、蔡元培在20世纪初介绍德国古典美学鼓吹美育运动到五四思想启蒙运动大力标举“德先生”和“赛先生”，都一直在强调文艺的功利作用。回到当时的时代和文化语境中，中国文艺理论和美学中的这种救世主义倾向也就不难理解了，对其评判也就会更多一些辩证性而少一些非此即彼的独断性了。

刘坤鹏、张雨濛：您对老一辈学人的人格精神与学术思想有着深切诚挚的向往，在一些文章中和一些场合里，多次谈到了学者的人格精神、学术人格问题，您认为年青一代学人该如何传承这种人格精神呢？

谭好哲：我曾在《吕荧先生的人格精神与学术思想》一文里谈过这个问题，吕荧先生是众多艰难困苦中仍保持正直知识分子人格操守的代表。在他多病多难的一生中，始终不改“真”而“纯”的艺术理想和求真爱美的人生操守，纯正做人，倾心治学，在动荡困顿的岁月里留下了大量文学翻译、文艺理论和美学研究论著。其至真至纯的人格精神、成就斐然的文学译著和独树一帜的美学探求，已成为当代学术薪火相传中一份重要的思想遗产。在其他文章和学术场合里，我还谈到另外一些前辈学人的人格精神。如朱光潜先生，他在西学东渐时期已经在美学界立足，在20世纪二三十年代已经有相当大的声望，但他敢于率先对自己的唯心主义美学展开深刻的自我批判，这无疑需要很大的学术勇气，正是他的虚心反思开启了美学大讨论的序幕。朱光潜先生晚年又不辞劳苦克服困难翻译了维柯的《新科学》，为文艺界带来了新的学术滋养和思维；为深入了解马克思主义美学思想又亲自翻译了《1844年经济学哲学手稿》的部分内容。美学家蔡仪亦是如此，他在讨论中始终不变地坚持自己的唯物论的学术立场，并在新时期积极研读马克思主义的相关论著，在年事已高的情况下依然主编后来产生很大影响的《美学原理》，并重新修订了《新美学》。老一辈学人的这些学术品格如松如柏，傲然挺立，是我们后代学人的宝贵财富，我们应时刻牢记在心。

我认为，真正的学者人格、学术品格，首先是要有为学术献身的精神，要视学术为生命，只有这样，一个真正的学术共同体才能够建立起来。在这方面，很多前辈学人为我们做出了榜样。然而，从更高的要求来看，一个学者光知道做学术是不够的，还要知道为什么做学术。好的学术要求真，要有科学性，还要求善，要有经世致用、化育人心、改良世道的功用，也就是《大学》里讲的“在止于至善”，这样的学术是内涵着人生情怀、价值取向与至善追求的。这些年来我在许多著述中都强调包括文艺理论和美学在内的人文社会科学研究必有的价值特性与价值取向，强调要做有情怀的学术、有思想的学术、于世道人心有裨益的学术。这是符合马克思主义对学术的基本要求的。马克思曾经强调哲学的任务不仅在于解释世界，更在于改造世界。文艺理论和美学研究又何尝不应如此？有情怀、有思想、有价值追求的学术，才会具有“改造世界”的力量。所以，我热切地期盼年青一代的马克思主义文艺理论和美学研究者要志存高远，将学术研究的科学理性与价值理性统一起来，在心存学术、志在学术的同时，还要培养基于人格独立意识的做人良知和社会责任感，从而使自己具有一种风骨特立的人生正气和化育人心、改造社会的理论担当。马克思主义文论研究不能搞成坐而论道的形而上学，而应扎根到时代生活和文艺实践的土壤中去，既做时代的观察者、解释者，又做时代的干预者、推动者，在与时俱进中真正成为学术真理的解释者、人生情怀的守护者、至善价值的追求者、未来理想的塑造者！只有做到了这一点，中国的马克思主义文艺理论和美学研究才能成就其大，一个学者才会具有令人仰慕的大家气象。

学术沙龙：学术话语的滋味

——从《论扯淡》谈起

日前，山东大学文艺美学研究中心及山东大学文学院部分教师就当前人文学术研究领域的话语表达特点、方式，尤其是存在的问题，结合美国学者法兰克福的《论扯淡》一书，进行了一次学术聚谈。以下是根据现场录音整理的文字稿。

主持人：凌晨光

出席人（以发言先后为序）：马　兵

何　瑛

于　洋

李　飞

杨建刚

史建国

尤战生

胡友峰

叶杨曦

凌晨光：欢迎大家来参加这次沙龙。我们这个话题的缘起与曹成竹老师和马兵老师共同推荐的一篇网文有关——《当代艺术理论编瞎话速成指南》。这篇网文可能大家都看到了，我再大致描述一下，做一个铺垫，也当作开场白，将这个话题的缘由、背景和基本的想法说一下。在这篇网文里面，举了一些“提高自己话语表达格调”的例子，比如：“我饿了”——“产生了当下自身生产的需求。”“我订了一个外卖结果没有买成”——“在对现代科技发起了尝试性的交互后，最终形成了未完成的呈现”……总之呢，这些例子好像都和吃有关，围绕着外卖和煎饼。比如他提到了煎饼，“在摊煎饼之前，应该先把手洗干净”，那么如何将其表达得更具有“格调”呢？那就是“进入前创作领域的空间时，应当首先将凡事之杂质从其所附着的肌体上褪尽”。

这篇文章还总结了几条所谓的进阶语法：一是创造并不存在的词，比如说在所有的名词、动词、形容词之后加一个“性”字，像“思想性”“表达性”“单一性”。然后就是把意思相近的两个词，各取一个字合成一个新词，比如歇止 = 歇息 + 停止。还有就是把词语或者成语前后部分调换，“演奏”说成“奏演”，“入木三分”说成“三分入木”。二是挑大词，能把事情说得抽象的就不说具体，能把事情说得复杂的就不说简单，还要尽量使用错误的语法。虽然这篇文章不长，而且主要是对一种学术现象的讽刺，但是我觉得在我们平时写作、阅读所接触到的学术话语当中，这种现象比较常见，不是一种很特别的现象。所以对这种学术话语当中的编瞎话的现象、特点、形成原因及如何判定一种表达是扯淡或者是编瞎话，这些话题好像都可以讨论一下、交换一下看法。

另外这个话题还让我想起了几年前看到的一本书，美国的一位学者法兰克福写的《论扯淡》（*On Bullshit*）。这本书篇幅不长，翻译成中文只有1．4万字左右，用一种学术的态度对学术话语中的编瞎话现象做了一个研究和讨论。这就是我们这次沙龙的话题的缘起。下面请各位老师谈一谈，你们遇到的“扯淡”的现象。

马兵：还有一个续刊叫《论真实》。

凌晨光：但是《论真实》这本书的影响力就不如《论扯淡》了。后续的东西一般都不如原先的。在这本书的正文之前，有赵汀阳写的一个序言，我觉得序言写得也挺有意思。序言不长，我看了一下，他首先说扯淡这个事情虽然不是一个正宗的学术话题，但是在日常言谈当中太常见，大家似乎无时不在扯淡，所以有必要将之拿出来作一研究，这是他说的第一个意思。第二个意思是，他区分了扯淡、说谎和无稽之谈之间的区别，关于扯淡和说谎的区别，在法兰克福这本书里面讲得比较清楚。说谎是明知道真相存在，但是他要让你相信虚假的东西；而扯淡则是无关真相，他不关心真假，他不去欺骗和掩盖他已经知道的东西。所以扯淡和说谎不一样。还有就是我觉得赵汀阳的序言里面，有一个地方是发展了这本书本身所讨论的话题，就是他提到了“无稽之谈”，他说的“无稽之谈”指的是维特根斯坦所谓“不可说之事”，维特根斯坦说，在哲学里面能够说清楚的就说清楚，不能说清楚的就存而不论。但是“不可说”不等于它不存在，“不可说”不是不能说，实际上“不可说”是我们在说它不可说的时候才呈现出其不可说的特质。总之这里面，赵汀阳认为可说与不可说的悖论，也是能够拓展扯淡这个话题的一个方面，但是《论扯淡》的作者在文章中并没有将其展开。这是序言里面的第二点。序言里面最后一点谈到，扯淡的危害就是反真相和反价值。以上是赵汀阳的序言里主要表达的意思。再一个就是《论扯淡》的正文，我记得他区分了几个在汉语里面相似，而且据说在英语里面意思也差不多近义词：他一开始是从 humbug 这个词开始，他认为这个词与扯淡有关，但是呢，一般我们将之理解为“胡扯”，这个词的特点是一种欺骗性的错误表达。他先从“胡扯”说起，他说“胡扯”不同于说谎，说谎是明知其说的东西是假的，却让人信以为真，也就是我们所说的真假颠倒，或者说是睁眼说瞎话，都属于说谎。但是“胡扯”则是借助于一种表述，表达出他想让人家接受的印象，他举的例子与美国文化有关，“我们伟大的且被上帝庇佑的祖国，其开国元勋在神圣的引导下，为人类开创了一个崭新的篇章”，他说这句话首先让人们觉得说话人是一个爱国者，具有崇高的宗教情怀，对国家、对民族的未来有深刻的想法，有深厚的感情，这就是这句“胡扯”所要达到的效果，就是说这里面并没有什么可判定、可衡量的东西，只是让人们觉得这个人有这样一种深沉的情怀。这就是正文里面首先提到的“胡扯”。然后他对bullshit进行分析，他把bull和shit这两个词根分开，先说shit，是与排泄物有关，其特点是没有经过精心设计，可能有形状也可能没有形状，总之shit有一个特点是非刻意性，本来这些扯淡的话没有多少深刻的内容，它是未经刻意就表达出来的，但是这里面有一个张力，当有人刻意去构建这种本质上非刻意的表达时，这里面就更有意思。

何瑛：那我先说吧，我完全是来跟大家学习的，非常荣幸能跟大家一起来扯淡。第一次论扯淡，觉得这个非常好玩，因为我对这方面也没有研究，所以第一次看到《论扯淡》这本书就想起了两点。第一点是我们的扯淡文化也是非常发达的，因为我的婆婆是威海人，她经常跟我说的一句话就是“胡诌八扯”（笑），然后这个翻译成“on bullshit”也是非常合适的。第二点就是我早上正好上了一门课，《当代文学经典小说选读》，我讲到了马原，我觉得马原就很典型，不知道大家有没有看过马原的小说，他的小说基本上都在扯淡，而且他是把这个扯淡的形式显示出来，告诉大家，你不要相信我说的话哦，我就是在扯淡给你看，他的代表作有一篇叫作《虚构》，非常典型的，整个题目就是告诉大家是在虚构，你不要相信是真的还是假的。他有一篇题记，我给大家读一下：“各种神祇都同样地盲目自信，它们唯我独尊的意识就是这么建立起来的。它们以为唯有自己不同凡响，其实它们彼此极其相似；比如创世传说，它们各自的方法论如出一辙，这个方法就是重复虚构。——《佛陀法乘外经》”他在这里引用了一个佛经，但是这个佛经呢，是没有人能查出来的，当然上面他所说的假装引用佛经的话也都是他在瞎扯，他就是通过这句话来表达他整个文章、所有的情节都是在瞎扯。我介绍一下在先锋文学中，出现的形式主义试验中的瞎扯，就是跟咱们的论扯淡的主题有一点契合。

凌晨光：何老师说的这个很有意思。你举的这个例子呢，可以看作是文学创作中的一种手法，说它是叙事手法也好，突出叙事人的存在感的方式也好，它跟我们这里要说的扯淡的内容可能不完全一样。但是我觉得，恰好可以衬托出学术话语中的扯淡和文学创作中的看似的扯淡有什么不同，所以何老师给了我们一个非常好的一种参照。因为在文学创作话语里面，我们经常说到的一个乔纳森·卡勒提出的所谓的“超级保护原则”，另有一个翻译叫作“超保护原则”，这个意思是说大家都知道在文学创作的文本里面所出现的各种话语样式、文学表达方式都有它存在的意义，也就是说不管它扯到什么程度，大家都觉得本来就是文学作品，我们事先已经原谅或者允许了它可以胡扯，但是学术话语恐怕就不能如此对待，特别是你写一篇论文，或者说表达某一种观念，它有些时候还是要建立在某种真实的基础、你相信的东西的基础上，我的意思是说这个所谓的“超级保护原则”在文学作品和学术交流的角度上，它所起的作用不一样，这也就决定哪些在文学作品中完全可以存在，但是到了学术话语中就成了扯淡，这种情况也十分有意思。

马兵：我接着何老师刚才的说吧。您强调学术话语的滋味，我想谈谈学术批评里面的扯淡，我想从三个词说起，这三个词让我到现在为止都会特别地保持着警惕，一个是“悖论”，一个是“疏离”，还有一个就是“吊诡”。我在读硕士阶段的时候，我的一个同学就跟我说你这个地方不应该用这种表述，你应该用什么什么的疏离感。所以我想“悖论”“吊诡”和“疏离”大概就是我们批评话语中的扯淡，明明可以有更合适的表述方法，或者更清晰的表述方法，但是你不得已去用这种，这是我们经常会挂在嘴边上的三个词，所以这三个词也让我充满了某种警惕感，就是我也会用，但是我用的时候我就在想我是在扯淡，我明明有更好的表达方法。我发现，所谓的这个批评话语，非常适用于凌老师您刚才介绍的那个，就是明明可以说得很清楚，但一定要用扯淡的方式才能表达出来，好像这样才能被接受，否则你的批评就没有学理感可言，所以这是扯淡的一种方式，就是一定要换一个所谓学术外貌的词汇才具备合法性，比如，我不说我分几个角度，一定要说我从如下几个维度。（众人笑）“维度”这个词，我们查查《现代汉语词典》，最早是没有这个词的，但是随着大家用得比较多之后，就收到《现代汉语词典》里了，所以这个扯淡开始改变我们的语言体系。那么，学术批评的第二个角度就是所谓的硬套，这是我们很常见的扯淡方式。我闹过一个笑话，当时我参加一个学术讨论会，我发言时，举了个例子，说我最近看了一篇文章，这个文章是讨论韩寒和郭敬明的创作的，作者把韩寒和郭敬明的作品比作五四时期的问题小说，因为韩寒也写那种批判学校教育制度的小说。我说这是一个非常扯淡的做法，我当然用了“扯淡”这个词，我说问题小说是一个有文学史的特定所指的概念，如果用这个概念的话，是不是所有反映社会问题的小说都可以称为问题小说，而且这篇文章还是被中国人民大学《复印报刊资料》转载了的，所以我说这篇文章就是典型的所谓的一定要给某个文学现象贴一个标签式的手法，这种批判方法是非常扯淡的。然后我旁边那个人说：“对不起马老师，这篇文章就是我写的。”（众人笑）所以我就很尴尬，但是我记忆犹新。当然现在所谓的这种扯淡方式，还是有人在用的。就是说经常有人把一个其实是有着特定所指的，至少是在文学史或者文学批评的某一个背景下它才具备那种我们去讨论他的最基本的合法性，可是他一定要去用这种概念，我觉得这也是扯淡的一种方式。当然我自己在写的时候，可能也免不了，有时候就是说当我们在面对一个让你束手无策的文章的时候，你怎么去建立你进入这个作品的方式，好像扯淡是一种比较有效的方式。所以我自己也检讨。前两天我写一篇文章，这篇文章类似于命题作文，它要讨论一个西方作家和中国作家，类似于对读，它要讨论这两个作家有什么互见互证的地方，读完之后，我发现这两个作家没有任何可比较的可能性，可是你一定要在这两个作品之间建立关联，怎么办？我只能扯淡，所以我就绕来绕去扯了半天。所以扯淡这种表达方式在我们批评界中是大行其道的，可能史老师和何老师都是深有感触的。

何瑛：（笑）不是有一个扯淡的称谓叫作学术话语生产吗。

马兵：对，实际上这是一个呈不断增殖的话语，就是当你无法进入一个你批评的对象的时候，就只能以扯淡的方式去进入它。

凌晨光：好像就是在这本书里面谈到了，当你对本来不熟悉的东西硬要说什么话的时候，就是扯淡。但是我觉得还有另外一点，就是你说的那个命题作文，要求你在两个对象之间，寻求一个相同点或者进行一番比较，这个东西本身其实很有意思。我想起了我被人命令去做命题作文的经历，当时有一份《山东广播电视报》，那个时候是四版或是八版的小报，主要是刊登一周的电视预告和电视的节目单。中间有一个小专栏、一小块，叫“我看一周电视”。有编辑找到我，写“我看一周电视”，要我把这一周的电视节目看完，在下周三之前，就是下周一到周二之间，要写出一篇文章来，虽然文章不长，也就两三千字，但是这个东西，每周都要写，还要写出点意思来，就有点难，可能就会遇到点扯淡的困境，不得不去扯淡。后来我就想到了一个办法，就是自己造一个主题，随便想一个话题。比如说我小的时候，十二三岁，还不懂世事，我在自家的书架上见到我父亲借的一本书，当时叫内部读物吧，是灰皮本，没有任何装饰，只有书名，那个书到现在我都记不清里面讲的什么，但是那个书的书名我现在记得很清楚，是一个苏联小说家写的，叫《你到底要什么》，所以我就从这些地方找话题，其中有一篇就叫作《你到底要什么》，围绕着这句话，把当时一周看到的电视剧、新闻等给他凑到一起，写了篇两三千字的文章。这种方式本身好像多少有点扯淡的意思。但是后来，我最近才看到，弗雷德里克·杰姆逊在《政治无意识》的序言里面提到了元批评的方法，他说要先制造一个阐释概念，围绕这个阐释的总符号，对文本进行重新解读，我觉得这种方法似乎有点像我们说的主题先行，自己先确立一个话题，让对象围绕着话题进行，或者随着话题改变，这本身也是构筑批评的一种方式，这种方式有多少成分是扯淡，有多少是一种比如说智力上的训练或者操演，好像也值得谈一谈。很多时候你很难说清楚，也可能就是在扯的时候，体验到一种快感，也有可能。

于洋：我接着马老师的话说。我下面讲的，可以看作是现身说法地示范一下，什么叫“扯淡”。凌老师刚才提到“主题先行”，比如我们今天就定了一个主题叫“论扯淡”，因此我就提前看了一下《论扯淡》这本书。同时，我也被安排了一个发言的任务，于是我就想，我应该从什么角度去谈这个问题。下面我试着用一个扯淡的形式去论一下扯淡。

因为我的工作跟语言学相关，所以我主要从语言学的角度来谈一下。具体来说，我下面聊的内容是基于语用学当中的一个重要理论。在语言研究当中，要确定一个表述所产生的表达效果，首先要确定话语的“意思”，这就是要去考虑讲话者用了哪些词、用了什么样的句式，而这些是大家能够相对直观地看出来的东西。这里的“意思”更多地牵涉的是语义学（semantics）。单从语义角度观察学术界，我们可能不会发觉有什么特别严重的问题。因为一般来说，你写一篇文章，用的字眼和行文结构是有一种公约的，我们一般称为“术语”和“学术写作规范”，也就是说，其实比较难以在语义层面进行发挥，造成“扯淡”效果。因此，我觉得在语义学这个层面，不太容易解释“扯淡”现象的成因。所以我选择从另一个角度，也就是语用学角度来分析。语用学主要关心什么，其实刚才凌老师也说到过，就是类似维特根斯坦所说的“不可言说的东西”。尤其是我们东方人，很多时候，我们内心真正想要表达的东西并非我们说出口的或者说字面上那些东西，而是通过字面意义产生的效果来间接传递我们的意图、实现我们的愿望。这就是相对于我们刚才所谈“言内之意”的“言外之意”，“言内之意”就是语义学的研究范围，“言外之意”就是语用学的研究范围。

为什么说语用学理论适合分析扯淡呢？有一位很著名的美国语用学家叫保罗·格赖斯，他最著名的理论叫作“会话合作原则”，可能接触过一些语言学的同学都有所耳闻。这个原则是什么意思呢？就是说每一个“会话”，不管是交谈（conversation）还是交流（communication），如果我们想让该会话成功，分析必须遵循四条基本原则。有意思的是，这四条基本原则跟康德审美判断的四个契机有点相似。只不过审美判断的四个契机依次是质、量、关系和方式，而“会话合作原则”也包含四条，但首先一条是“量”。所谓“量的原则”就是说，当你表达的时候，你给到的这个信息要足够多，但又不能过多。什么叫足够多又不能过多呢？我们可以拿刚才凌老师提到的给电视报写专栏为例。比如我其实只看过电视台的三档节目，但是报社让我去谈七档节目，这个时候我能提供的信息也许只有500字，但为了满足这个专栏的版面需要，我必须写足3000字，那这剩下的2500字怎么去填充？那我可能就会开始扯淡，或者我们可以理解为，我做了破坏“合作原则”的表达。其结果可能是，对读者来说，我这篇稿子有六分之五的东西显得比较奇怪，要么不知所云，要么令人感觉言之无物。原因就是表述者破坏了“量”这个原则，给出了与实际想法相比过多的东西。这是第一点，即量的原则。

第二条是“质”，也就是你所讲的内容必须是真实的。这个质的原则在学术圈，尤其是在自然科学圈里，应该不是造成扯淡现象的主要原因。自然科学的目标是求真。破坏了“质”的原则的学术发表，已不再是“扯淡”，而是造假。而在人文社会科学领域，尤其是人文科学中，学术话语之间较少处于非此即彼的“或”的关系，大体呈现一种兼容式的“和”的关系，就是说这个成立，那个也成立，另一个可能还成立，这样一来，真值或者说真实性，也就是“质”这一点，在人文界几乎成为一个伪命题，扯淡形成的本质不在于此。《论扯淡》这本书反复论述一个点，就是扯淡和说谎最大的差别在于，说谎者明确知道自己说的是假的，就是与事实相悖的东西；而扯淡者说的是他自己认为是真实的东西。我觉得我们在写学术论文或者学术著作的时候，一般都是认定自己所写是成立的。所以，如果说时下很多学术表述是在说谎或编造，可能不太恰当，因为大部分人充其量是在扯淡。这是质的方面，即第二条原则。

第三条是相关性。也就是说如果你想让一次会话或者说一次交流成功，也就是令大家可以达成理解，第三条原则就是，你讲的东西同大家关心的东西是相关的。如果不相关，那结果可能就是对方捕捉不到你的信息，或者我可能只能捕捉到你所述话语的字面意思，但这种意思与你真正想表达的东西没有直接关系或是完全没有关系。这是第三点。

第四条是方式。方式是在学术话语扯淡方面发挥空间最大的一个原则，换句话讲，是常常被破坏的那一条原则。方式原则指的是，理想的表述不应有歧义，不能含糊，要有逻辑。如果你不按照这个基本原则来说话，你说的话对方基本不能理解。如果把学术发表与阅读视为一种会话的话，我觉得在学术会话当中可能有很多人在破坏这个原则。

在这四条原则中，我认为“质”这一条被破坏的程度可能会比较低，或者说学者们一般不存在这个主观意向。相关性方面，我感到学术话语中的确存在一些硬扯的情况，但是由于学术讨论一般都会确定主题，因此话语与表达意图的相关性在相当程度上是受到约束的。故此，我觉得总体而言，学术圈的所谓“胡扯”，或者破坏会话原则的表述更多体现在量和方式方面。

《论扯淡》那本书的最后面有一篇美国的报纸对法兰克福教授的访问，谈了一些关于他下一本书《论真实》的东西，这位教授对记者提问的回答也挺有意思。中间他谈到，他写《论扯淡》这本书的时候还在耶鲁就职，刚好此时德里达和德·曼都在耶鲁。所以，有人跟法兰克福说，你这本书必须以耶鲁教授的身份写才最合适，这样才能有针对性地批判这个问题。我想，法兰克福教授也提到德里达，应该说在他心目中，“bullshit”应该是有所指的，或者说他写作的时候，脑中应该有一个“bullshit”的典型。就说我自己，最初接触德里达的学说时也比较头大。我当时就不太理解德里达这个人到底想要表达什么，只能尽量去读。从我们目前谈论的主题来看，德里达在很多方面确实有“扯淡”之嫌，比如说他自造了“延异”这个词，其实这个词原先在不管哪个语言中都没有，他自己改了一个字母，然后就变成一个“新”术语。我想问：德里达这样做的时候有没有考虑过读者的感受？或者说换一个角度讲，他有没有想真正达成会话成功这样一个目的？我觉得他有五成可能是没有想过——他的表达方式就是说自己的话让别人去听吧，也可以说，他不太关注他说的这个东西是否成立或者是否真实。当然从人文科学来说，真实与否这个问题很难断定。话语是否能在大家共同认定的一些知识或者其他东西上找到依托，或者是否具有被理解的基础，这些问题德里达不太关注。这可能也从一定程度解释了，为何德里达在法国没有得到很大的共鸣，反而在美国受到了很大的追捧。法兰克福教授在那本书（《论扯淡》）里也说，其实“bullshit”很大程度上针对的是后现代某些思潮中的某些表述。我感觉法兰克福针对德里达的态度还是比较明显的，甚至可以说，在学术方面，德里达基本上就是扯淡者的一个原型。(笑)

然后说说其他方面。我觉得有一些比较接地气的扯淡。刚才有老师举的例子让我突然想到，豆瓣上面有很多扯淡的东西。有一种文体就叫“豆瓣体”——豆瓣跟知乎不一样，知乎上的内容相对来说杜撰的东西较少，主要是以例证和数据为依托的一些表述。但是豆瓣上面的东西，有的人读来觉得很惊讶，甚至很震撼、很新鲜，有各种各样的所谓“审美体验”或者说阅读的“快感”。但从另一个角度讲，豆瓣上的东西，你刚开始看前半段的时候会觉得：“哇，文笔还不错，思路也很好，语言编织得也很不错。”但是看到结尾的时候，会发现作者的整体写作思路，就是从结尾倒推出前面所说的话，也就是说，作者仅仅为了推出结尾的几句话而铺垫了前面那么多东西。于是，你就感觉前面都是在扯淡。

凌晨光：欧·亨利的小说笔法，都是为了最后的那个结局。

于洋：当然，所有的小说可能都具有这样一个目的。但是“豆瓣体”的这样一种创作模式，我感觉好像基本上大家都是为了最终说那几句扯淡的话——明显很扯淡的话，而铺陈了前面一些似乎不太扯淡的话。当然这个跟学术不是直接相关，但我的意思是，如果大家有心感受一下何为扯淡，可以先从豆瓣看起。（笑）当然在学术圈，有时大家可能不好意思把某些东西定性为扯淡，因为读者有可能认为是自己的学术水平太弱，看不懂人家高深的表述。但我今天想说明的是，一些学者在发表的同时，也有蓄意破坏一些东西，具体来说就是破坏“会话合作原则”。因此，你跟他之间产生不了理想的会话沟通效果，这也是在意料之中的——在他的意料之中。而且有些时候我们的学术话语，其实是在故意地构建壁垒，切断大众参与会话的可能，然后形成一个特别小众的会话圈子。说白了，我写这篇文章，能看懂的，我把他列为知音或者高手；看不懂的，基本上我们之间也不存在沟通的必要或者可能性。有些人写文章确实带着这样一个动机。当然还有一些，像马老师刚才说的，你本身想好好说话，但别人认为你这样好好说话过于通俗，你需要写得有一点格调，或者说有一点层次。于是，你就在被动但有意识的情况下修改了原先的表述，这另当别论。有一些人，并没有经过别人的劝说，他只是习惯于这样去表述，所以最终制造了许多大家不太清楚的表述。总而言之，大家顺着我刚才说的这四条原则——就是量、质、相关性还有表述方式一一去筛，会发现很多所谓的扯淡的情况。

凌晨光：你刚才说的那个量、质、关系还有方式，这四个方面我觉得特别那个量的方面，实际上跟《论扯淡》后面我没有说的那部分正好能够对应起来，就是“bull”的那个部分。刚才说了“shit”，没有说“bull”，那个“bull”就是中文里面的“吹牛”，很容易解释。他（法兰克福）说了一个跟吹牛有关的词叫“hot air”，就是热气，从你嘴里只是喷出了热气，但是没有实际的内容。刚才于老师举的例子，本来500字能够说清的事儿，你硬把它吹成3000字，这里面2500字的东西就是“hot air”，（笑）就是热气，没有任何东西。那么说，这就跟扯淡的“淡”字有关系了，本来它可以是一个比如说很浓缩的、精华性的东西，但是你给它注水了、淡化了，为什么叫扯淡？那么这个“淡”字是不是有这个意思？我想这个时候就需要李飞老师从文字学的角度做一个考据，李飞老师做了一个很认真的准备。

李飞：（李飞老师给老师和同学分发纸质材料，边发边讲）我这个不专业，说是考据，只有枯燥上比较像考据，我尽量把它往咱们这个“扯淡”上靠一靠。

杨建刚：这样吧，李飞发材料讲之前，我就刚才讲的举几个例子，当然不一定合适，算不算“扯淡”我不知道。举几个例子，一个是前段时间讨论开玩笑说到于丹了：于丹做节目的时候经常用一个散文体的表达，听着很美，词语很多，但是呢，比如说讲这个喝茶，喝茶是一种文化，喝茶是一种修养，喝茶是一种情怀，讲了一串词，挺好。第二天讲这个读书，读书是一种文化，读书是一种修养，读书是一种情怀。改天还可以换一个，一堆词摆着很漂亮、很美，但是堆在一块儿似乎是言之无物，这算不算一种扯淡？这是一，再一个就是说于洋举的那个例子，也说到我们哲学中创造词，很多人有一种说法，哲学中或者理论中创造词本来就是理论生产的一种方式，德勒兹也说过，哲学就是创造概念。但是呢，是不是所有问题都适合用创造概念的方式解决？有的话就是把正常能说明白的说得非常绕。当然我们看西方哲学，有的翻译过来的，翻译体也是这样绕。翻译得绕到一定程度上，我们有的文章写得也是很诡异了。举个例子，在这儿不一定合适，但是我们可以探讨一下。比如说某位老师，上课的时候很多女生迷他，但他讲课的时候，词非常多，他的文章也是词非常多，但都是他创造的词，比如“日常生活断裂处自我呈现”等，很多很多，很漂亮。讲完之后，一想“他讲的什么呢?”老抓不住他的意思。他写的文章也有这样的情况，当然这是风格的问题。这是一个，再一个比如说，当杜尚把那个小便池搬到博物馆，它成为一种艺术品，它最初算不算一种扯淡?还比如现在很多的行为艺术，我们现在从艺术评论的角度来探讨，但这种行为本身有没有扯淡的意味?哪些是有创造性的，哪些是扯淡的，这可能要区分，我也是区分不清楚，我举这个例子。还有个例子，就是我上课给学生提到、很多文论教材中也提到，英国诗人威廉斯写的那首诗叫《便条》，“我吃了/放在/冰箱里的/梅子……”

马兵：是那么的甜，那么的凉……

杨建刚：然后呢，他这是更接近于口水诗的，但是他分了行之后，它就变成一首诗。那么我们评价这算不算一首好诗、算不算一首诗，我上课给学生们讲，让学生们去判断，学生们争议很大。这算不算诗，有一种评论说它是诗，但如何评价这是不是一首好诗，反正我遇到这个让学生们分析，我是评判不出来，它有诗的形式，但是算不算是好诗?学生于是在QQ 群里的聊天都变成了诗体的、分行的……

凌晨光：正好你说到这段了……

杨建刚：这几个问题算不算?哪些算扯淡、哪些算学术的，这可以讨论。

凌晨光：对，像那个“梨花体”，分行排列就是诗啊。但是威廉斯那个，所谓意象派的诗，我记得我给学生，因为教材里有，我给学生上课也得讲。

杨建刚：对，很多教材、很多地方里提到这个，很难讲，我讲不好。

凌晨光：所以呢，我觉得至少要把自己看到的，别人怎么说他的，要给学生讲清楚。

杨建刚： 我在网上还搜索了一下，这首诗写出来之后，有人回应，有人专门写的英文诗回应，你说是便条它还有“replay”，回应这首诗，网上评论很多的。

凌晨光： 这是另一个角度了。我想说的是，关于这个意象派的诗，这首诗里面的确出现了很多意象，“我吃了放在冰箱里的梅子”——“冰箱”“梅子”，然后“它非常可口，那么甜，那么凉”，“也许它是你留着早餐吃的”，全都是意象，意象本身非常充盈。然后非常有意思的是，有人这样去分析，从文体学的角度说，你发现了吗，它是三段，三段前两段，它分行之后只有最后是一个句号：“我吃了/放在/冰箱里的/梅子。”“I have eaten/the plums/that were in/the icebox.”不管是英语还是汉语，它分行排列，分了四行，前三行后面肯定都是逗号，或者没有标点符号，只有最后一个是句号。第二个也是，“它是你留着早餐吃的。”也是分行以后三行以后最后一个句号。但是第三段不一样，“它太可口了。”“so delicious. so sweet. so cold.”前面还有一句，这四句每一行后面都是句号。这个文体上面不同段落的区别说明什么问题呢？所以我觉得这个解释挺有意思，他说它体现了一个人在吃那个美妙的东西之前的一种心情焦虑的、焦急的趋近感，和吃完之后的那种自在享受，就像你（马兵）说的你家那个猫，（笑）特别喜欢吃草，吃完草之后的那种舒坦的姿势，我觉得就是那最后一节里面的那四行，任何结尾都可以点个句号，就到这个时候都可以结束，这个时候你就觉得那种滋味啊，回味无穷。当你吃到了那个梅子之后，你感觉太好啦，那么甜，那么凉。所以从这个角度来说，我是这么想的，既然已经被某种学术共同体认为是好诗的东西，我们还是不要轻易地去怀疑它，它肯定有它存在的理由和道理。

杨建刚： 我也查了很多关于这首诗的评论，这诗发表之后当时英国的一些诗人也有模仿着写过回应的诗；也有做评论的说它的押韵，它的字母的运用方法；也有从内容角度来评论的，说通过这首诗体现出了这种人际关系的淡漠，朋友之间吃了个梅子还要写个便条，然后通过一种诗的方式呈现出来，通过这种方式体现出人际关系的淡漠。我看到有这种评论，就说这种评论呢，这个算不算扯淡，如果从诗的形式角度来说有意味，但是从内容角度来看，这首诗是不是体现了人际关系的这种淡漠呢？这算不算扯淡……当然这诗在文学史上评价很高的，但是我们现在拿出来评价的时候，学生就很难理解，尤其是翻译成汉语之后，中英文对照来判断的话，他们就拿不准，学生讨论非常热烈：“哎，我也能写诗，我也能写诗！”然后有学生就跟我说，杨老师您看，我群里写了一首诗——老师的作业，太难了，然后怎么怎么……（笑）

凌晨光：对啊。我发现，我也能够成为，一个优秀的诗人，因为我也会用，回车键。（笑）

马兵：还有一种扯淡呢，就是因为这种所谓的信息不对等。你比如说吧，“梨花体”这个事件，为什么会发酵？赵丽华其实在“梨花体”那些被大家所热议的诗歌之外，有很多很优秀的诗歌。所以在诗人圈子里，赵丽华其实是大家比较推重的一个诗人。但是公众去讨论“梨花体”的时候，比如“我在树下发现了一只蚂蚁，一群蚂蚁，无数的蚂蚁”，全是讨论这类诗歌了，就变成了一个扯淡了。

史建国：而且即便是这类“蚂蚁”的，我看她自己的解释包括她朋友的解释，看得我佩服得不得了。确实是，她在写这类诗之前，已经有很多很好的诗，包括担任鲁迅文学奖、诗歌奖评委。

马兵：她很多诗写得挺好的！

凌晨光：就包括她的这个“梨花体”本身，我记得她说那个一个人在田纳西……

马兵：哦，《一个人来到田纳西》。

凌晨光：有这么个标题之后，后面那句“我做的馅儿饼，是全世界，最好吃的”，我觉得就不一样，没有标题和有标题完全不一样。

马兵：还有一首诗叫我爱你的孤独正如你爱我的什么（《我爱你的寂寞如同你爱我的孤独》），我忘了题目了，底下说什么赵又霖和刘又源，我的两个侄子，手拉手出去玩了。

凌晨光：对对对，所以就像乔纳森·卡勒举的那个例子，“充分搅拌，然后放置五分钟”，这段话本身似乎就是日常用语，但是他加了一个标题叫《秘密》，“充分搅拌，然后放置五分钟”你给它起了个标题叫《秘密》，这个就完全不一样。这个东西很难讲，你说，“梨花体”就不是好诗，“梨花体”的诗就是扯淡，这也很难说。

马兵：对，这里还涉及一个我们文体边界固化的意思，就是我们的这个诗歌观念已经被好像唐诗这种典雅的诗歌给形成边界感了，那我觉得“梨花体”也好，《便条》也好，它就是要冲破这种边界感，就像我们在文学史上讲所谓打破韵文的虚伪，就是有韵体和无韵体一直是现代诗歌史上悬而未决的问题，反反复复，反反复复，其实这里面也关涉刚才所说的文体问题。

李飞：让我们暂时先离开这个华美高深的理论世界，进入干枯无味的考据中来啊。这个文章叫《扯淡考》，当然这个题目本身就有一些是扯淡啦。因为这个题目如果就是说做这个“扯淡考”，因为这是正儿八经的一个像搞语言学或者历史的一个题目，所以如果是一个专业的人士，比如说一个搞语言学的老师或者搞方言的老师做这个题目的话，那当然是一篇论文，那就不叫扯淡。但是如果让一个外行来做，那么就有一种刚才所说的非专业进入专业领域，加上一个冠冕堂皇的名字——扯淡考，考一考，那么就有一点扯的味道了。

那么我们看一下第一点，因为我想通过这篇虽然是扯淡的文章，尽量地想做到证明的这样一个目的，就是扯淡到底是什么意思？它从哪里来？那么像咱们把这个“bullshit”翻译成扯淡，那么两者之间到底对不对应？那么第一点呢，扯淡原来只作“扯淡”，就是这个“淡”，做鸡蛋的“蛋”

的“扯蛋”，它是讹体。因为赵本山有一个很流行的一个小品《牛大叔提干》，里边说“终于学会扯蛋了”，但是那个只能看作扯淡，不可当真。为什么这样说呢，我们后面会看到。

那么第二点这个词应该是产生于宋元的市井俗语，跟当时的杂剧流行有关系，我引了一段史料，就是杭州的方言，杭州的方言避讳说本语，而是说一些俏皮话，就像希腊人如果说到大神宙斯，他不是说宙斯，他说狗啊，这是避免讳语。所以他（杭州人）不叫胡说，他叫“扯淡”，还有的说叫“牵冷”，但是“牵冷”这个词我们就不用了，现在只保留下来了这个“扯淡”。那么田汝成认为“出自宋时梨园市语之遗”，“梨园市语”，当时的演艺圈，咱们看那个杂剧啊，他们演员经常说的话。为什么认为他这个说法是可靠的，因为我们能够在史籍中找到的“扯淡”的使用基本上都是出自宋元的、明清的杂剧戏曲小说里面。

那么它的意义，像经典的《辞源》啊，《辞海》啊，《汉语大词典》解释为无聊、没意思、说无意义的话、胡说八道的意思，那么主要归结为两点，一是无聊无意义，二是没有用处。那么为什么“扯淡”会有这样一个意思呢？我们也可以根据像解释“bullshit”一样来把“扯淡”分开解释。那个“扯”，《汉语大字典》说“扯”呢，它的第七个义项，就是这个“扯”它有很多个义项，第七个义项是说“谈话，多指漫无边际的谈话”。像刚才何瑛老师所说的她姥姥说的“胡诌八扯”就是这个意思。所以有点儿像“bullshit”的“bull”，就是扯，扯得无边无际，很多都是气体。那个“淡”，解释为无聊、没意思的意思，像我引的这两个例子，像杨万里他说“不是樊川珠玉句，日长淡杀个衰翁”，不是有多么多么好的句子，可把我无聊死了，长夜漫漫，这个“个衰翁”当然是他自指。我觉得第二条史料更有意思，元杂剧《桃花女》这个例子。他说我家主人周公，他是算卦的，他昨天算到他隔壁的邻居要死，所以觉得不利，不吉利，所以一直到今天中午才开始开铺面，然后大家看最后的一句话：“你道好淡么!”如果大家把这个“淡”理解为扯淡，完全没有违和感是吧?“你道好扯淡把!”就是完全没有意义的，很没意思，简直是胡说。所以从这儿就可以看出这个“扯淡”的“淡”只能做这个“淡”，“浓淡”的“淡”，不能做“鸡蛋”“鹅蛋”的“蛋”。所以这个“淡”分开来解释的话，就是“bull”有点儿像那个“扯”，一种夸张、一种充沛的气体，无意义的气体；那个“淡”就像这个“shit”，也是一种无意义的组成。

当然并不是所有的，我们看第五条，不是所有无聊的、没意思的话都可以称为扯淡，如果这样的话这个“扯淡”未免太多。看第五条我举的这个例子，就是明代的神宗初年，高拱他是当时的首辅，“被逐家居，患末疾”，“末疾”就是四肢有病，从他后面可以还在写字上看，就是他脚有病。他的脚有病，不能出门，所以“忿郁无聊”，然后在家里到处写“精扯淡”三个字，“日以百数”，就是扯淡，就是“竟扯淡”的意思。他为什么写这三个字，因为“扯淡”是毫无意思的词，竟是些无聊的话。我们可以同《世说新语》殷浩这个故事相对比，殷浩和他处境相似，他也是“书空咄咄”，天天在这儿写“咄咄”这两个字，“咄咄怪事”，“咄咄”大概就是表示惊讶的一种叹词。所以这个“扯淡”一方面是说没有意思、好没意思，另一方面有一点就是出乎我的意料，有一种惊讶、没想到，然后就是不同于寻常的真的好没意思的那种感觉。所以无论这种惊奇是因为愤怒，还是因为好玩，还是因为其他情感带来的，但总是有些惊喜在里面。所以这个“扯淡”呢，是看着没意思，却是有意思；说是有意思吧，终究还是没意思；从这种意义中突出荒谬，才是真的扯淡。所以从这儿我们可以看出为什么把“bullshit”翻译成“扯淡”是精妙的，因为这个书台湾地区有一个更早的翻译，内容相同但是译名不同，译名叫《放屁》，我没看淡乎寡味，太直白了，没意义；但是大陆翻译成《论扯淡》，整个的味道就出来了，跟整部书的基调就很合。我觉得很好玩的是这个译者叫“南方朔”，“南方朔”我不知道是不是真名字，他是不是也是跟这个东方朔故意有一点唱擂台、扯淡的味道。

凌晨光： 应该不是真名。

李飞： 所以说译名上，作者取这个名字本身也是有一点扯淡的意思，故意有一点性子在里面。那么最后我说法兰克福这两本书，这两本书因为我后来找不到了，然后在孔夫子旧书网上看了看，《论真实》或者《论真理》这本书最低能卖到3块钱，最高不到10块钱。（笑）而《论扯淡》最少也要50块钱，最高能到近300块钱。所以真实或真理的价格被扯淡高出10倍不止，这难道不还是扯淡？我做了这样一个小的类似于扯淡的考据。

马兵： 这个注释特别棒啊！（注释为：本文未获任何项目资助）（笑）

史建国： 其实按照南方朔，他用了这个放屁就不够扯淡，太通俗了。然后大陆书改成《论扯淡》，格调一下子就上来了。（笑）

于洋： 我想就刚才杨老师说的内容做一点补充，然后再把我说过的东西稍微修正一下。刚才我说的话可能留下一种印象，就是好像我比较反对学术上的专业表达。其实不是这样的。刚才杨老师举的例子，说某位老师在表达自己学术观点的时候会刻意创造一些新概念。在我看来，这种做法属于扯淡，为什么呢？术语在学术圈有其存在的必要，因为术语是在有限范围内提高沟通效率的必要手段。就是说，比如我们都处在哲学圈或者都处在化学圈，此圈与彼圈之间不是必须进行交流或者沟通，所以在各圈当中有一些只有圈内人才懂的术语。这些术语往往会凝练成在西方语言中的一个词或字母缩写，在我们汉语言中会被简化为一个两三个字的称谓，变成在普通人眼中反而不太明白的表达，其目的在于提高语言效率。这样一个目的，也可以被称为“语言的经济性”——这样讲比较经济，不然你说一大堆话就不经济了。刚才几位老师也说哲学家们会创造一些概念，我刚才举的例子也并不是在反对创造概念。不过，刚才杨老师提到的那位老师呢，他讲的东西是没有起到经济效果的，而只是为了标新立异。这种情况在我看来跟扯淡的关系更大一点，尤其是法兰克福教授笔下的那种扯淡——不管这个概念是真的还是假的，或者是不是在客观上可行，只因表述者本人认为是这样，于是他就讲出这样一个自己笃定的事实。另外，刚才我说了半天好像有点跑题，今天的话题本来是从滋味谈起，其实我也思考了这个方面。比如我刚才讲的那四个原则，有时我们也可以从味道、从味觉的角度加以联系。比方说，我谈到的第一点——量：我们在做菜的时候，其实一道菜应以一个味道为主。如果你在这一道菜中吃到了很多种味道，基本上哪一个味道都不会给你留下很深的印象。换一个角度讲，这时候你也不知道到底该为这道菜起个什么样的菜名。比如明明一道糖醋鲤鱼，偏要在其中又放上辣，再放上咸，最后再加点麻，最后这道菜还能不能叫糖醋鲤鱼就是一个问题。具体到我们学术圈，当我们写一个东西的时候，若是夹杂了很多，甚至可以说过多的信息，也就是在量这点上超标的话，也许你觉得很好，显示你很博学、你个人知识体系很庞大，可在读者看来，你这一篇文章或者这本书核心论点反而不够明确了，可以说跟你的标题会有一些偏离，这就叫“味道不纯”。就是说，你主观想做到好，但并不是说，一下子给出很多或者说超多的味道就是好。可能一道菜有一个味道就够了。还可以从其他角度来分析。比如说之前曾经有一个例子，说有人投诉鱼香肉丝里没有鱼，是吧？鱼香肉丝没有鱼，这就是违反了一个相关性的原则。鱼香肉丝是不是必须得有鱼？

凌晨光：那得看那个鱼是哪个鱼？鱼香肉丝，鱼是重庆的那个简称“渝”。后来大家都以讹传讹，就成那个“鱼”。

于洋：是，所以从这个菜品来说，确实是定菜名的时候有些任性。

凌晨光：很容易造成一种误解。

于洋：对，这就违反了合作原则。普通人对这个背景不是很了解的话，顺着这个表述去理解这道菜，就一定会去找鱼的存在，找不到鱼就说你叫不相关。

凌晨光：老婆饼里没有老婆更麻烦了。（笑）

于洋：对。就是这个意思，你表达出来的东西，别人会从相关的范围去选择一个理解的方向，进而在这个方向上找不到预期目标，于是就没法去理解你表达的意思。譬如吃老婆饼的时候没有吃到老婆或者送一个老婆，又譬如说鱼香肉丝里面没有吃出鱼，那么我算是吃到了地道的东西呢，还是被骗了？我觉得在学术圈一些话语上面也会有相似的情况。当然我们提升自己的知识储备是一个必要的方面，就比如刚才凌老师说，你首先得知道鱼香肉丝为什么叫鱼香肉丝，然后你才能正确地体验或者说是打开这道菜。当你不知道的时候，这个就不完全是人家的问题，而是你自己首先存在一些问题。但是，当我有足够的背景知识时，仍然产生这样误解或者说不得要领的情况，那可能表述者方面就有一些问题。所以，我们在做一些学术表述的时候，是不是也应该注意一下这点？比如说我刚才讲的第一点，量的问题——其实你这一篇文章有一个很好的观点就不错了，如果加太多东西，反而会适得其反。还应注意相关性及方式的问题。就是说，有的时候，我们其实好好说、直白地说就很好，但我们会故意绕一个弯子或者说得模棱两可，很有可能是因为我们对话题的把握也不是特别精准，然后就说模棱两可的话。

最近我看一些西方的论文和专著，发现有一个表达上的趋势。记得以前写论文时有人提醒我：学术论文不要采用带有第一人称的表达，比如“我觉得”“我认为”“我相信”等。前段时间程相占老师拿出他的一篇英文论文，让我们几个人帮着找找问题。我当时跟程老师提出来，他的文章里用到了“我”这个字眼，我说是不是把它改成第三人称会显得文章客观性强一些。后来我才发现，西方学术界现在根本就不提倡这样做，而是毫不避讳地运用第一人称。我觉得这可能也是“好好说话”的一个表现，让我们的理解也变得更直接。

尤战生：接着于老师说的。我说一下我对你刚才问题的看法，就是关于这个学术论文当中能不能用出现“我”，我是坚决赞同出现“我”的。

以前像我们上学的时候，我们的老师一般一看，也是说不要这么写。其实我觉得出于两种原因，原因多为谦虚和谨慎，第一是谦虚，比方说，不要说“我怎么着”，把你在论文当中突出出来，那个就是很谦虚的一种说法。第二呢谨慎，因为这个观点，可能不是你自己的观点。学界可能很多人这样认为，这不是你的独创。我说“我觉得”，有的人说，你把“我”改成“笔者”，“笔者”跟“我”有区别吗？但是可以换个说法，“本文指出”，因为我这篇文章指出，这文章就是你的。我觉得如果这个观点就是你的，你的观点跟别人就是不一样，确实有独特性，就“我认为”或“本文指出”。有人说“我们认为”，“我们认为”好像很谦虚，这不是我自己的看法，但是如果我们都这样认为的话，那你写这篇文章干什么？大家都已经这么认为了，你的超越性在哪里？我觉得这可能要跟这个扯淡的关系稍微远一点，它涉及一种做学术的态度问题。那回头说一下这个“论扯淡”这个问题，我对这个问题没有很深入的思考，也不像李飞考证得这么严谨。

李飞：（笑）伪考据。

尤战生：讨论人文科学与“扯淡”之间的关系是一个有趣的话题，其实也是一个很严肃的话题。这涉及人文科学的价值定位。如果将人文科学的终极目标定位为真理，尤其是类似于自然科学的客观的事实性真理，那么可以说人文科学在相当程度上就是扯淡。因为人文科学的主要任务不是陈述事实，所以其话语一般不具有可证实性，很难以真假标准做出判断，而这恰恰符合“所谓扯淡就是说一些无关真假的话”这一定义。如果我们将人文科学的目标定位为意义，那么它毫无疑问是具有巨大价值的。人文科学的主要任务不是解决“实然”的问题，而是“应然”或“当然”的问题。它引导人们向善求美，走向自由解放，追求可能的生活、理想的生存或者说诗意的栖居。从这个角度来讲，我们绝不能说人文科学就是扯淡。西方的实证主义和新实证主义哲学虽然否定了人文科学的真理性，但依然承认伦理学命题和美学命题在社会生活中具有重要意义。现代西方不少人文主义学者都反对科学主义的狭隘真理观，认为真理包括事实真理和意义真理（或价值真理）。立足于这一真理观，我们可以说，人文科学是具有重要意义的，或者说是具有独特的真理性的。谈到人文科学的意义价值，尤其是涉及文学艺术的意义价值时，我们还不得不谈谈快感问题。从总体上讲，无论中国还是西方，在古代阶段，人文学者对快感普遍评价不高或持贬抑态度；到了近现代，无功利的快感得到肯定；而在当代学术语境中，有利害的快感甚至本能欲望开始得到越来越多的学者的肯定。我们甚至可以说，人文学术的主要任务就是生产意义和快感。有些文艺作品和学术话语过度追求快感无疑是偏颇的，但快感本身对人的诗意生存具有不可或缺的价值，快感本身就具有重要的意义。

如果我们将人文科学的价值目标定位为意义和快感，那么理想的人文学术话语应当以追求深邃充盈的意义和高雅的快感为要务。以这一理想目标来衡量现实的学术研究和学术话语，有多少能达到这一目标要求，而又有多少却达不到呢？换个说法，有多少学术话语是意义深刻充盈的，而又有多少学术话语是意义贫乏、滋味寡淡或者说扯淡呢？从现实的情况来说，能达到理想目标的人文学术话语是少数的，大部分人文学术话语不能说完全无滋味、无韵味，但无疑意义不够充实，或者说带有一定的扯淡性。而这一点恰恰符合学术发展的规律，是我们从根本上无法避免的。因为学术研究既有其爆发期、高峰期，也有其固有的平台期、平淡期。这和喝茶较为类似。我们泡一壶茶，前几泡滋味相对醇厚丰富，后面几泡，滋味会越来越寡淡。等到实在索然无味时，我们只好弃掉旧茶叶，换上新茶叶，重新泡一壶茶。学术研究也是这样。一种学术范式初建之时，有许多真问题等待探讨，这时候的学术话语相对来说是意义充盈的。等到这种学术范式的潜力被挖掘得差不多了，我们就需要重建一种新的学术范式，重建一套新的学术话语体系。所以，我们不能期望学术研究在任何时候都是高峰期，不能期望任何学术话语都是意味饱满的。这样看来，学术研究和学术话语的扯淡性从根本上又是无法避免的。但是无论怎样，对于学术研究者来说，应该尽量多说些有营养的话，多说些有意义的话，最起码说些能够带来有益的快感的话。

学术话语的扯淡性还与学术政治、学术权力密切相关。不好的学术体制会加剧学术研究的扯淡性，而好的学术体制会使学术话语更加富有意义。这个问题就不展开了。

凌晨光：刚才于洋老师提醒我们这个讨论可能多少有点跑题，因为我们的主词应该是滋味。于洋老师一直努力往那个滋味上、往那个正道上给我们带，后来战生老师主要是讲滋味，尤其是讲茶。

刚才于洋老师实际上是两次说量，一次是说量不够的时候，如何把它扩张，另一次是量过大的时候，反而会败坏滋味。我觉得他是从两个方面强调的量的合适与否。至于说到一个菜以什么样的滋味为主，我就想到了陆文夫写的《美食家》。我记得他说在一次宴请的过程中，最后一道菜上了一个汤，大家喝了之后说："哎呀至美。真好，这个味道。"结果后来发现这个汤里边什么都没有放，没放盐，盐和味精都没有，对，什么都没有。那就是无味，无味在那个时候变成了至味。

胡友峰：我讲红烧肉，因为是我看到一个帖子觉得挺有意思的，跟今天这个学术话语的滋味啊，我觉得有点像，有点相符，所以我想把这个帖子读给大家听一听，然后围绕这个帖子，我再发表一点我个人看法。所以大家听一下。写的是什么？就是说本科、硕士、博士区别在哪里？以红烧肉为例，来听一下他怎么写。本科论文：本科论文写红烧肉怎么写的？第一章，红烧肉的定义和类型。第二章，各种红烧肉的区别和特点。第三章是东坡红烧肉的具体特点。第四章是烹制东坡红烧肉的主要问题和对策。本科论文是这么写的。硕士论文怎么写呢？"关于猪肉做法的文献综述"，这是第一章。第二章是红烧肉做法的历史演变过程。第三章是传统红烧肉制作和研究方式的介绍和比较。第四章，马克思主义剩余理论对红烧肉做法的启示。第五章，剩余价值红烧肉的具体做法。第六章，剩余价值红烧肉的创新之处和进一步研究的建议。他得出的结论是什么呢？红烧肉很好吃，但吃的过程中要注意区分，在剩余价值理论指导下的红烧肉做得会更符合社会实践的发展。这是硕士论文。博士论文怎么写的？序言、历史中猪肉食谱的文献综述、理论意义和现实价值不足和问题。第一篇是第一章到第三章，猪是怎么养成的？第二篇，第四章到第五章，猪的各个部分的肉质的区分和作用。第三篇，第六章到第七章，马克思主义理论不同发展阶段对红烧肉发展的影响和启示。第四篇，第八章到第十章，红烧肉制作的实证研究，变量，选取理论模型和计量分析。他得出的结论是什么呢？红烧肉是不是可以吃，取决于很多复杂的因素。总体来说，在满足一定约束条件下，红烧肉是不错的，有营养的，是一个美容的食品，但操作过程当中障碍还是有的，要通过真学真懂真用马克思主义剩余理论，有必要的情况下，需要理论创新和政策知识，使红烧肉更好地实现增加营养、避免增肥和促进社会和谐的作用。这三种是从本科到硕士到博士论文的一个写法，所以当时我看到这个帖子之后，实际上我是昨天晚上看的帖子，今天我是准备讲这个问题，刚才战生老师，他的茶也谈到了。好，我们喝茶首先喝掉，茶的本质是什么？就是个树叶子，对吧？喝掉之后减肥。这是本科论文的写法，但是后来又加了很多的文化因素，达到很多的因素之后，这个规格越来越高，你就达到硕士的文章，然后你再给它提升一点意义，对吧？再加一点别的话语系统，那就是博士论文写法。说实实在在的话，硕士论文、本科论文按照这个来看，后面东西都是扯淡，是实实在在的。所以说我们讲今天这个话题，为什么我来参加？我觉得很有意思，就是学术话语，它生成机制很多情况下是靠扯淡的，你说我硕士论文不写了吗？我读硕士我不写硕士论文吗？我读博士不写博士论文吗？那是不可能的。但是你硕士论文怎么写的，博士论文怎么写？事实上它是建构的一个最基本的基础之上，后面加一些学术话语生成的，这些学术话语的生成，我个人认为，实际上很多东西都是扯淡。但是这些扯淡的话语没有用吗？就是它真的是扯淡吗？

尤战生： 能扯出东西来。

胡友峰： 能扯出东西来，比如说我讲红烧肉这个做法，当然这是一个搞笑的东西。我们很多的学术话语的生成，最开始的一些源头性的东西。我举个例子来讲，为什么很多人后来都回到希腊里面去，从希腊里面找资源去建构他的文论话语。事实上希腊是非常早的一个源头。对我们来讲已经离得是比较远的，我们今天的话语系统和那时候相比的话，应该已经是离得很远了。但是你看一下，这些文论家，比如海德格尔，包括我们讲的维柯，他的《新科学》，它是非常重要的。他为什么要返回到希腊当中，包括尼采、海德格尔这些人，一步一步返回到希腊当中，从希腊里面去吸收资源。你说在希腊当中的话语，比如说我们讲维柯在《新科学》当中，他谈到一个诗性智慧的问题，还有谁是真正的荷马的问题，他回到荷马史诗中去找，事实上荷马问题已经是当今荷马学研究的中心问题了。真正的荷马是一个人吗，维科提出，全希腊人都是荷马，《伊利亚特》和《奥德赛》根本不可能是一个人写的。这两部书他经过考察至少相差了 800 年，所以他提出了全希腊人都是荷马。再比如说尼采《悲剧的诞生》，他谈悲剧也是从古希腊悲剧为什么到最后没有了，理性的丧失以后，古希腊悲剧为什么灭亡了，从诞生到灭亡这样一个过程。再比如海德格尔谈存在论的时候，他回到巴门尼德，谈 design 这个词的时候，他谈巴门尼德的“存在”。所以在这里面我们会发现一个什么问题呢，后来很多学术话语的生成和演变的过程是有最基本的学术生成的一个点。古希腊给我们奠定了我们在学术话语生成中的一些最基本的方式，一些最基本的源头，所以我们后来的学术话语生成可以返回到这里去谈古希腊人谈论的一些问题。比如说柏拉图的《文艺对话集》，里面都是对话，他谈的很多在我们今天看都是荒诞不经的故事，但他在里面隐含了很多在人类早期思想生成中的一些智慧。可能很多老师上课的时候会让学生去看菲德罗篇、大希庇阿斯篇、理想国卷拾，我最喜欢会饮篇。会饮篇我觉得太有意思了，扯淡扯得太好了，我会让学生把理想国卷拾和会饮篇做一个对比，做一个比较性的研究。理想国卷拾谈的一个问题就是把诗人逐出理想国，但在会饮篇谈一个什么问题——诗人的爱与哲人的爱，诗人的爱与哲人的爱究竟有哪些区别。你看第四个登场的人——阿里斯托芬，他本来应该是第三个登场的，但是因为他不断打嗝，影响了会场的气氛，但是阿里斯托芬一出场，由于他是一个诗人，是一个戏剧家，他讲了这样一个神话故事——人一开始被分成两半，人要追求另一半。他讲诗人的爱是一种什么样的爱，后来苏格拉底登场，他用狄奥提玛的故事来讲，哲人的爱究竟是一种什么样的爱。在我们今天来看，会饮篇完全是扯淡，大家都在扯。但在扯的过程中生发出很多人类早期对思想当中一些基本问题的思考，一些基本问题我们怎么去看待它。所以在这个问题上，有很多扯淡，我们今天看来是荒诞不经的东西，很多好像不成立的一些学术话语，它在人类的思想话语中可能有一席之地。我谈这个问题是想讲，学术话语的生成和增长有它自己的增长机制。当我们谈到学术话语的生成和机制的时候，它可能有自己依托的一个话语场，这个话语场就像战生说的一样，我们先定一个话语规范在这里，一开始这个话语规范并非真正的话语规范，因为话语规范也是后来才生成的，西学东渐后才生成的，一开始可能就是一个扯淡的过程，但当扯淡涉及生成的问题，涉及意义问题的时候，可能就上升到一个学术上的话语。所以我们不能仅仅按照今天的话语模式把扯淡当作一个贬义词，或是像法兰克福所写的书里面这个问题，是不是还要返回到源头的知识话语生成上去考察最初人类早期的时候为什么会谈到这些问题。从我举的柏拉图的例子来看，完全是太扯了，但我们今天回过头来看，它真的蕴含了非常高深的意义。这也是我不断跟学生们讲，为什么这些大哲人们不断回到古希腊去，从古希腊中找源泉，从古希腊中找理论的源头，事实上古希腊中就涉及人类最根本、最本质的核心问题。

尤战生：你讲柏拉图，它里面讲了很多古希腊神话，正统的古希腊神话中是没有的，完全是自己编的，自己扯的。

胡友峰：是，我们今天看的古希腊神话中的神谱，包括后来讲的叙事诗，以前都是没有的。

尤战生：西德尼在写《为诗辩护》里讲，他针对有个人写了本书叫《骗子学校》,《骗子学校》里面攻击诗人说，写诗这个职业第一是说谎话，第二是败坏道德，第三是虚掷光阴。西德尼针对这三点提出了批评。第一，他说诗不说谎话，他说了很多条理由，其中很重要一条是，在太阳底下，唯一不说谎话的就是诗人，因为诗人不需要说谎话，他本来造的就是虚构的誓言。第二点关于道德培养问题，诗是不是败坏道德，他认为在道德养成方面，在所有人文学科当中，诗是最好的。哲学太枯燥，一般人看不懂，读了历史，人们学的往往是坏的而不是好的。第三点讲到写诗，他说，在古希腊的历史上，所有的哲学家，那些追求真理的人，他们最初都是以诗人的面目出现的，也就是说真理、哲学是孕育于诗的想象中的。诗培养了他们头脑的敏锐，诗的母乳喂养了他们，使得他们以后可以去吃比较坚硬的思想的食物。现在这些人起来攻击诗，就像是一个徒弟学会了师傅的本领，自己开了店铺之后，现在还来砸师傅的饭碗，这是非常不道德的。我觉得他讲的还是挺好的，对于人文社会学科来说，它的原初是诗。想象本身是缺乏明确规则的，从某种意义上讲就是扯淡性的。可能在这种缺乏规则制约的情况之下，可能会迸发出一些东西来。

凌晨光：现在我想说的是，我们能不能面对一个具体对象，判断出哪些是你们所说的有营养的扯淡，哪些是法兰克福所说的没有营养的扯淡，我们能不能判断？我觉得做一个基本的判断还是应该的。之所以提出这个话题是因为昨天我在朋友圈看到一篇文章，是父子两人谈音乐中的思想问题。但他们谈音乐中的哲学和思想问题时，顺带说了一下大家都知道的罗丹的雕塑《思想者》，他本来想说这么一个问题，艺术家、音乐家一定要记录他的思想，但他们不可能去直接表达，尤其像尼采、阿多诺。如果我们完全不知道尼采，也完全没有读过阿多诺的书，你从他的音乐里面能读懂他的哲学吗，不可能。他是想说明这么一个问题。但是他马上举了这么一个例子，他说从这里我就想到了什么呢，就是大家很熟悉的罗丹有一个雕塑叫《思想者》，你知道他在想什么吗，也许有人会讲出一套他在想什么，但是我觉得绝对不是他想的东西。也许罗丹请的这个模特在做这个样子的时候正在想待会儿拿到这个钱以后晚上到哪儿去嗨，或者去买个什么礼物给我女朋友。所以你看，他这个逻辑很有意思，他一方面说，你不可能知道他在想什么，另一方面马上就说他有可能是在想这样的事情，这个逻辑本身很有问题。而且他的这种判断，包括他的表达让人觉得很不舒服。“但是我觉得绝对不是他想的东西”，就是别人认为他在想的东西我认为绝对不是，但是他没有提供任何理由，然后他就提出了一个反证，也许罗丹请的模特是在干什么，那么这种“也许”成了他唯一的一种证明。他对作品的这种评述本身格调非常低，是一种绝对的扯淡。下面继续看，“但是思想者这个雕塑他塑造了一种思想的状态，可究竟想什么实际上你不可能知道，音乐也是如此”。他的儿子说：“现在说这个姿势就叫装米。”音乐家又继续说：“尤其是这个模特，我想这时他不会想很哲学的问题，但是罗丹会启发他，你要怎么去想，或者是悲伤地想，或者是欢乐地想，就像导演。我的意思不是说思想的痕迹不能存在于作品中，它是可以存在的，但这是一种寄托。”这里面他又去设想罗丹当时是怎么启发思想者，他一再说这时不会想很哲学的问题，同时把罗丹如何启发模特儿非常生活化地还原了一下。我觉得最关键的在于他这么轻佻地去讲这个雕塑的时候，他在明确表达他认为是什么，而去证明别人认为的不准确或不正确的时候，恰恰体现出他个人的格调非常成问题。我想说他根本没有关注到这个雕塑雕的是什么东西，这个雕塑为什么这个样子。他设想罗丹当时就是像一个导演一样，你想今天晚上有什么好吃的，想今天晚上怎么嗨。但是他这种解释让我觉得完全与这个作品不匹配。为什么这么说呢，我举个例子，我记得有个综艺节目，主持人出了一个题，让几个参加节目的嘉宾根据自己的记忆做出罗丹的《思想者》的姿势，结果很多人都做了，但没有一个人做对。比如有人单膝跪地，胳膊肘撑在屈起的膝盖上，手顶着太阳穴。这个思想者的形象，姑且说是个人，但说到底未必是个人，这个一会儿再说，这个形象，他的这个动作的关键在于，他的两个手肘放在一条腿上，都在左腿上，你如果不仔细观看雕塑，很难做出这个动作，必须是在一条腿上，手顶在下嘴唇处，而不是一般人想当然地认为顶在额头上。关键这个裸体的形象身上青筋暴起，一个思想者怎么想得这么苦呢，比如脚趾甚至抠到地下去。如果不把罗丹雕塑的这个形象的细节还原的话，你只是轻佻地说他在考虑去玩儿去嗨什么的，好像非常接地气，但那才是真正的瞎扯，无意义的瞎扯。我其实想说明这么一个问题，这个形象是在罗丹的《地狱之门》里的，这个思想者的形象实际上不是人，我想让大家来看看这个（放幻灯片），大家注意到从这个角度可以看出来这个形象头上有一只角，所以当初罗丹的雕塑展出的时候，守旧的学院派攻击说怎么能展出这么丑陋的一只猿猴。实际上罗丹雕塑的是一个动物，或者说是带有兽性的，向人转变的这么一个东西。换句话说，一个人，一个正常人在思想的时候完全不需要这么全身心地紧绷，全部肌肉在紧张状态，但是一个向人转变的兽类，一个“独角兽”，他的思想就应该是全情投入的。我的意思是，当你多少知道了这个作品的这些背景之后，像那位音乐家先生那样这么轻佻地说这个思想者，就凸显了这个话语本身的扯淡性。所以我觉得哪些东西可以被判定是否属于法兰克福所说的扯淡还是有标准有依据的。

尤战生：我接着凌老师说一句，哈贝马斯有一本书，可能做文学的人看的不多，叫《在事实与规范之间》，是很厚很难读的一本书，主要是讲法律的。这里面涉及的问题放到人文学科当中，我觉得人文学科有两个层面，一个是事实层面，另一个是规范性价值层面，价值层面可能不同的人基于不同的立场，或者不同的需求，会做出不同的阐释。但是事实层面，就是凌老师刚刚介绍的事实层面的东西，还是不能歪曲和违背的。

胡友峰：有些学术话语生产确确实实是扯淡，刚刚建刚说的有些名词的渗透，包括文艺理论界经常出现这个风潮那个风潮，事实上从学术话语生产来讲真的是扯淡的东西。但这种扯淡可能也跟学术体制有关，有的时候是争夺学术话语权。

叶杨曦：我在这里插一句，那种很有危害性的扯淡好像大家没谈到，刚刚像建刚兄谈到于丹那种重复的套话，说时让你听了感觉是挺好，但是没什么营养。

杨建刚：词语的堆砌。

叶杨曦：但是还有一个问题，她现在在媒体上很有名，很多地方都请她，特别是在央视这样一个舞台上去讲《论语》，当然现在指出她错误的人也不少，在这种舞台上讲《论语》有那种很扯的成分，这种成分在中央媒体受众这么广的地方，这种扯淡会不会对社会是一种危害。这种危害性不光是于丹，还有学术界其他人呢，我们会评判学术界的一些论文干货有多少，还要说注了水的，水分有多少，还有一些论文，所谓前辈大佬的论文，一直是重复他以前的观点。那假如说一些学术论文危害性还挺大的话，这种扯淡的危害性我们是不是要谈到？

胡友峰：他刚讲到的学术话语生成中这种扯淡的危害性还是比较大的，这主要是，当今学术很多情况下不是在追求真理，也不是在追求意义，每个都是一种话语权的争夺。在话语权争夺过程中，有很多学术话语，我个人看来是有害的。但这种有害的话语，在今天文艺理论界，它已经成了统治话语界的权力，你也没有办法去反驳它。作为在这个话语场中的学者来说，你没有办法去反抗它，你唯一能做的就是远离它，我不去附和它，但是有很多人去附和它，去不断地依附它，他能因此获得现实上的很多利益。当我们做不到这一点的时候，我们可以去远离它。我们不一定要去攀附它，我们可以做我们自己的东西。当然你讲的这种伤害性暂时可能是看不见的，但一旦过了一个话语生成期以后，当这个有话语权的人不在场的时候，当他失去这个话语权的时候，可能就能发现问题的严重性所在。但当他掌握话语权的时候，作为一个普通的话语生产者你也没有很大的权力去反驳它，我觉得是这样的。事实上某种程度上它已经成了话语场域增多的一个非常重要的组成部分。

凌晨光：可能有些老师还意犹未尽，尤其是同学们，本来也是想让大家多参与，但也许我们占据话语权这个位置，大家说话的机会不多，但仍希望我们的话能对大家有启发，尤其是友峰老师介绍的那三种论文的写法对你们应该有所启发，至少形式上都学会了是吧？咱们这次沙龙话题叫“学术话语的滋味”，的确本来还是想落实到滋味，让大家谈一谈切身的体会，你们做学术的过程中体会到的酸、甜、苦、辣。重点可能被我带得有点偏，从《论扯淡》谈起的时候可能把重点带偏了。好在咱们这个学术沙龙不是一次性的，而是系列的。以后看能不能请每一位老师，尤其像战生、友峰、建刚老师，文章写得很有心得，你们也谈一谈你们在做学问过程中的酸甜苦辣。

今天还有些没谈透的地方，以后咱们有机会继续聊。谢谢大家。

（录音整理：张林轩、李若愚、叶冰冰、王韵）